中國語言文字研究輯刊

八　編

許錟輝　主編

第 8 冊

漢語字組的語義結構

葉文曦　著

花木蘭文化出版社

國家圖書館出版品預行編目資料

漢語字組的語義結構／葉文曦 著 -- 初版 -- 新北市：花木蘭
文化出版社，2015〔民 104〕

目 2+222 面；21×29.7 公分

（中國語言文字研究輯刊 八編；第 8 冊）

ISBN 978-986-322-979-7（精裝）

1.漢語 2.語意學

802.08 103026715

ISBN-978-986-322-979-7

9 789863 229797

中國語言文字研究輯刊

八 編 第 八 冊 ISBN：978-986-322-979-7

漢語字組的語義結構

作 者 葉文曦

主 編 許錟輝

總 編 輯 杜潔祥

副總編輯 楊嘉樂

編 輯 許郁翎

出 版 花木蘭文化出版社

社 長 高小娟

聯絡地址 235 新北市中和區中安街七二號十三樓

電話：02-2923-1455／傳眞：02-2923-1452

網 址 http://www.huamulan.tw 信箱 hml810518@gmail.com

印 刷 普羅文化出版廣告事業

初 版 2015 年 3 月

定 價 八編 17 冊（精裝） 台幣 42,000 元

漢語字組的語義結構

葉文曦　著

作者簡介

葉文曦，語言學博士，現任中國北京大學中文系副教授。1983 年 9 月至 1996 年 7 月就讀於北京大學中文系，獲學士、碩士和博士學位。博士學位論文題目是《漢語字組的語義結構》。學術興趣為理論語言學、語義學、語用學、中外語言比較和社會語言學。發表過的主要論文有〈漢語單字格局的語義構造〉（1999）、〈漢語語義範疇的層級結構和構詞的語義問題〉（2004）、〈「手持」類動詞的語義演變和「把」字的語法化〉（2006）、〈諧聲字族和漢語雙字構詞的一項限制條件〉（2011）和〈否定和雙重否定的多維度研究〉（2013）等。

提　要

　　構詞規律的探索是語言學理論的一個基礎問題。在現代漢語言學中，構詞的理論主要有三種，即語法構詞理論、語義構詞理論和語音構詞理論。本書以「字本位」理論為背景討論了漢語的語義構詞理論。

　　本書首先從說明上古漢語單字格局的語義構造入手，把漢語的語義編碼公式確定為「1 個字義＝ 1 個語義特徵 ×1 個語義類」。在單字格局中，特徵和義類都是隱含的，要確定它們必須比較同源形聲字族或屬於同一語義場的相關子群。特徵和義類儘管數量繁多，但可以分別歸納為義等和義攝，義等例如「形狀、質料、空間、時間」等，其實質是概念字義平面的語義格，它規定著漢人描寫事物所遵循的特定的若干軌道。義攝例如「人物、動物、植物、姿容」等，它反映的是事物的分類等級。每一個義攝或每一個義類都有自己適用的義等。

　　由於單字結構格局內部存在不平衡性，漢語逐漸向雙字格局過渡。從上古漢語的單字格局演化為現代漢語的雙字格局，字的功能發生了巨大的變化，但語義編碼的基本特性並未改變，仍是「1 個特徵 ×1 個義類」。在雙字格局中，特徵和義類分別由不同的具體單字表達，前字功能表特徵，後字功能表義類，由於同一後字一般有若干前字與其組配，所以後字可以定位「核心字」。通過考察「核心字」，本書把漢語雙字格局的語義結構格式歸納為類別式、描摹式和比喻式等三種。在上述研究的基礎上，本書確立了漢語雙字格局字與字組配的三條基本原則：（1）甲字為核心字，如果乙字所表示的意義是甲字所表示的義類的一個次類，那麼甲乙兩字可以組配為一個雙字字組，乙字充當甲字的前字；（2）甲字為核心字，如果乙字與甲字某一義等中的某一維度中的若干字存在意義上的對立同一關係，那麼乙字有可能充當甲字的前字；（3）甲字為核心字，如果乙字所表示的意義能夠對甲字所表示的意義做出比喻性的說明，那麼乙字有可能充當甲字的前字。

　　最後，本書對漢語構詞研究的方法論做出了評論。

目次

第一章　導　言

第一節　漢語語言學中的構詞研究問題

在中國傳統語言學中，小學家們緊緊抓住漢字，分析它們的形體，講求它們古代的讀音和意義，從而形成了文字學、音韻學和訓詁學等三門學問，這三門學問集中於分析單字，而較少涉及「構詞」分析。所以漢語言學沒有構詞研究傳統。從《馬氏文通》發表以後，漢語言學家受西方語法理論的影響，接受了句法和詞法的分法，把構詞問題涉及的語言現象納入詞法加以研究，逐步開始建立完整的漢語構詞理論體系。到了 1957 年，陸志韋發表了集漢語構詞研究大成的經典之作《漢語的構詞法》。關於構詞法的研究目前漢語言學仍以陸志韋（1957）、趙元任（1968）的學說爲主導，陸志韋（1957）明確指出：「漢語裏造句的形式和構詞的形式基本上是相同的。」趙元任（1968），支持陸的看法，他把複合詞分爲「語法結構的和非語法結構的」，趙指出：「後者指不合於正常的語法結構規律的。陸志韋的四萬多個複合詞裏只找到大約一百個其構成是模糊的，例如『知道』，『丁香』，『刀尺』，『月亮』，『工夫』。當然，歷史的研究可能發現它們的來源，但是在描寫的平面上它們是非語法結構的，近乎『不能分析的複合詞』（第七表 14 欄）。」關於漢語的構詞結構類型陸志韋給出了如下方案：

（1）（一）多音的根詞：玻璃　凡士林　噼哩啪啦

　　　（二）並列：弟兄　工農兵　橫七豎八

　　　（三）重疊：哥哥　明明兒　想想　思想思想　思思想想

　　　（四）偏正（修飾）：羊肉　飛船　通紅　快走　開路神

　　　　　　　　　　　　紅綠眼睛兒

　　　（五）後補：紅透　嚇壞　走出來　來不及

　　　（六）動賓：寫字　鞠躬　蓋火　打哈哈　紅臉

　　　（七）主謂：心焦　老頭兒樂　驢打滾兒

　　　（八）前置成分：老黃　第三

　　　（九）後置成分：桌子　看頭兒　說著　看了　美得！

在陸的語法構詞理論體系中，對一個雙音複合詞的分析辦法是將它歸入語法結構類型，相應地確定複合詞中詞素的語法意義，然後進一步用標明詞類的辦法給複合詞分小類，例如偏正式可以有「名⌢名→名詞、形⌢名→名詞、動⌢形→形容詞……」等名目。至於複合詞內詞素之間意義上的聯繫，陸指出：「本研究的目的首先是爲了劃清詞和不是詞的界線。在是詞的範圍之內，每一個結構類型的成分之間所能表達的意義範疇或是邏輯範疇可以留給詞彙學詳細敘述。」

　　劉叔新（1990）對語法構詞理論提出了質疑，這也標誌著「語義構詞」研究的起步。劉認爲：「複合詞內詞素間的結構關係，無論意義方面和形式方面，都沒有被語法加以概括，因而不存在現實的語法意義和語法形式，不屬於句法或詞法範疇，不是語法性的。」劉叔新進一步指出：「至於複合詞結構，就更進一步，完全是詞彙性的。這種結構的決定因素是詞根間的意義結合關係。詞根的意義是體現概念的，其相互結合的意義關係只是具有概念關係範疇的性質，並非語法關係意義。」劉的論證方法擊中了陸的理論的弱點。如果把陸的理論一以貫之，則必然要考慮把複合詞內部的語素序和句法結構中的詞序等同起來，同時需要考慮語素的類別，而問題恰恰出在這裡。劉叔新指出，詞素不僅不是句法的詞序，而且根本上不成其爲語法形式，原因是，無論詞性還是詞素意義關係類型，都往往不與特定的詞素序相因應，即一種詞素序可表示多種詞性和不同的意義關係，不同的詞素序則可表示同樣的詞性和意義關係。黎良軍

（1995）也揭示了陸的理論的內在矛盾。陸志韋認為，「語素當然不能分詞類，但是依然可以憑意義分類，所不幸的，照歷來的習慣，語素的類名和詞類的名稱用同一個系統，為便利起見（假定『白紙』是詞組而『白菜』是詞），『白紙』的『白』叫做形容詞，『白菜』的『白』叫做形容字。」黎良軍認為：「詞素並非不能分類，關鍵在於，詞素作為詞內成分，是不自由的，詞不是語素按語法規則組合起來的，因此，沒法給詞素分出語法類別來。既如此，用詞類名稱來指稱詞素的類別，必然扞格難通。」其實陸志韋也承認憑意義對語素（字）進行分類不是沒有困難的，他認為這種困難一般不影響到詞的結構類型或詞類，但影響給詞的結構類型分小類。這裡反映出陸在方法論上的矛盾，一方面要用語法結構關係來控製詞的結構類型，另一方面卻不能擺脫字義的影響，結果無法控制小類，小類控制不住，大類的確定依據就不可靠了。

就目前的研究水平而言，學者們對複合詞的研究主要集中在以下兩大問題上：（一）複合詞和短語的區別問題；（二）複合詞的內部構造問題。

在劉叔新（1990）研究的基礎上，黎良軍（1995）進一步明確合成詞（包括複合詞）的語義性質，黎主張，合成詞內部有語義結構，卻沒有語法結構，而這種詞義結構又同句法層面的語義結構不同，它只是提供詞語內部的理據義。至於詞義和短語義、句義的區別，黎主張，理據義同詞義的關係是提示性的，而詞義同短語義或句子的關係是組成性的，詞義不能從詞素義推知，而短語義、句義則可以從詞義推知。這種方法意味著要建立兩套語義結構，一套用於說明合成詞，一套用於說明短語或句子。先姑且不去想像其結果的繁瑣，就是這種劃分的前提本身就存在著難以化解的問題。從布龍菲爾德 1933 年發表《語言論》以來，複合詞和短語的分界問題一直困擾著語言學家。在共時的平面上，以往的研究著眼於從語言結構的三個層面即語音、語義和語法來考慮區分複合詞和短語的標準原則，但結果無論哪一種標準都有例外。（參看黃月圓，1995）就漢語來說，目前最為有力的標準仍是語法標準即陸志韋的「擴展法」，然而擴展法有很大的局限性，例如它不能作為測驗動賓結構是詞與否的唯一的方法，需要兼顧意義。如果一定要考慮區分詞和短語，那麼目前較有影響的說法是詞與短語之間存在著連續性，成分與成分之間組合有的成詞性高，有的成詞性低，當然這裡採用的標準仍是語法的。既然如此，就不好考慮為複合詞和

短語分別設立兩套語義結構。從歷時的角度看，很多複合詞是古代詞與詞的句法組合逐漸詞化降格的結果，如現代的複合詞「老少、從戎、妻子、出山」等等，句法組合降格爲詞後是否成分間的語義結構就隨之發生轉型也很難說。就漢語整體研究的方法論看，漢語是語義型語言，完全可以考慮爲成分與成分之間的組配尋求統一的語義解釋。

周薦（1991）和黎良軍（1995）在對語法構詞理論提出批評的基礎上都提出了自己的語義構詞方案（詳見本文第三章第一節），但是這方面的研究目前還顯得很薄弱，有三個方面需要改進，一是須完全擺脫語法構詞研究方法論的影響；二是須考慮漢語的結構特點；三是要把古今中外的相關研究結合起來。爲了達到上述目的，本文主要考慮了以下三個方面，一是以「字」而不是以「詞」爲觀察的本位；二是考察古今漢語之間的承繼溝通關係；三是對西方的現代語義學理論有所借鑒。

第二節　漢語的「字」和語義構詞研究

如果我們追問漢語研究中爲什麼一定要確立「詞」這個概念，爲什麼要區分詞和短語，爲什麼總是對語義標準躲躲閃閃？問題馬上變得複雜起來，因爲這需要重新檢討近百年來漢語研究的方法論。

對漢語經典的構詞理論以及舊有的漢語研究整體理論的深刻有力的挑戰和檢討來自徐通鏘的「字本位」理論。這一理論與趙元任的「在中國人的觀念中，『字』是中心主題，『詞』則在許多不同的意義上都是輔助性的副題」這一論斷一脈相承，總的精神是使漢語研究擺脫「印歐語眼光」，與傳統的漢語研究接軌，就漢語爲漢語而研究漢語。

把漢語的雙字字組特別是固定雙字字組和印歐語特別是英語的複合詞相比附，並用語法結構的方法來整理實在是一個誤會，在「字本位」理論的框架中，以前討論的構詞的問題相應的轉化爲字組的構造分析問題。要弄清漢語漢字字組的構造方式及相關語義問題，還須從「字」這個漢語基本結構單位的特質著手加以分析。每種語言都有自己的結構本位，漢語的結構本位是「字」，不是「詞」，這樣說並不是做概念遊戲，而是關係到對漢語結構重新認識的大問題。（以下參看徐通鏘，1991b；1994a；1994b）所謂語言的「本位」，

是指明確而容易把握得住的語言單位，「字」是漢語的最基本、最重要的結構單位，它的結構簡單而明確，是一個以「1」為基礎的「1×1」的層級體系，構成一個字‧一個音節‧一個概念這樣的一一對應的結構格局，漢語結構的各個層面（語音、語義、語彙、語法）的結構特徵都交匯於此，因而每一個層面的研究均須以「字」為基礎。與印歐語言的「詞」相比較，漢語「字」的特點可以概括為：（1）結構簡明，（2）語法功能模糊，（3）表義性突出。（1）（2）兩個特點可以說是互為因果，語義功能強大而活躍是「字」的一種本質特徵，這與漢語的語義編碼方式和漢人的思維方式密切相關，也是字與字的結構方式所決定的。語言是現實的編碼體系，語言的規則歸根結蒂是現實規則的投射。不同語言社團的思維方式與它們的語言結構方式緊密關聯，語言不同，編碼的角度與核心也不同，對概念的把握方式也隨之不同。從語義的表達和理解角度看，要實現表達和理解的目標，不同語言對其結構不同層面的要求也不是一樣的。印歐語中與概念、判斷這兩種重要的思維形式相配套的是「詞」和「句子」，「句子」的模式是完整固定的，有「主語──謂語」結構和一致關係，要很好地理解和定義詞須納入句子中加以考慮。而漢語的編碼機制與印歐語言不同，漢人的抽象思維方式不是像印歐語社團那樣做判斷、推理，而是一種「比類取象」、「援物比類」的過程。這種過程可以理解為一種動態性的比喻操練，每一種「象」都與某一類實體相聯繫，既表徵實體本身的特徵，也表徵實體之間的各種關係，而實體的性質正是通過關係加以認識和規定，因此「象」是立體的多維度關係中的一環。「比類」是定義和理解「象」與「象」之間關係的一種基本思維方式，這種方式不是判斷和推導，而是用比喻找出一種「象」與其他「象」的共性，進而實現對「象」及相關現實現象的理解和把握，這種方式不同於印歐語式的用句子做判斷的定義，而是排比同類加以自然的相互映照。漢語中所謂「二字平列」現象就可以從上述角度加以認識和解釋。在「比類取象」、「援物比類」這種思維方式基礎上進行編碼，漢語的結構自然就會呈現出與印歐語言不同的模式。大體上，漢語中和「象」相對應的語言形式是「字」，和「比類」這種思維形式相對應的是字組或句子，本文所關注的是雙字複合字組。

　　如果把上述觀念推廣到雙字字組的語義構造上面，我們就能比較清楚地檢

討舊有構詞理論所忽視或不可能考慮的種種方面。以「字」為本位來觀察漢語結構的一個基本要求是把「字」作為一個整體來加以考察。同一個字，可以和多個字組配成多個雙音複合字組，每一次組配都可以看作是該字語義功能的一次拓展，要對某一個組配進行解釋，須納入該字組配結果的整體中去考慮，而對該字語義功能的解釋則必須考察與之組配的那一組字。例如：

（2）以「微」為核心的字組

　　a、與「微」相配的上字：

　　　卑　低　寒　精　略　輕　入　稍　衰　細

　　b、與「微」相配的下字：

　　　薄　詞　服　賤　粒　茫　妙　弱　細　小　笑　行

在（2）中，要完整地把握「微」的語義功能，必須同時考察上字和下字這兩個不同層次上「微」與其他字的關聯關係，每一次組配都可以看作是「微」語義功能增長的一個維度，反過來說，多次組配就是從多個角度對「微」進行認識和理解。因此，字是立體關係網絡中的一環，字既可以被其他字從多個維度加以注釋、映照或限制，也可以作為一個維度投射到其他字上面去。漢語「詞」這個觀念之所以飄忽不定與字的這種特性有關，在這裡我們看到的是字與字之間生動的碰撞，意義或觀念就是在這種動態過程中衍生和流變，而決非僵化的東西。以字為核心來觀察字組，所看到的關係從本質上講是非線性的，而不是線性的，這反映在兩個方面，一是，「字、音節、概念」之間存在著強制性的一對一的對應關係；二是，要說明字組中字與字之間的關係，必須要同時參照屬於同一核心字的其他字組。以上也從一個側面說明，漢語的「字」和印歐語言的語素是性質完全不同的兩種語言現象，語素基本上是一種線性結構的產物，不含非線性的因素。至於單個字組的語義結構關係，只能看作是核心字及核心字所屬字組整個語義功能的一個局部，必須從整體出發對其做出適當的語義解釋。漢語經典構詞理論的弊病就在於，把本來完整的東西加以肢解分化，結果是，不但忽視字組中重要的有機的語義聯繫，就連其得出的語法構詞類型也因無法把握字的功能特性而備受懷疑。

　　以「字」為觀察的基點來探究字組的內部構造規律有一定的難度，要做出可信的解釋不但要進行共時的考察，還須進行歷時的溯源。與印歐語言比

較，漢語「字」的一個特點在於它具有溝通古今的重要作用，「字」既積澱著過去，又負載著現在以及蘊涵著未來。

在漢語史上有一件眾所周知的重要事實，即現代漢語以雙字字組爲主的格局是由上古漢語以單字爲主的格局逐步演變過來的。在很多情況下，兩個字通過結合構成的雙字字組的作用與單字格局中的一個「字」的作用大體相當。例如：

（3）a、子不語怪，力，亂，神。(《論語‧述而》)

　　　b、孔子不談論怪異、勇力、叛亂和鬼神。

以上 b 爲現代漢語的說法，從 a 到 b，我們可以看到明顯的承繼關係：

（4）a　　　　b　　　　c

　　怪（——異）——怪異

　　力（——勇）——勇力

　　亂（——叛）——叛亂

　　神（——鬼）——鬼神

（4）中 c 可以看作是 b 對 a 進行注釋和限制的結果，原來單字結構格局中潛在的理解 a 組字所需要的 b 組字，在 c 所代表的雙字格局中得到了明確化。字的語義功能是強大的，從字的最初義出發，在現實的經驗的基礎上，依據一定的語義規則可以不斷引伸拓展它的語義功能，雙字格局既提供了單字語義功能引伸拓展的途徑，又使單字的某個意義固定和明確在某個意義維度上。比如說（4）a 中的「怪」，可以用「異」對它進行解釋，得到「怪異」這個雙字字組，其實對「怪」還可以從其他多個維度進行解釋，從而構造出多個由「怪」參與的雙字字組，例如：

（5）a、怪誕　怪譎　怪僻　怪物　怪象

　　　b、古怪　詭怪　鬼怪　奇怪　妖怪　作怪

與單字格局相比較，雙字格局不但使漢語語義表達變得更加精密細緻，而且大大減少了字的數量，例如《廣雅疏證‧釋詁》「擊也」條中羅列了有「擊」義的字多達 60 個，有多種多樣的「擊」法，對今人來說，其中大部分字已變成了生僻字，只有「打、擊、拍」等少數幾個字常用，原來多種多樣的「擊」可以用

構造雙字字組的辦法表達出來，例如：

（6）扚 —— 疾擊　　搥 —— 敲擊

　　　扶 —— 笞擊　　撲 —— 拘擊

　　　撠 —— 中擊　　擎 —— 旁擊

　　　搝 —— 拳擊　　拂 —— 過擊

以上說明，要準確把握「擊」的語義功能和解釋相關字組的語義構造，應該考慮它在單字格局中與相關單字的種種關聯關係。以往流行的理論認為，單字格局發展為雙字格局的原因是語音簡化，為了避免同音字干擾交際而廣泛採用雙字字組。這種說法只是說明了問題的一個側面，沒有觸及到問題更深入的層面。在本文看來，雙字格局產生發展的原因在於存在於單字格局中的結構的不平衡性，雙字格局一方面改善了結構，從而增強了字的編碼能力，另一方面使語義表達趨於精密化，並為單字義的引伸提供了更為廣闊的空間，而同音字的大量產生是這一重大的自我調整過程中所產生的結果，而不是原因。關於單字格局的編碼方式以及內部存在的矛盾後面還要詳細討論，這裡不多贅述。

漢語單字格局和雙字格局之間存在的歷史淵源關係為我們考察雙字字組的構造提供了重要線索。語言是成系統的，字不是孤立存在的，無論單字格局還是雙字格局，字的語義價值或語義功能均須參照相關字來加以確定，而相關字也恰恰注釋出了字的語義功能引伸、拓展和投射的方向及軌迹。從時間先後順序上看，單字格局先於雙字格局，雙字格局中的字的本義在單字格局中早已確定。意義的運動是有規律的，而不是雜亂無章的，字的本義特點往往決定了字義引伸的方向。從單字格局演變為雙字格局，字的數目大大減少了，而相應地，字的語義功能發生了重新分配，保留下來的常用字語義功能大大增強了，例如（6）中的「擊」（擊），原本在單字格局中語義功能具體而狹窄，《說文》：「擊，攴也，从手毄聲。（手部，十二上）攴，小擊也，从又卜聲，凡攴之屬皆从攴。（攴部，三下）」可見「擊」原義為「小擊」，後來在雙字格局中，原來單字格局中的相關的語義功能轉移到了「擊」身上，使「擊」的語義功能變得抽象而寬乏，除了前面（6）以外，在現代漢語中我們還可以說：

（7）a、搏擊　側擊　衝擊　反擊　攻擊　痛擊……

　　　b、擊敗　擊毀　擊劍　擊潰　擊落　擊破……

字是形音義的統一體，在單字格局中，一個字與其相關字之間往往有字形關聯和字音關聯，字形關聯主要有兩種，即聲符相同或形符相同，字音關聯就是傳統研究講的較多的「一聲之轉」或「語之轉」，是指若干字的聲韻調之間存在著有規律的變換關係。字形關聯和字音關聯往往可視作，若干單字之間存在的語義關係在單字格局的非線性結構中投射的結果，是單字格局對現實進行編碼的兩種重要方式。字形、字音關聯的結果導致漢語形成獨特的字族結構，在一個同源字族中，字與字存在著相互制約的關係，因此找對了一個字的形和音就可以在相關字族中確定該字的意義，從而實現「以形求義」和「因聲求義」。在段玉裁、王念孫以及現代訓詁家們的努力下，單字格局中許多重要的語義規律得到了可靠的把握。從單字格局發展成為雙字格局，漢語的結構方式發生了重大變化，但對現實的語義編碼的方式並沒有改變，也就是說漢人觀察世界的方式和角度並沒有改變。

普通語言學的奠基人洪堡特（洪堡特，1830～1835）認為，「內部的語言形式」潛藏在語言的底層，人們意識不到它們怎樣起著整理和劃分經驗內容的作用。這些從內部規定了一種語言認識世界的範圍和途徑的方式經得起歷史的消蝕，不像外在語言形式即語音形式那樣易變，易受異族語言的影響。這裡所謂「內部的語言形式」指的就是，存在於具體民族語言中的根深蒂固的語義編碼方式，或者說是現實關係在語言中投射的方式，簡言之就是語義理據規律。語言的規則歸根結蒂是現實規則投射的結果，不同語言的差異本質上在於語義編碼的視角不同。漢語以「字」為結構本位，以「比類取象」、「援物比類」為編碼的視角。這種編碼視角在以同源形聲字族為典型結構形式的單字格局中表現得極為充分。因此，要得到有說服力的雙字字組的語義組配規律，一方面需要從單字格局中總結出語義理據規律，並清理出從單字格局演變為雙字格局的線索，另一方面需要對兩種格局中的語義理據規律做出一致的解釋。以上兩個方面的要求概言之就是，對漢語雙字字組的語義組配規律的解釋應當既是符合邏輯的，又是符合歷史的。

在雙字格局中，作為同一個字，當它參與構造雙字字組時，情況通常只有

兩種，一種是做前字，由其他字充當它的後字；一種是做後字，由其他字充當它的前字。這裡需要指出的是，同一個字，當它分別充當前、後字時，語義功能是不一樣的，前字表語義特徵，後字表語義類別，這一點後面還要詳細論述。為了簡化分析和避免重複，本文在第三章以同一字作後字（核心字）這種情況作為分析的主要對象，分析若干前字和同一核心字之間的語義關係。前字和後字組配成立條件就是要符合語義理據規律，語義理據概括講有兩種，一種是相似原則，一種是相關原則。也就是說，前字和後字只有在語義相似或相關的情況下才能進行組配。相似和相關是兩條高度概括的原則，（參看 Jakobson、Halle，1956；Ullmann，1957；Lakoff、Johnson，1980）過去對這兩條原則的陳述略嫌空泛，在後面的研究中我們盡量把它們具體化。

第二章　漢語單字格局的語義構造

第一節　漢語單字格局的語義編碼方式

　　從方法論的角度看，漢語經典構詞理論沒有也不可能在它的構詞體系中很好地考慮古今漢語之間的承繼關係。陸志韋（1957，P.285）承認：「憑意義把語素（字）分類不是沒有困難的，特別是在文言傳下來的構詞成分上……然而考古在構詞法往往無濟於事，不常能肯定一個詞在構成的時候（時代），它的成分是按『本義』參加到這個詞裏去的還是按轉變了的意義」。採用結構語言學的方法來整理漢語的構詞法不避免地會採用純粹的共時分析方法，從而把歷時拋在了一邊。漢語從單字格局發展演變爲雙字格局是漢語史上的一件不爭的事實，大致上可以說，單字格局中的一個單字的語義功能和雙字格局中的一個雙字字組（特別是固定雙字字組）的語義功能大體相當（見徐通鏘，1994b）。按照洪堡特的「內部的語言形式」理論，漢語的單字格局可以看做是漢語的底層，它早已規定好了漢語認識世界和劃分經驗的方式。因此，研究清楚了漢語單字局的語義編碼方式並以此爲參照系來探討漢語雙字格局的語義編碼方式，得出的結論自然就比較可靠。黎良軍（1995，PP.157～158）明確提出了構詞分析的歷史主義原則，這很重要，但是黎只局限於個別詞的歷史考釋而並未立出更高的目標。我們的目標是要從整體上把握漢語單字格

局的語義編碼方式特點，爲理清漢語雙字格局的語義條例創造必要的條件。

語言是對現實的編碼體系，編碼後的結果可以從兩個方面顯現出來，一個方面是語言的碼把握住了現實世界中的哪些內容，對現實世界作出了怎樣的刻畫和切分，另一方面是語言的碼採用了什麼樣的形式關聯來映照現實世界中的各種聯繫。

早期漢語對現實進行編碼的基本成果是得到了一大批一個一個的「字」，字是形音義的統一體，從字音和字形入手可以幫助我們認清不同字與字之間的形式關聯，進而把握字與字之間的意義關聯。字在漢語中不光是文字問題，也是語言問題，五‧四以來漢語研究的主流把「字」看成爲文字問題，把複雜問題簡單化了（見徐通鏘，1994a）。文字和語言固然屬於兩個不同層面，但在漢語「字」的字形中儲存著極爲重要的語義信息。本文在這裡先把字的組成成分區別爲「字音型」和「字形型」，兩者結構基礎的總的特點均爲 1×1＝1。先說「音型」（以下參看徐通鏘，1991b，PP.251～259）。漢語「字」的音型表現爲一個音節，音節由三種成素即聲母、韻母和聲調按照 1×1＝1 的結構格式合成：

（8）

層序	層　　組　　織	結　構　公　式
Ⅰ	（1個韻頭）×1個韻腹×（1個韻尾）＝1個韻母	（1）×1×（1）＝1
Ⅱ	1個聲母×1個韻母＝1個音段	1×1＝1
Ⅲ	1個音段×1個聲調	1×1＝1

由於一個結構位置只能出現一個「1」，因而它爲音位「對立項的選擇」提供的位置簡單而有規則，即使把聲調包括在內，一共也只有五個位置，可以簡化爲如下的公式：

（9）$\dfrac{T}{C（M）V（E）}$

以上（9）有五個結構位置，構造一個具體字的音型就是在上述結構位置上進行「對立項的選擇」。如果不同字的音型之間要發生關聯關係，就可以從音型的成素著手，保持若干成素不變，而同時使其中某個成素具體結構位置上的成分發生交替，以此互相對照就可以建立起不同字音型之間的關聯了。粗略地說漢語音型關聯有三種情況（參看嚴學宭，1979）：

（10）a. 聲母變換，例如：（P：1），斑*pan：斕*lan。

　　　b. 韻母變換，例如：（əd：ən），開*khəd：墾*khən。

　　　d. 聲調變換，例如：（平：去），衣（平聲）：衣（去聲）

漢語「字形型」的典型代表是所謂形聲字，其構造原理同「字音型」平行，也是1×1＝1，即形符加聲符。不同字之間字形型之間的關聯有兩種：

（11）a. 聲符相同，例如：「兼」字族，鎌、廉、嫌、溓……

　　　b. 形符相同，例如：「水」字族，江、河、澤、洛……

無論是字音型關聯還是字形型關聯，它們的結構性質都是非線性的，漢語就是利用這種非線性的結構方式來對現實進行編碼。

　　在漢語的非線性結構中，字與字之間的關聯有以下四種情形：

（12）a. ＋　字形型關聯，＋　字音型關聯

　　　b. ＋　字形型關聯；－　字音型關聯

　　　c. －　字形型關聯；＋　字音型關聯

　　　d. －　字形型關聯；－　字音型關聯

以上（12）中a、b、c、d是字與字發生非線性關聯的全部情況。需要特別說明的是，在形型或音型上發生關聯的若干字，在語義上不一定有相似關係或相關關係，但是，如果發現了字與字在語義上有相似或相關關係，而同時又找到了形式上的關聯，那麼這種語義上的聯繫應該說是可靠的，也就比較容易得到說明。另一方面，字與字在語義上有某種聯繫，但它們既無形型關聯，也無音型關聯，即關聯類型為（12）d，這說明該種語義聯繫在字的非線性關聯上沒有投射，而是有可能投射於語言結構的其他層面。其實，後面我們將看到，由於語義關係是複雜的、多維度的、多層面的，而反映在字與字非線性形式關聯上的語義關係是非常狹窄的，這是漢語從單字格局向雙格局演變的一個重要原因。不過要理清單字格局的語義編碼方式，我們還得從字與字的非線性結構關聯入手。

　　漢字單字格局編碼方式的典型代表是同源形聲字族。

　　事物存在的形式與其所蘊含的內容往往是相適應的，單字格局的形式結構基礎1×1＝1和它所表達的語義內容是對當的。

　　《荀子‧正名篇》在講到「制名之樞要」時指出：「物有同狀而異所者，

有異狀而同所者，可別也。」陸宗達（1981，PP.39～40）和陸宗達、王寧（1994，
PP.119～122）對荀子的這一理論給予了重視和解說。「狀」和「所」是兩個
不同的範疇，「狀」指的是事物所具有的形態，而「所」指的是以某種形態存
在於世界的事物，或者說相當於「實質」。所謂「同狀而異所」，是指形態相
同而實質不同，例如「霞、瑕、騢、鰕、蝦」等字所表達的幾種事物具有共
同的形態「紅色」，但它們的實質是不同的，分別屬於「雲、玉、馬、魚、蟲」
等事物類別範疇。所謂「異狀而同所」，是指形狀儘管不同，而實質卻是一樣，
例如「掉」和「捶」，「掉」是「兩手擊」的意思，而「捶」是「鞭擊」的意
思。「掉」和「捶」表示的都是「擊打」這一動作，實質一樣，只不過所採用
的工具是不一樣的，這就是異狀。荀子的「狀所論」抓住了漢語語義編碼的
本質，如果表述為公式則是：

（13）1 個狀×1 個所＝1 個名（義）

「狀所」這一說法哲學味道頗濃，從現代語義學角度看，「狀」和「所」分別
相當於兩種不同的「義素」或「語義特徵」（semantic feature）（參看蔣紹愚，
1989，PP.15～24）。王寧（1993）指出：「……而中國古代重視分類及習慣一
分為二的思維特點，給漢語的義素分析法早已奠定了哲學基礎。……西方語
言學在使用義素概念描繪詞義時，一直想使義素的分解是有限的，但是由於
他們未能把握詞項之間質的聯繫，始終未能完滿解決這個『有限性』。而中國
訓詁學由於提出了核義素和類義素，同時採用兩分法，較好地解決了這一問
題。」王從詞義的比較中確立了三種重要的義素類別，即類義素、核義素和
表義素。類義素用以指稱單義項中表示義類的意義元素，例如：「澌，水索也。
消，水盡也。涑，水虛也。汔，水涸也。」比較以上的的注釋材料，可以分
解出「水」這個類義素。核義素（又稱源義素）指同源詞所含的相同特點，
例如：「澌，水離散。澌，流冰。嘶，聲散。厮，析柴者。欺，言實相離」。
比較上述注釋材料可以分解出該組同源詞的共同特點即「離析」。除了以上兩
種有特殊意義的義素外，其他義素都可稱為表義素，含有同一表義素的詞項
可以認為是偶然同義的詞項。王進一步總結出了以下公式和條例：

（14）a、類義素＋核義素＝詞源意義

　　　b、類義素＋表義素＝表層意義

c、詞項之間表義素相同者為同義詞

d、詞項之間核義素相同者為同源詞

c、詞項之間類義素相同者為同類詞，而核義素相同者，必非
同類詞

（14）中a、b這兩個公式是極為重要的，既區分了不同的概念語義層次，又與訓詁的義界相符。對類義素重要地位的確定同時意味著它與其他類別的義素比較地位是不平等的。無論是核義素還是表義素都可以理解為是對事物類或實體進行刻畫所需要的各種特徵，類的地位是比較穩固的，但對類的認識和刻畫隨著社會實踐的發展是沒有盡頭的，因此特徵的地位是常常變動不居的。同時事物或實體是多面的，可從若干不同的角度加以認識和刻畫，相應地特徵也可以歸納為若干角度，關於這一點後面還要詳細論述。

有了類和特徵互相對立的觀念，下面我們把漢語單字格局的語義編碼格式確定為以下（15）：

（15）1個字義＝1個語義特徵×1個語義類

（15）這個公式和前面我們講的字音型關聯和字形型關聯是相互配合的，其典型表現就是同源形聲字族。

以往的研究對同源的標準討論頗多，但至今仍無定見。對於這一問題本文不詳加探討，只想指出以下兩點：第一，同源字族的成因在於人們認知世界的方式在語言中有投射。認知事物的基本方式是發現事物之間的相似和相關關係，也就是要把握住事物的特徵，投射到語言，則可以用相同或相近的形式把認知的成果固定下來。第二，在右文範圍內討論得出的同源字是比較可靠的，也是比較典型的，可以作為探討漢語語義編碼方式較為可靠的材料。但同時須認識到同源系統與形聲系統之間存在著紛繁交錯的關係，同聲符之字未必同源（參看劉又辛，1985，P.162；陸宗達、王寧，1994，PP.373～375）。

楊樹達（1934）用大量的例證說明了「形聲字中聲中有義」這一原理，楊指出：「自清儒王懷祖郝蘭皐諸人盛倡導聲近則義近之說，於是近世黃承吉劉師培後先發揮形聲字義實寓於聲，其說亦既圓滿不漏矣。蓋文字根於言語，言語託於聲音，言語在文字之先，文字第是語音之徽號。以我國文字言之，形聲字居全數十分之九，謂形聲字義但寓於形而不在聲，是直謂中國文字離

語言而獨立也。其理論之不可通，固灼灼明矣。」文字固然不可離語言而獨立，而語言也不可棄文字而獨得其要領。

在同源形聲字族中，語義特徵由聲符來表示，語義類由形符來表示，特徵與類的組配有兩種情況，一種是一個特徵投射於多個類；另一種是多個特徵分別投射於一個類。下面我們分別用楊樹達（1934）的例證來說明上述兩種情況。為了表述的簡潔，我們盡可能把對一個字的釋義改寫為公式（15），用〔 〕將特徵和類加括，特徵放在前面，類放在後面，例如：

（16）銅→〔赤〕×〔金〕

為了說明第一種情況，我們先看下表（17）：

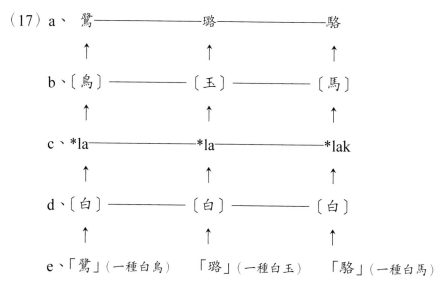

（17）a、 鷺—————————璐—————————駱

b、〔鳥〕—————————〔玉〕—————————〔馬〕

c、*la—————————*la—————————*lak

d、〔白〕—————————〔白〕—————————〔白〕

e、「鷺」（一種白鳥） 「璐」（一種白玉） 「駱」（一種白馬）

以上（17）反映了上古漢語單字格局對現實進行編碼的一個基本方面。e 層面是三種現實現象，d 層面是這三類東西共同具有的語義特徵，c 層面是一組音型關聯，它的功能的一個方面是能用來標識〔白〕這個特徵，就具體的一個音節如*la（*擬音取自王力體系）來說，它也有標識其他特徵的潛在功能，b 層面是三個名物語義類，a 層面既表示一組字形型關聯，又表示編碼的最後結果。從 e 層面到 d 層面，↑標識提取特徵，從 d 層面到 c 層面，↑標識表達，從 c 層面到 b 層面，↑標識組配，從 b 層面到 a 層面，↑標識最後的輸出。

孤單的一個字是沒有意義的，要弄清某一個字的語義功能或者它所表達的意義，必須將它納入相關字族中去考察。明確這一點是重要的，因為在單字格局中，同源形聲字族這種編碼方式的聲與義不是一一對應的，具體說來，一個

意義或某一特徵可由多個聲符來表示，而反過來，一個聲符可以表示多個意義或特徵。因此，把字納入相關字的系列中去確定它的語義功能就顯得非常必要。例如「小」這一特徵，我們至少可以舉出以下 6 組的同源形聲字族（參看劉英，1989）：

(18) a、殘、賤、淺、錢、盞、棧

b、銳、鈗、鮹、蛻

c、蛸、銷、消

d、蔑、蠛、糵、篾

e、脞、痤、莝、銼、矬

f、莞、僥、蟯、鐃

後一種情況例如沈兼士（1933）所揭示的一個例證，「皮」聲可以表示以下三個特徵：

(19) a、〔分析〕：破、被、簸、波

b、〔傾斜〕：坡、披、波、頗、跛

c、〔加被〕：髲、被、帔、貱、鞁、彼

上述情況啟發我們訂立這樣一條分析原則，即「避免孤例原則」：如果要認定某一聲符表示某一特徵，則必須要找到表達該特徵的同聲符的一個以上的字作為佐證。例如，要認定「坡」有「傾斜」義，須以「披、波、頗、跛」等字作為佐證。以上這條原則的重要性在後面的分析中還會不斷顯現，這意味著單字格局對每一個字的語義功能有一種強制性的要求，即它必須表達某一語義特徵和某一語義類，而特徵與類決非某一字所獨有，而是整個單字格局共有的意義的軌道。同時也說明，應該把「聲近義同」這一訓詁法則限定在一個較嚴格的範圍內。

楊樹達（1934a）揭示了更為複雜的情況：不同聲符之間存在著音型關聯即「轉」的關係，這種關係映照意義的關聯。例如：

(20) 重聲竹聲農聲字多含厚義（見楊樹達，1934a，PP.46～48）

a、厚謂之重，《說文·八篇上·重部》云：「重，厚也。從王，東聲。」

衣厚謂之襱，《廣雅·釋詁》云：「襱，厚也。」

b、東對轉覺

厚謂之篤,《說文・五篇下・竹部》云:「篤,厚也。从竹,
言聲,讀若竺。」

c、東轉冬

厚謂之農,《書・洪範》云:「農用八政。」《傳》云:「農,
厚也。」

厚貌謂之濃,《詩・小雅・蓼蕭》云:「零露濃濃。」《毛
傳》云:「濃濃,厚貌。」

厚酒謂之醲,《說文・十四篇下・酉部》云:「醲,厚酒也。
从酉,農聲」

厚味謂之膿,《文選・七發》云:「甘脆肥膿」。《注》云:
「膿,厚之味也。」

多類事物可以共有一個特徵,而同時一類事物可以具有多個特徵,例如「呂
聲」可表連侶之義、「並聲」可表並列之義、「夑」聲可表會聚之義,這三種特
徵均可投射到「植物」類上(參看楊樹達,1935,PP.44～45;PP.48～49),例
如:

(21) a、紹→〔連侶〕×〔衣〕

《廣雅・釋詁二》云:「紹繺,絣也。」《玉篇》云:「紹繺,
絑衣也。」《說文・十三篇上・糸部》云:「絑,縫也。」

b、栦→〔連侶〕×〔木葉〕

《釋名・釋飲食》云:「拼栦,梭也。」

c、餅→〔合併〕×〔面〕

《釋名・釋飲食》云:「餅,並也,溲面使合併也。」

d、枅→〔合併〕×〔木〕

《說文・六篇上・木部》云:「枅,屋檈櫨也。从木,幵聲」。

e、穊→〔會聚〕×〔布縷〕

《說文・七篇上・禾部》云:「布之八十縷爲穊。从禾,夑
聲。」

f、樏→〔會聚〕×〔木〕

《說文‧六篇上‧木部》云：「樏，桝櫚也。从木，夒聲。」

以上 b、d、f 三例是三種特徵向「植物」類投射的結果。「連侶」、「並列」、「會聚」三個特徵在語義上是相通的，古人能夠分別編碼，說明古人認識事物之細緻，漢語表現力之強大。

單字格局語義編碼的最後結果是完成多個特徵和多個義類的匹配，把組合成立的匹配用字標識出來，楊樹達（1934a）給出了下列格式：

（22）

聲類＼事類	宮室	衣服	植物	禾秉	庶物
幵	栚	絣	桝	O	菜
呂	櫚	紹	櫚	筥	O
夒	O	O	樏	稯	O

以上（22）中橫欄和縱欄都可以繼續延展下去，O 是楊原文所沒有的，我們加上 O 表示一種「空格」，即標識著一種潛在的有可能實現的特徵與類的組配。

以上是在同源形聲字族這種近乎理想的狀態下討論單字格局的語義編碼方式，我們看到音型關聯、形型關聯與語義特徵和語義類的搭配都是非常整齊的，其中形型關聯提供的線索尤為顯豁。同源形字族是單字格局的一個核心平面，但它並不能說明全部問題。

字的功能是活躍的，在很多情況下，對一個字語義功能的解釋我們無法憑藉同源形聲字族，也找不到清晰的音型和形型的線索，只能在同一語義場內憑相關字確定字的語義功能，然而無論在何種場合，對字的語義功能的解釋的框架仍是「1 個特徵×1 個類」。在這方面，古人對典籍的注疏給我們提供了許多典型材料。齊佩瑢（1984）、向熹（1981）分別對《毛詩傳》的訓釋方式作出了總結，下面我們引用一些例證：

（23）a、錡→〔有足〕×〔釜〕

　　　　釜→〔無足〕×〔釜〕

　　　b、羔→〔小〕×〔羊〕

　　　　羊→〔大〕×〔羊〕

c、狩→〔冬〕×〔獵〕

苗→〔夏〕×〔獵〕

d、衣→〔上〕×〔衣〕

裳→〔下〕×〔衣〕

e、跋→〔草〕×〔行〕

涉→〔水〕×〔行〕

f、卜→〔龜〕×〔卜〕

筮→〔蓍〕×〔卜〕

g、螟→〔食心〕×〔蟲〕

螣→〔食葉〕×〔蟲〕

蟊→〔食根〕×〔蟲〕

賊→〔食節〕×〔蟲〕

有例證表明，光局限於同源形聲字族，不考慮相關的語義場則無法全面準確地把握一個字的語義功能，例如前面表（17）中「鷺、璐、駱」是一組同源形聲字，只能有一個特徵〔白〕，在這個系列中，不得有別的特徵摻雜進來，「駱」只能解釋爲〔白〕×〔馬〕。然而《爾雅》中的材料說明，在〔馬〕這個大義類中，光用〔白〕這一特徵不能把「駱」跟其他相關字區別開來，下面是《爾雅·釋畜·第十四條》中的幾個字的釋義，我們用公式表示如下：

（24）駓→〔黃白雜色〕×〔馬〕

駰→〔陰白雜毛〕×〔馬〕

騅→〔蒼白雜毛〕×〔馬〕

騢→〔彤白雜毛〕×〔馬〕

駱→〔白，黑鬣〕×〔馬〕

可見「駱」的全面特徵是「白且黑鬣」。以上（24）只是《爾雅》中「馬」類的一個局部，但已足以說明同源形聲字族這種編碼方式的局限了，字的生命和本質在於它是爲表達哪一個義類服務的，它能標識出什麼樣的特徵，而這一切取決於如何在一個表同一義類的相關字群中給字進行怎樣的功能分配。在單字格局中，語義編碼方式及規律是隱含的，隱藏在同源字族和古人對字所做的注疏

當中，需要進行一番排比才能將編碼方式歸納出來。根據前面的討論，我們可以清楚地區分語義特徵和語義類這兩個不同的語義功能類別，這兩個功能類別聯繫密切，互相依賴，但地位不同，對具體義類的認識及進一步劃分小的類別則需要具體語義特徵的參與。

什麼樣的語義類可以和什麼樣的語義特徵互相搭配則取決於現實關係的理據，也即人們對現實現象認識的習慣及刻畫的方式、角度。特徵規定著類存在的狀態和方式。從這個角度來看，語言對某一具體現實現象進行範疇化的辦法是把它歸入適當的語義類，然後配上相應的特徵。現實現象大體上可以分為三類，即名物、動作和性狀，不同民族由於生活環境、生活方式、文化經驗的不同對這三類現實現象的認知方式也不同，根據徐通鏘（1993）的論述，漢語對現實的語義編碼以名物為中心，這與印歐系語言以動作為中心是大不相同的。以名物為中心這個視角投射到漢語中有種種重要表現，從《說文》和《爾雅》等字書提供的材料看，單字格局對名物的編碼較為細緻，而對動作的編碼則較為粗疏，而且常常和名物語義類聯繫在一起，而性狀是不獨立的，隱含在相關名物和動作之中。名物、動作、性狀是語義類別的最高分類，對這三大義類如何配給特徵，我們需要作一些具體的考察。單獨對某一具體義類比如說「馬」的特徵進行描述價值不大，而是需要把種種具體的特徵概括為較為抽象的範疇，同理也需要把種種具體的義類概括為更高層次的類別，然後觀察特徵範疇與義類類別哪些是能配得上的，哪些是配不上的。

第二節　義攝和義等

楊樹達（1934）給出的表格（前面表22）極具啓發性，橫欄標列的名目如「宮室」、「植物」等義類是高度概括的，縱欄給出的聲類（用於表達若干語義特徵）是很具體的，但可以概括為一類較抽象的特徵。如果我們把表（22）看作是漢語單字格局語義編碼的一個重要模型的話，那麼這個模型需要改進的地方則是如何把特徵概括為抽象的特徵類別並進一步考察它與義類的搭配情況。

已有的研究表明，漢人對現實現象的刻畫遵循著有限的若干條軌道。王國維（1921b）、齊佩瑢（1984）、蔣紹愚（1989）分別從不同的角度總結出了一些重要條例。

　　王國維（1921b）對《爾雅》草木蟲魚鳥獸等名物的釋義條例作出了歸納：「凡俗名多取雅之共名而以其別別之。有別以**地**者，則曰山，曰海，曰河，曰澤，曰野。有別以**形**者，形之最著者曰大小，大謂之荏，亦謂之戎，亦謂之王；小者謂之叔，謂之女，謂之婦，婦謂之負；大者又謂之牛，謂之馬，謂之虎，謂之鹿；小者謂之羊，謂之狗，謂之菟、謂之鼠，謂之雀。有別以**色**者，則曰晞，曰白，曰赤，曰黑，曰黃；以他物譬其色，則曰蔓，曰烏。有別以**味**者，則曰苦，曰甘，曰酸。有別以**實**者，則草木之有實者曰母，無實者曰牡，實而不成者曰童。此諸俗名之共名，皆雅名也。是故雅名多別，俗名多共，雅名多奇，俗名多偶。其他偶名皆以物德名之。有取諸物之**形**者，如垂、比葉，瓜、九葉之類。有取諸物之**色**者，如夏扈、竊玄之類。有取諸其物之**聲**者，如蛄、蜻蜻之類。有取諸**性**習者，如皇、守田，蠰、齧桑之類。有取諸**功用**者，如蒚、王蕈，菡、蘆之類。有取諸**相似**之他物者，或取諸生物，如苚藭、豕首之類，或取諸**成器**，如蘺綬，経履之類。其餘或以**形狀**之詞，其詞或為雙聲，如薢茩，芙茪，蘱、蕭薑之類；或為疊韻，如莐、茋莐，蓛、芎藭之類。此物名大略也。」

　　以上這段話可以看作是我們理解漢語單字格局和雙字格局語義構造及兩個格局之間關係的一個總綱。雅名相當於單字格局層面，雅之共名相當於義類，而雅之別名相當於特徵，俗名相當於雙字格局層面，要想說清雅名的編碼情況可由俗名入手，由俗名可知，雅名雖多奇，但密含特徵和義類兩個方面，俗名可看作是雅名語義結構明確化的結果，是對雅名的分析，特徵和義類都由具體的字表達出來，因此雅名多別，俗名多共，雅名多奇，俗名多偶。在上述引文中，我們把表特徵類別的字以黑體標出，每個特徵類別都包括若干具體的特徵，下面我們把王的方案羅列出來並從《爾雅》中舉些實例：

（25）a、**地**：例如〔山〕、〔海〕、〔河〕、〔澤〕、〔野〕

　　　　　　　荏→〔山〕×〔韭〕　　楎→〔河〕×〔柳〕

　　　b、**形**：例如〔大〕、〔小〕

　　　　　　　敢→〔小〕×〔葉〕　　莔→〔戎（大）〕×〔葵〕

　　　c、**色**：例如〔白〕、〔黑〕、〔黃〕

　　　　　　　棫→〔白〕×〔桵〕　　蟬→〔白〕×〔魚〕

　　　d、**味**：例如〔苦〕、〔甘〕、〔酸〕

　　　　　　　　檟→〔苦〕×〔茶〕　　梂→〔酸〕×〔棗〕

　　　e、**功用**：例如菥→〔做馬帚〕×〔草〕

　　　　　　　　箭→〔做玉蔧〕×〔草〕

　　　f、**性習**：例如蠶→〔齧桑〕×〔蟲〕

　　　　　　　　傅→〔負版〕×〔蟲〕

　　　g、**聲音**：例如蜩→〔蜻蜻〕×〔蟬〕

　　　h、**相似**：例如「取諸生物」，蓬蕩→〔似馬尾〕×〔草〕

以上是從《爾雅》草木蟲魚鳥獸等有限的幾類名物範圍內總結出來的對名物特徵進行刻畫的幾種方式，其中有些也適用於刻畫其他名物、動作或性狀的語義類別，當然上述類別有做出進一步歸納概括的餘地。

　　「地、形、功用」等特徵類別很像菲爾摩格語法中的「格」，不過這不是深層句法語義格，而是概念字義平面的深層語義格，本文把這些特徵類別叫做「義等」。

　　齊佩瑢（1984）分別從音訓和義訓兩個方面對《釋名》和《毛詩傳》的釋義方式做出了總結（參看齊佩瑢，1984，PP.101～103；PP.133～138），方法與王國維（1921b）一脈相承，不過比較全面，音訓特徵類別方案與義訓特徵類別方案大同小異，這也從一個側面說明齊得出的特徵類別是比較可靠的，下面我們把兩個方案合併在一起，實質一樣而名稱有差異的用括號標出，並各舉若干實例（不重複的只舉一個方面的）：

（26）a、**形狀**（形貌）：

　　　　陵→〔隆高〕×〔山〕（《釋名・釋山》）

　　　　筐→〔方〕×〔筐〕）（《毛詩傳》）

　　　b、**顏色**：

　　　　海→〔晦黑〕×〔水〕（《釋名・釋水》

　　　　鷺→〔白〕×〔鳥〕（《毛詩傳》）

　　　c、**性質**（性情）：

　　　　膿→〔釀厚〕×〔汁〕（《釋名・釋形體》）

　　　　瓊→〔美〕×〔玉〕（《毛詩傳》）

　　　d、**質料**（成分）：

木盾→〔木〕×〔盾〕(《釋名・釋兵》)

登→〔瓦〕×〔豆〕(《毛詩傳》)

e、功用（作用）：

笄→〔所以繫冠使不墜〕×〔首飾〕(《釋名・釋首飾》)

囿→〔域養禽獸〕×〔園〕(《毛詩傳》)

f、位置：

角→〔生於額角〕×〔形體〕(《釋名・釋形體》)

裳→〔下〕×〔衣〕(《毛詩傳》，下同)

跋→〔草〕×〔行〕

涉→〔水〕×〔行〕

g、時間：

圃→〔春夏〕×〔場〕(《毛詩傳》，下同)

場→〔秋冬〕×〔場〕

植→〔先〕×〔種〕

稺→〔後〕×〔種〕

h、聲音：

雷→〔碌碌之聲〕×〔雷〕(《釋名・釋天》)

i、所及：

孝→〔父母〕×〔善〕(《毛詩傳》，下同)

友→〔兄弟〕×〔善〕

雕→〔金〕×〔刻〕

琢→〔玉〕×〔刻〕

j、比喻：

喬→〔似橋〕×〔山〕(《釋名・釋山》)

跟→〔似木根〕×〔形體〕(《釋名・釋形體》)

齊以上這個方案已相當全面，特別是在名物方面，但是對性狀和動作的刻畫方式考慮不足。

蔣紹愚（1989，PP.48～52）從語義場和義素分析的角度比較細緻地論述了

動作和性狀的刻畫方式,先看動作:

（27）a、主體:

鳴→〔鳥〕×〔鳴〕(《說文》,下同)

吠→〔犬〕×〔鳴〕

b、對象:

洗→〔足〕×〔洗〕(《說文》,下同)

沐→〔髮〕×〔洗〕

浴→〔身〕×〔洗〕

盥→〔手〕×〔洗〕

c、方式、狀態:

眤→〔褒〕×〔視〕(《說文》,下同)

瞻→〔臨〕×〔視〕

觀→〔諦〕×〔視〕

d、工具:

扶→〔筶〕×〔擊〕(《說文》,下同)

挾→〔車軼〕×〔擊〕

捽→〔兩手〕×〔擊〕

捶→〔杖〕×〔擊〕

與齊的方案比較,蔣的方案考慮了動作的「主體」、「方式狀態」和「工具」,但未考慮動作發生的位置和時間。

關於性狀,蔣考慮了以下幾個方面:

（28）a、事物:

肥→〔牛羊〕×〔肥〕(《說文》,下同)

腯→〔豕〕×〔肥〕

b、方面:

明→〔視〕×〔明〕(《尚書·洪範》,下同)

聰→〔聽〕×〔明〕

睿→〔思〕×〔明〕

  c、性質：

  　　暑→〔濕〕×〔熱〕（《說文段注》，下同）

  　　熱→〔燥〕×〔熱〕

  d、程度：

  　　縓→〔一染〕×〔紅〕（《爾雅·釋器》，下同）

  　　赬→〔二染〕×〔紅〕

  　　纁→〔三染〕×〔紅〕

如果就單字格局的一條通例即性狀常常隱含在相關名物或動作之中來說，以上
（28）a、b 兩項也可以歸結為名物和動作問題，而不是性狀問題。

　　參照以上三家的方案，遵循盡可能概括的原則，我們把漢語單字格局的語
義特徵類別即義等規定如下並舉出若干具體特徵：

　　（29）漢語單字格局的「義等」框架

　　　I、相關

　　　　a、形狀：例如：〔大〕、〔小〕、〔方〕、〔圓〕、〔黑〕、〔白〕

　　　　b、性質：例如：〔美〕、〔好〕、〔乾〕、〔濕〕、〔苦〕、〔酸〕

　　　　c、質料：例如：〔木〕、〔瓦〕、〔石〕、〔鐵〕、〔土〕、〔竹〕

　　　　d、功用：例如：〔捕魚〕、〔所以穿也〕、〔所以縫也〕

　　　　e、空間：例如：〔上〕、〔下〕、〔山〕、〔海〕、〔河〕、〔地〕

　　　　f、時間：例如：〔春〕、〔夏〕、〔秋〕、〔冬〕、〔先〕、〔後〕

　　　　g、方式：例如：〔諦〕、〔疾〕、〔徐〕、〔側〕、〔高〕、〔靜〕

　　　　h、對象：例如：〔手〕、〔足〕、〔頭〕、〔金〕、〔玉〕、〔背〕

　　　　i、主體：例如：〔人〕、〔馬〕、〔犬〕、〔虎〕、〔牛〕、〔鳥〕

　　　　j、工具：例如：〔手〕、〔拳〕、〔杖〕、〔目〕、〔笞〕、〔石〕

　　　II、相似

以上方案中「形狀」類別包括王、齊方案的形狀、聲音和顏色三類，也即「顏
色」不獨立為一個類別，「聲音」類別實例較少，也可歸入「形狀」。「性質」
類別把王方案中的「味」、蔣方案中的「程度」歸入。「空間」也即齊方案中
的「位置」，王方案中的「地」歸入此類別。王方案中的「性習」一類不獨立，

歸入「功用」。g～j 等四大類別取自蔣方案，但「主體」一類內容包括兩個方面，一是動作的主體，二是性狀的主體。方案中義等「功用」很重要，這裡從《說文解字》中再摘取幾個實例加以說明，罩，捕魚器也，从网卓聲（网部，七下）。鑽，所以穿也，从金贊聲（金部，十四上）。鍼，所以縫也，从金咸聲（金部，十四上）。鐉，所以鉤門戶樞也，从金巽聲（金部，十四上）。

就某一具體特徵來說，有可能歸入一個以上的特徵類別，例如〔木〕這一特徵至少可以同時屬於「質料」和「對象」這兩個類別，實例如：

（30）a、桓→〔木〕×〔豆〕（《說文》）

　　　b、刻→〔木〕×〔刻〕（《爾雅‧釋器》）

這種情況並不是很普遍，所以總體上不影響類別之間的分野。

迄今為止，我們還沒有對特徵類別的實質作出說明。現實現象是以一定方式存在的，把握現實現象的方法是要抓住它的本質特徵。名物、動作、性狀等三類現實現象可分別用不同的特徵類別進行質的規定，這種規定成立的基礎是現實關係的理據。（參看陳平，1991，P.144）就典型的名物來說，它們一般都佔有一定的空間，因此首先可從它們的形態顏色等外觀特徵對它們進行認識和區別，其次可以分析它們的內部構成，即觀察它們是由什麼質料構成的，也可以考慮它們對生產和生活有什麼用途，再次還可以從它們存在的空間方位及時間來認識它們，在很多情況下我們還要指出它們具有什麼樣的特性並對它們作出主觀上的評價。動作存在的方式則與名物有較大區別，動作的發生有時間和地點，往往是以一定方式進行的，而且一般都有發出它的主體以及觸及的對象。與名物、動作相比較，性狀則非常抽象，它寄託於具體的名物或動作之中，需要通過不同名稱或不同動作之間相互比較才能顯現出來。以上現實關係的理據投射於漢語結構就產生了（29）I 中羅列的種種語義編碼類型，這種編碼著眼於與事物相關的方方面面，而（29）II 則是另一種方法，它是根據事物之間普遍存在的相似性來進行語義編碼，直接用與編碼相似的事物對它進行刻畫，進而認識編碼對象的屬性。

顯然，不同的具體事物類別各有其較為固定的若干特徵類別即義等與之相配。而具體的事物類別又可以歸納概括為層次較高的較為抽象的事物類別，例如「馬牛羊犬雞鹿蟲魚」等具體事物類別可以概括為「動物」，而「草木竹禾」

可以概括爲「植物」，我們把「動物」、「植物」這樣的抽象的語義類別叫作「義攝」。

「義攝」這個概念字義結構概念的存在是由事物的「分類等級」（taxonomic hierarchy）決定的（參看悉尼・蘭姆，1969，中譯本，PP.9～12；蔣紹愚，1989，PP.50～51）；符淮青，1996，P.213～263）。事物的分類等級模式大體如下所示，這裡以《爾雅》動物分類爲例：

（31）

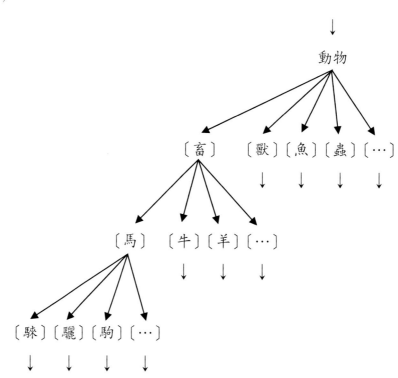

關於分類，古代字書如《說文》、《爾雅》、《釋名》等都做過極爲重要的嘗試，可惜迄今對這些分類經驗總結得不夠。

對事物進行分類和對事物用特徵進行刻畫是一個問題的兩個方面，兩者密切相關。現在對「分類等級」的認識有兩點比較重要，一是分類層級體系中存在著上下位關係，比如說以上（31）中〔畜〕是〔馬〕、〔牛〕、〔羊〕等的上位成分，而後者相應地是下位成分，處於同一等級的成分比如說〔馬〕、〔牛〕、〔羊〕之間是同位關係。第二點是，不應在等級體系內隨意設立語義特徵。蘭姆（1969）指出：「真正的義位成分（本文注：相當於語義特徵）出現在兩個或更多個不同的義位的符號。例如 female（雌性）不但出現在 mare（母馬），而且出現在 doe（牝鹿），sow（母豬），vixon（牝狐），hen（母雞），

sister（妹妹），queen（王后），等等」。王國維（1921b，PP.221～226）在總結《爾雅》草木蟲魚鳥獸的條例時闡發了一條重要原理：「凡雅俗古今之名，同類之異名與夫異類之同名，其音與義恒相關。」所謂「異類之同名」可以理解爲語義類不同，但語義特徵相同，例如：

（32）a、縣馬 → 〔小〕×〔草〕

　　　b、木髦 → 〔柔（小）〕×〔木〕

　　　c、蟻蠓 → 〔小〕×〔蟲〕

　　　d、縣蠻 → 〔小〕×〔鳥〕

　　　e、霡霂 → 〔小〕×〔雨〕

以上（32）中「木髦」等連綿字之間存在明顯的「語之轉」關係，〔小〕這一特徵貫通〔草〕、〔木〕、〔蟲〕、〔鳥〕、〔天〕等五大語義類別，而不是孤例，因此〔小〕這一特徵的設立證據確鑿，價值較大。上述原理適用於分類等級體系的構建。在類似（31）這樣的分類等級體系模式中，有兩條線索起著決定性的作用，一條是縱的，即從上到下的關係，這種關係的保障比較明顯，即下位成分以上位成分爲語義類別，例如「馬、牛、羊」的類特徵可以描述爲〔畜〕，而「騄、驪、駒」的類特徵可以描述爲〔馬〕；另一條線索是橫的，較爲隱藏，它是由特徵來保障同級成分之間的區別，而每個成分的特徵的設立決非胡亂的和救急式的，而是遵循著某種特有的軌道，甚至可以說是由千百年來存在於本民族語言社團的語義潛流決定的，如果缺乏語源的眼光，可能會把「馬」的特徵定爲〔無角〕，其實「馬」之得名來自人們對它的〔怒武〕這一特徵的認識（見楊樹達，1934b，PP.79～80），例證如：

（33）a、「馬，怒也，武也。象馬頭髦尾四足之形」。（《說文》）

　　　b、「大司馬，馬，武也，大總武事也。」（《辨釋名》）

　　　c、司馬或稱司武，「司武而梏於朝」。（《左傳襄公六年》）

　　　d、「禡者，馬也。馬者，兵之首，故祭其先神也。」（應劭注《漢書敘傳》）

　　　e、「罵，詈也，从网馬聲。」（《說文》）

又如（31）中的「駒」，其特徵爲〔小〕，在其他類別有平行的例證，例如「狗」 → 〔小〕×〔犬〕；「牯」 → 〔小〕×〔牛〕。

語義特徵可以看作是分類的工具，如（31）所示，由上至下類越分越細，每分一次就是爲大類派給一個特徵，從理論上講，分類是沒有盡頭的，可無窮盡地劃分小類，層次越低，所累積的特徵層次也就越多，所謂「1 個特徵×1 個義類」是就直接上下層關係而言的，比如說「駒」可描述的「〔小〕×〔馬〕」，僅就它與直接的上層「馬」而言，它只有一個特徵，可是就它與最高層「動物」的關係而言，它則需要多一個特徵〔畜〕，這裡要注意的是特徵也是分層級的，例如：

（34）駒→（（〔小〕×〔馬〕）×〔畜〕）×〔動物〕

《爾雅》中「馬」的名稱之所以顯得有些凌亂，原因是把不同層級的若干特徵用線性次序加以擺放排列的結果。

考慮到事物分類等級體系的要求，我們應該把前面給出的公式（15）即「1 個字義＝1 個語義特徵×1 個語義類」限定在一個嚴格的範圍內，即它反映的是事物分類層級體系中直接上下級的關係。

一般說來，把一個義攝比如說「動物」分爲如（31）那樣的四個層次就足夠了，如果層次再深，就可能會給認知和理解帶來困難。就單字格局而言，（31）中的最低層次是一個典型層次，字數較多，很多意義問題產生於它與上一層次即第三層次之間的關係。

比較第三、第四這兩個層次，可以看到，第三層次中的一個具體義類比如「馬」相對來說可賦予較多的特徵，可具有較多的例如「駒」這樣的同級成分，「駒」相對「馬」而言，是「馬」的一個小類，對它繼續分類的可能性不大，也即對它賦予較多的特徵是不太可能的。有一種錯覺是明顯的，就是某個事物義類所在的層次越低，其具有的特徵就越多，其實其多個特徵來自不同的層次，就其所在的層次而言，相對於上一層次，它只能具有一個特徵。說某類事物有多個特徵，準確的說法應當是，它有多個位於它直接下位層次的同層次特徵。

像「動物」、「植物」這樣的義攝儘管目前研究得不夠，參考《爾雅》、《說文》和《釋名》中的分類情況，我們還是能舉出一些重要的：

（35）a、人物：例如人類、士類、女類、男類、鬼類。

b、動物：例如馬類、牛類、羊類、犬類、鳥類。

c、植物：例如草類、木類、竹類、米類、禾類。

d、器用：例如衣類、車類、布類、刀類、瓦類。

e、宮室：例如門類、室類、路類、梁類、臺類。

f、地理：例如山類、田類、丘類、水類、野類。

g、天文：例如天類、月類、雨類、風類、氣類。

h、形體：例如面類、首類、骨類、身類、血類。

I、姿容：例如擊類、視類、走類、洗類、怒類。

以上幾類雖然不全，但已包括了單字格局大部分義攝，而且各義攝之間的分野是比較清楚的。我們可以說清楚不同義攝與義等相配的趨向，比如「動物」這一義攝通常與哪些義等相配，而較少或不同哪些義等相配，顯然在這方面有些義攝差別較大，如「動物」和「姿容」之間的差別較大，共同的義等較少，而有些義攝差別較小，共同的義等較多，例如「動物」和「植物」。下面我們以「動物」和「姿容」兩攝爲例來說明義等與義攝匹配的情況。「動物」這裡以《爾雅・釋畜第十九》中所收「馬」名爲例，「姿容」這裡以《說文・十二篇上・手部》所收「擊」名爲例：

（36）刻畫「馬」類所用義等

　　a、形狀：例如，驈 → 〔黃白〕×〔馬〕

　　b、性質：例如，駃 → 〔絕有力〕×〔馬〕

　　　　　　　　　　騭 → 〔公〕×〔馬〕

　　　　　　　　　　騇 → 〔母〕×〔馬〕

（37）刻畫「擊」「類」所用義等

　　a、方式：例如，拘 → 〔疾〕×〔擊〕

　　　　　　　　　　抵 → 〔側〕×〔擊〕

　　b、工具：例如，挟 → 〔笞〕×〔擊〕

　　　　　　　　　　挾 → 〔車靷〕×〔擊〕

　　c、對象：例如，挨 → 〔背〕×〔擊〕

一般說來，應用於一個義攝的義等數目要多於應用於其所屬某一具體義類的義等數目，例如在「姿容」攝中，有的義類如「行」可用「空間」這個義等，例如《爾雅・釋宮》：

（38）a、時→〔室中〕×〔行〕

b、行→〔堂上〕×〔行〕

c、步→〔堂下〕×〔行〕

d、趨→〔門外〕×〔行〕

e、走→〔中庭〕×〔行〕

f、奔→〔大路〕×〔行〕

當然最終的結果是我們可以為每一個義攝確定一份「義等」清單，例如「動物」義攝清單如下所示：

（39）「動物」攝「義等」清單

a、形狀：例如〔長〕、〔短〕、〔大〕、〔小〕、〔黑〕、〔白〕

b、性質：例如〔絕有力〕、〔雄〕、〔雌〕

c、空間：例如〔天〕、〔山〕、〔野〕、〔南方〕、〔北方〕

d、時間：例如〔春〕、〔夏〕、〔秋〕、〔冬〕

e、功用：例如〔食苗心〕、〔食根〕、〔食虎豹〕

以上（39）意味著，如果我們要對某種動物的特徵作出描述，可以從 a～e 等五個方面著手。

第三節　漢語單字格局向雙字格局轉變的原因和途徑

前面我們論述了漢語單字結構格局的語義編碼規律，我們發現在單字結構格局中，「一個字義＝1 個語義特徵×1 個義類」這個簡單的語義編碼公式和義等、義攝等概念相互配合可以完成對現實世界作出較為細緻的反映和刻畫。那麼單字格局是不是非常完美呢？它是不是能完全滿足語義編碼的需要呢？產生上述疑問是自然的，因為漢語單字格局從先秦就已經開始了向雙字格局轉變的進程，推動這種轉變的原因需要從單字格局內部入手來加以探尋。總的一點是，從單字格局向雙字格局轉變可歸因於單字結構格局內部的不平衡性，對這種不平衡性的認識需要從單字結構格局不同層面之間的關係入手作些具體的考察。（參看徐通鏘，1993，PP.218～243）。

王力（1983，PP.226～227）認為漢語詞複音化有兩個主要因素。第一是語音的簡化，第二是外語的吸收。關於語音簡化，王認為：「上古漢語的語音系統

是很複雜的。聲母和韻母都比現代普通話豐富得多。和中古音相比，也顯得複雜些。有些字在上古是不同音的，如『虞』和『愚』、『謀』和『矛』、『京』和『驚』，到中古變爲同音了。……到了近古，例如《中原音韻》時代，語音又簡化了一半以上。單音詞的情況如不改變，勢必大大妨礙語言作爲交際工具的作用。漢語詞逐步複音化，成爲語言簡化的平衡錘。這並不是說，語言的發展是由於人爲的結果，而應該認爲，語言的本質（交際工具）決定了語言的發展規律，漢語詞的復音化正是語音簡化的邏輯結果。」王的觀點影響較大，注意到了語音因素和交際因素，但沒有考慮語義因素。

程湘清（1981，PP.58～61）的主張與此相反。程認爲，是詞語的雙音節化才導致了語音系統的簡化，而不是相反，「實際上，漢語詞語的雙音化不但避免了音系繁雜、同音詞過多等弊病，而且能夠更準確、周密地反映客觀，交流思想。」在具體實例的分析上，王注意到了兩種格局之間意義的承襲關係，「還有的是用一個專指的概念加一個通指的概念合成的，這樣合成的雙音詞往往能夠更加精確、細密地表達各種意義相近的概念。例如《爾雅·釋詁》所載：『隕、下、降、墜、零，落也』。其中石落曰『隕』，葉落曰『下』，上落曰『降』，毀落曰『墜』，草落曰『零』，都是專指，『落』則是通指，由它們共同組成的『隕落』、『下落』、『降落』、『墜落』、『零落』就從不同角度表達了『落』的意義，形成一組交際能力更強的近義雙音詞。」

此後這個問題的研究趨向逐步向語義靠攏（參看蘇新春，1992，PP.192～196）。蘇新春認爲，分析漢語雙音詞化的原因，應該著重從分析單音詞，尤其是單音詞的意義特徵和表達功能入手。這一觀點非常重要，但是蘇採用的是「詞」的觀點，對字族現象重視得不夠。

徐通鏘（1994b）從字本位的角度出發探討了這個問題，徐強調了「字」的語義功能特點，認爲，「『字』通過結合而構成的字組（特別是其中的固定字組），其作用大體相當於一個『字』。這是漢語在演變中爲減少『字』的數量而又要保持和豐富語言的表達能力而進行的一次重大的自我調整，以使保留下來的『字』能夠最大限度地發揮它的編碼功能……它是我們探索漢語語義發展規律的一條重要途徑；同音字的大量產生是這一過程所產生的『果』，不是『因』。」抓住了「字」，也就抓住了單字格局和雙字格局之間意義的承襲和溝通關係，徐論述道：「這種增加『字』的長度以減少字的個數的自我調整的客觀效果是爲詞概念

找到了一種較爲客觀的表現形式，這就是現在一般所說的『複音詞』。如果說，一個『字』中可以隱含著幾個不同的『詞』，那麼『字組』就可以以『字』的某一義項或語義特徵爲基礎把語言中與此有關的『字』拉過來，彼此相互注釋，相互限制，構成一個語義明確、功能相對單純的『複音詞』，使原來隱含在義項中的詞概念明確化和離散化。」

參考徐的觀點，我們把字的語義功能特點和單字結構格局中的形式關聯及語義編碼方式結合起來探討演變的原因。

在單字格局中，字的語義功能特點在同源形聲字族中表現得尤爲典型充分，它既爲語義編碼服務，同時又是語義編碼的成果。一切問題似乎都取決於「一個字義＝1 個語義特徵×1 個義類」這個語義編碼公式，顯然字的語義功能特點是，它表達的是一個特徵和一個義類的匹配關係，特徵和義類兩者形影不離。無論是多個特徵配一個義類，還是一個特徵配多個義類，單字格局都必須設法爲每一次匹配造出一個合適的字來，結果是字數非常多，而字的語義功能相對單純簡單，負荷較少，這一方面與語言的經濟性原則相悖，另一方面人們的記憶也會不堪負擔。就字與字的音型關聯來說，聲、韻、調的相同和相近，映照出了不同義類所具有的共同的區別特徵，但是無法用於區分它們的義類。就字與字的形型關聯來說，不同字同一形符，但義類未必相同；不同字同一聲符，但特徵未必相同。漢語的同源形聲字族是一種非常特殊的非線性結構，其中所表現出來的音義結合關係是比較奇特的，這種關係無法用「詞」理論來概括。在同源形聲字族中，一個音節或一組音型關聯是和整個字族共有的語義特徵相結合的，而不是與單個的脫離字族存在的字義發生關聯，所謂音義結合的有理據性也只能在這種結構方式中才能得到解釋。

同源形聲字提示著在漢人頭腦中特徵和義類搭配的意識是根深蒂固的，哪怕有時還未來得及造出合適的字形來。已有的同源形聲字族中，具體的一個字就是一個單位，字形爲我們確定單位提供了現在的線索，字形也是漢語基本單位「字」不可分割的一個方面，有了義類及與之相配的特徵，我們就得去想像或去創造能將該義類及特徵整合在一起的字，這是漢人的一種基本的語言意識。如果從詞的角度看，上古漢語單字格局中同音詞或近音詞多得不可勝數，其實從音義關係的角度看，「詞」不過是一種虛設，用「詞」的觀念無法正確理解單字格局的結構以及由單字格局向雙字格局演變的原因。

　　人們對現實世界的認識是不斷深化的，不論是名物、動作，還是性狀，都有可能成爲被認識或被刻畫的對象。前面說過，漢語單字格局語義編碼以名物爲中心，相對而言，對名物的刻畫較爲細緻，而對動作的刻畫較爲粗疏，而性狀只能聯繫其相關的名物或動作加以認識。從字形提供的線索看，單字格局中由於義類和特徵都隱含在具體的字裏面，加上音型關聯和形型關聯所能提供的形式手段有限，而義類和特徵的數量是龐大的，所以表示出來的義類和特徵都是顯得概括而模糊，不那麼明確，例如，單字格局中，「扌」符多表手部動作，多種義類可用它來表達：

（40）a、〔持〕類：攝→〔引〕×〔持〕　攬→〔撮〕×〔持〕

（《説文・十二篇上・手部》，下同）

b、〔舉〕類：揭→〔高〕×〔舉〕　揚→〔飛〕×〔舉〕

c、〔擊〕類：摧→〔敲〕×〔擊〕　扰→〔深〕×〔擊〕

以上（40）說明「扌」符表達功能負擔之重，它能對相關的動作做出高度的概括，但無法標識出細類。同理，不同的性狀往往存在著相互關聯和轉化的關係，而單字格局也無法將這些不同的性狀類別區別開來，例如，王念孫在《廣雅疏證・釋詁》「短也」條指出：「凡短與小同義，故短謂之痤，小亦謂之痤。」這條材料也說明單字格局概括有餘，而分化明確不足。

　　以上兩個方面的情況說明用單字格局很難實現語義表達精密化的要求。從根本上講，單字格局存在著兩大弱點，一是字數太多，二是特徵和義類概括有餘，但明確不足。這兩大弱點在很大程度上要歸因於單字格局語義編碼性狀不獨立這一特點。性狀不獨立是原始思維的一大特點，其他民族語言也有這種情況。性狀不獨立在單字格局中有兩大後果，一是沒有獨立概括的性狀，只有具體的屬於相關名物或動作的性狀，這猶如我們面對一個有一公因素的數列而偏偏不去求它的公因素，結果當然是要編出相當多的「碼」。張永言（1984b，PP.100～135）收集的大量材料可以用來說明上述現象，張研究了上古漢語的「五色多名」即「黑、白、赤、黃、青」，與這五大顏色特徵相關的字在上古極其繁多，例如「黑」，張羅列了98個字條，下面轉引一些例證：

（41）a、羺　ĭən《説文》四上羊部：「羺，……曰黑羊。」朱駿聲

云：「此以煙薰得訓。」《廣雅・釋器》：「羺，黑也」。

b、煙　ǐən／ien《說文》十上火部：「煙，火氣也。」當指黑
　　色的煙氣。

c、黳　iei（-ied）《說文》十上黑部：「黶，小黑子。」《廣雅·
　　釋器》：「黶，黑也。」

d、鷖　iei（-ied）《說文》四上鳥部：「鷖，鳧屬。」段玉裁
　　注據《周禮·春官·巾車》「鷖總」鄭玄注，謂此鳥得名
　　於青黑色。

e、瑿　iei（-ied）王念孫《廣雅疏證》卷八上《釋器》「黝」
　　條：《玉篇》：「瑿，黑石也。」字或作「堅」。《唐本草》
　　云：「堅，狀似玄玉而輕……」義並與「黶」同。

f、堅　iei（-ied）《說文》十三下土部：「堅，塵埃也。」當亦
　　得名於黑。

g、壚　la（-âg）《說文》十三下土部：「壚，〔黑〕剛土也。」
　　《書·禹貢》：「上土墳壚」。《楚辭》劉向《九歎·思古》：
　　「徜徉壚阪。」

h、鑪（爐）　la（-âg）《說文》十四上金部：「鑪，方鑪也。」
　　徐灝云：「古作盧，相承增金旁。」

i、鸕（鷺）　la（-âg）《說文》四上鳥部：「鸕，鸕鷫也。」
　　段注：「鸕者，謂其色黑也。」《文選》卷四張衡《南都賦》
　　李善注引《倉頡篇》：「鷫鴣，似鴰而黑。」

性狀不獨立的第二個後果是不能對性狀作出獨立的刻畫，而只能聯繫隱含性狀
的相關名物或動作來對性狀加以認識，這與雙字格局的情況形成了對比，性狀
作為一種現實現象，與名物、動作一樣，可以作為一種義類用特徵進行刻畫，
下面是雙字格局的實例：

（42）　a、〔博〕×〔大〕→博大　　b、〔矮〕×〔小〕→矮小
　　　　　〔粗〕×〔大〕→粗大　　　　〔嬌〕×〔小〕→嬌小
　　　　　〔肥〕×〔大〕→肥大　　　　〔渺〕×〔小〕→渺小
　　　　　〔高〕×〔大〕→高大　　　　〔弱〕×〔小〕→弱小
　　　　　〔廣〕×〔大〕→廣大　　　　〔瘦〕×〔小〕→瘦小

$$〔浩〕×〔大〕→浩大 \qquad 〔微〕×〔小〕→微小$$

$$〔寬〕×〔大〕→寬大 \qquad 〔細〕×〔小〕→細小$$

$$〔絕〕×〔大〕→絕大 \qquad 〔狹〕×〔小〕→狹小$$

$$〔雄〕×〔大〕→雄大 \qquad 〔纖〕×〔小〕→纖小$$

$$〔遠〕×〔大〕→遠大 \qquad 〔幼〕×〔小〕→幼小$$

　　事物類和特徵是相對而言的，其實質是現實世界中事物之間存在著普遍聯繫。一個事物既可以作為一種刻畫的對象，又可以作為一種特徵或一種陪襯去刻畫其他事物，因此類和特徵之間實際存在著相互轉化的關係，例如：

（43）a、嵩→〔大而高〕×〔山〕（《爾雅・釋山》，下同）

　　　　　岑→〔小而高〕×〔山〕

　　　　　嶠→〔銳而高〕×〔山〕

　　　　b、栲→〔山〕×〔樗〕（《爾雅・釋木》）

　　　　　鸒→〔山〕×〔鵲〕（《爾雅・釋鳥》）

　　　　　薜→〔山〕×〔麻〕（《爾雅・釋草》）

以上（43）中 a 條中「山」是類，b 條中「山」是特徵。b 條中三種事物具有「山」這一共同特徵，但是這種意義上的重要關聯並沒有投射到形式關聯的層面上，也即「栲、鸒、薜」三字既無音型關聯，也無形型關聯。而隨著人們認識的不斷深化，類似（43）b 這種情況會越來越多。意義、結構和功能本來就是緊密關聯、協調一致的三個層面，這種緊密關聯在同源形聲字族中得到了完好的體現。然而隨著意義這個層面的不斷變化和擴張，原有的結構和功能已經不適應意義表達的要求，於是語言作出自發性調整，強化和擴張已有的字的功能，同時調整字與字的結構方式。

　　對單字結構格局的調整有兩種方式，一是把一個單字通過變讀的手段分化為若干語義功能不同的單字，例如去聲的產生；二是對單字結構格局作徹底的改造，把義類和特徵分別用兩個不同的字來表示，即用兩個字來表達一個字所具有的語義內容。限於篇幅和本文關注的重點，這裡我們只就第二種方式作一些考察。

　　現在我們回到「一個字義＝1 個特徵×1 個義類」這個語義編碼公式上面來。單字格局的弱點產生於同一個單字同時需要表達出特徵和義類這兩個方

面，這個要求桎梏著特徵和類的自由組配。對單字格局結構作出調整需要考慮到語義編碼方式，即特徵和類的關係是不會改變的，無論如何調整都要求把這兩個方面表達出來。漢語採用了雙字的手法來解決這一問題，重新指派單字的功能，特徵和類分別用兩上不同的單字來表達，一般說來，一個單字既可以表示特徵，又可以表示類別，而區別方式一般是作前字時表特徵，作後字時表類別。然而雙字格式不是無緣無故就產生的，它的產生有形式基礎。

黃志強、楊劍橋（1990）和徐通鏘（1993）都注意到雙字格局的產生和上古漢語中重言和連綿形式有關。重言和連綿形式特徵表現為，有兩個音節，重言的兩個音節相同，而連綿的兩個音節要麼雙聲要麼疊韻。重言和連綿的表義功能較為單純，多用於描述情貌。

王力（1944～1945，PP.384～385）論述道：「擬聲法（onomatopoeia）和繪景法都是屬於修辭學的範圍的，我們在本書必須敘述他們者，因為他們和中國語的構詞法造句法都大有關係。中國有所謂聯綿字，就是聲音相同或相近的兩個字，迭起來成為一個詞。聯綿字大致分為三種：（一）疊字，即「關關」、「呦呦」、「淒淒」、「霏霏」之類；（二）雙聲聯綿，即「丁當」、「淋漓」之類；（三）疊韻連綿，即「倉皇」、「龍鍾」之類。聯綿字不一定是用於擬聲法和繪景法的，「猩猩」、「鴛鴦」、「螳螂」三類都只是普遍的名詞；但是擬聲法和繪景法都大半是由聯綿字構成的。「這裡王把重言（疊字）和連綿統稱為聯綿字。重言和連綿是結合密切的兩個字，單獨獨立出一個不具語言意義，和後來產生的如「大大、小小」等重疊式是兩回事。

關於重言的性質，金守拙（見周法高，1962，PP.102～106）指出：「用在疊音形式（本文注：即重言）中的漢字通常是最不常見的，在用在《詩經》中的 360 個漢字中，就有 139 個漢字除了出現在疊音形式中不出現於他處。它們好像是為這個特別的組織而造出來的。它們幾乎老是根據所謂「形聲字」（phonetic compound）的型式來設計的。那就是說，一個具有被公認的音讀的字形，為一個附加的成分所修飾而使它用為×－×中的×。但是原來的字形的意義並不出現在×中，而只是其音讀。尤有進者，當×用常見不加偏旁的漢字表示，我們通常可以發現；已知的文義不能適合新形式×－×的文義。……疊言形式將被看作為原始形式（primary forms）而不作為轉化形式（derivatives）。在單字×中找尋他們的意義，或把這個×和一些已知的單音詞相關聯：這是毫

無結果的。但是考慮一個疊聲形式的聲音可能有點價值。」下面我們轉引一些金收集到的《詩經》中對「憂心」的疊音描繪實例：

（44）a、憂心怲怲。（《小雅·頍弁》）

　　　b、憂心忡忡。（《召南·草蟲》；《小雅·出車》）

　　　c、憂心惙惙。（《召南·草蟲》）

　　　d、憂心慘慘。（《小雅·十月》）

　　　e、憂心慇慇。（《小雅·正月》）

　　　f、憂心愈愈。（《小雅·正月》）

從語言心理上看，雖然重言×－×式中單獨×無意義，但人們在用字時還是要為整個形式尋找到一個義類即形符「心」，而相應地，聲符形式表特徵，這也從一個側面說明了「一個字義＝1 個特徵×1 個義類」這條語義編碼規律的確定性。後來的連綿字也有這種情況，這裡不再贅述。

重言和連綿這兩種形式採用兩個音節，這與單字格局一字一音節模式矛盾，但它們恰恰為雙字格局的產生和發展準備了形式上的藍本。

把單字格局的語義內容裝進雙字格局平攤開來，這有一個緩慢的過程。

程湘清（1981）在《尚書》、《詩經》、《論語》、《韓非子》等先秦典籍中收集到了 615 個雙字組合，統計數字引用如下：

（45）a、表名物的，386 個，62.75%

　　　　表動作的，139 個，22.6%

　　　　表性狀的，90 個，14.64%

　　　b、語法構詞共 586 個，其中：

　　　　並列式，307 個，52.4%

　　　　偏正式，245 個，41.8%

　　　　支配式，28 個，4.8%

　　　　補充式，表述式，6 個，1%

程認為，從意念上看，表示具體意義的占多數，但表示抽象意義的也隨著時代的推移逐漸增多。程從以上數量分析看出先秦詞雙音化的大致發展趨向：（1）由名詞而動詞、形容詞；（2）從並列、偏正結構到其他結構；（3）從表示具體意義到表示抽象意義。程明確地把先秦雙音詞和發展過程分為三個階段：

（46）①語音造詞階段：

    a、重疊單純雙音詞（重言字），如：天天、坎坎

    b、部分重疊單純雙音詞（連綿字），如：參差、輾轉

②語音造詞向語法造詞的過渡階段：

    a、重疊合成詞，如：高高、青青

    b、部分重疊合成詞（雙聲疊韻），如：踴躍、經營

③語法造詞階段：

    a、運用虛詞方式構成的，如：于歸、油然

    b、運用詞序方式構成的，如：道路、四海、執事、自殺

現在的問題是，像程概括的並列式和偏正式這兩大雙字組合類型所包括的事實能否納入我們的思路中加以解釋。並列式和偏正式均為語法術語，其所代表的現象需要從語義的角度重新加以解釋。下面我們先列出幾組所謂「並列式」：

（47）a、飢饉   跋涉   蝨賊   干戈

      b、舟車   平安   酒肉   攻擊

      c、強大   高大   弘大   博大

      d、朝夕   左右   出納   輕重

問題的實質在於（47）中羅列的事實是否可以從語義編碼方式的角度做出合理的解釋。（47）a組產生較早，就是代表程所說的過渡階段，兩個字的組配是由其在單字格局的語義內容及形式關聯決定的，下面參考周法高（1962，PP.163～181）把與「飢饉」等例相關的材料排比如下：

（48）a、飢饉：＊kjəd（微）／k'jəi（微，居依切）

             ＊g'jen（文）／g'jen（震，渠遴切）

       降喪飢饉。（《小雅·雨無正》）

       瘨我飢饉。（《大雅·召旻》）

       饑→〔穀〕×〔不熟〕（《毛詩傳》，下同）

       饉→〔蔬〕×〔不熟〕

      b、跋涉：＊b'uat（祭）／b'uat（末，薄撥切）

             ＊zjæp（葉）／zjæp（葉，時攝切）

大夫跋涉。（《鄘風・載驅》）

跋→〔草〕×〔行〕（《毛詩傳》，下同）

涉→〔水〕×〔行〕

c、蟊賊：＊mjŏg（幽）／mju（尤，莫浮切）

　　　　＊dzâ'k（之）／dz'ək（德，昨則切）

降此蟊賊。（《大雅・桑柔》）

蟊賊內訌。（《大雅・召旻》）

蟊→〔食根〕×〔蟲〕（《毛詩傳》，下同）

賊→〔食節〕×〔蟲〕

d、干戈：＊kan（元）／kan（寒，古寒切）

　　　　＊kuɑ（歌）／kuɑ（戈，古禾切）

干戈戚揚。（《大雅・公劉》）

載戢干戈。（《周頌・時邁》）

干→〔干〕×〔盾〕

戈→〔戈〕×〔戈〕

以上（48）中雙字組中的雙字之間的關係是互相依賴，分別代表同一範圍內的一種情況，兩個字互相刻畫特徵，如果只從後字的角度看，可以把前後字整體視爲一個義類類，而前字和後字各自具有有自己的特徵。

　　（47）中 b 組雙字之間沒有形式上的關聯，但兩字整體也具有有共同的義類，比如說「舟車」都是交通工具。

　　（47）c 組是以「大」爲核心的幾個雙字組，單獨拿出一個字組比說「強大」容易把它收入並列式，即認爲前後兩者語義、語法地位平等。其實，如果發現有有多個多聯繫相關的雙字組如「高大」和「宏大」等，在解釋上，也可以認定前字表特徵，後字表類。這組較特殊，後面需要重點說明。

　　（47）d 組前後字語義相反，其原理同（47）b。

　　《說文》中的互訓現象也說明「並列式」中的字與字之間是互相刻畫特徵的，例如程湘清（1981）收集的若干實例：

　　（49）a、恐，懼也；懼，恐也。

　　　　　b、攜，提也；提，攜也。

      c、聲，音也；音，聲也。

      d、謹，慎也；慎，謹也。

      e、舟，船也；船，舟也。

      f、甘，美也；美，甘地。

以上（49）中互訓的單字在雙字格局中可組配在一起：

    （50）恐懼　提攜　聲音　謹慎　舟船　甘美

    不過，整個並列式所代表的現象是「義類」存在的一種表現。前面我們一直強調「義類」和「特徵」都隱含在單字格局的一個個單字裏面，而《爾雅》、《廣雅》中的「合訓」現象（參看徐朝華，1988）可幫助我們真切地感受到「義類」的存在，例如：

    （51）弘、廓、宏、溥、介、純、夏、幠、厖、墳、嘏、丕、弈、
        洪、誕、戎、駿、假、京、碩、濯、訏、宇、穹、壬、路、
        淫、甫、景、廢、壯、冢、簡、箌、昄、晊、將、業、度，
        大也。（《爾雅·釋詁》）

以上（51）中「弘」等字均有「大」義，可見在《爾雅》時代人們已經明確意識到了一些比較重要的義類，用具體特定的字將義類標識出來，這是由單字格局向雙字格局過渡轉變的一個重要條件。在單字格局中，「大」的語義功能是表「大人」，後用來標識〔大〕這個義類，這是演變上的一個飛躍。據徐朝華（1988）的統計，《爾雅·釋詁》，有 174 個表義類的訓釋字，加上《釋言》有 62 個和《釋訓》的 47 個，共計 283 個：

（52）a、《釋詁》：

始	君	大	有	至	往	賜	善	敘	緒	樂	服
自	循	謀	常	法	皋	壽	信	誠	（戲謔）	日	
于	於	合	匹	對	繼	靜	落	告	遠	遐	毀
陳	主	官	事	長	高	勝	克	殺	勉	強	我
身	予	進	進	導	勵	右	亮	光	固	誰	美
和	和	重	盡	豐	聚	疾	速	虛	眾	多	擇
懼	病	憂	勞	勤	思	思	福	祭	敬	早	待

危　故　今　厚　偪　言　遘　見　見　視　盈
間　微　止　厭　業　功　成　直　靜　安　易　罕
報　疑　幹　備　垂　當　作　此　瑳　習　久　與
陞　竭　清　代　饋　徒　執　興　嘉　舍　息　具
愛　動　審　絕　乃　道　皆　長　數　相　治　養
墜　捷　慎　喜　獲　難　利　佞　使　從　因　正
獻　亂　取　存　察　餘　首　臻　續　祖　近　坐
繪　定　侯　是　已　終　死

b、《釋言》：

中　離　起　返　偏　傳　奄　請　聲　來　致　恃
述　然　敘　示　順　傲　稚　過　戾　壯　急　市
隱　逮　行　覆　再　撫　瘠　充　盃　無　齊　稔
送　爲　食　窮　苦　求　測　生　虺　用　謹　彊
禁　塞　彰　親　裂　載　累　清　廟　祿　銓　可
深　正

c、《釋訓》：

察　智　敬　辯　恭　和　戒　動　柔　危　懼　勇
威　武　止　思　敏　眾　作　美　愛　舉　戴　安
徐　大　在　勉　勞　迅　緩　喜　儉　忨　亂　悶
惜　僻　薰　惡　傲　小　慍　病　憂　忘　零

大致上可以說，被訓釋字越多，訓釋字所代表的義類就越大越重要。

　　看來從單字格局向雙字格局過渡，已有的「字」經歷了一場大規模的功能再分配，下面我們以「視」爲例加以說明。在單字格局中，「視」字服從於隱含的「視」義類，它有自己的特徵，例如：

（53）視，瞻也。（《說文·八篇·下》，下同）

　　親，笑視也。

　　覤，大視也。

　　觀，諦視也。

　　觀，直視也。(《説文・四篇・上》，下同)

　　矘，大視也。

　　瞻，臨視也。

　　督，小視也。

　　睍，迎視也。

「視」的特徵是「臨」，語義公式爲「〔監〕×〔視〕」，後來，「視」字可用來表示整個「視」義類，如《廣雅・釋詁》：

　　(54) 題、睎、望、目、略、戴、瞭、窺、覘、覩、覎、闚、眆、觀、
　　　　 窻、覻、眽、覘、晚、睨、看、覽、瞭、覿、睥睨、睎、睞、
　　　　 瞰、睇、賊、眠……，視也。

　　蘇新春 (1992，PP.109～135) 詳細論證了古漢語單音詞的「廣義性」及其與構詞能力的關係，實際上像「視」這樣的一大批字的「廣義性」和單字格局是兩個不同層面的事實，「視」獲得廣義性、義域變得寬廣這是功能再分配的結果，而不是單字格局的實質。但是從「視」的演變命運我們可以看到，在從單字格局向雙字格局演變過程中，有一大批字被選擇出來直接表示義類，蘇文所指的某一個詞廣義性或義域寬廣，在本文則理解爲存在一個明確固定的義類，而這個義類可由一個單字來表達。

　　有一個問題是明顯的，就是爲什麼 (54) 當中那到多表「視」的字，而只讓「視」來表義類呢？條件是什麼？這個問題一時難尋答案，留待以後探索。

　　義類可用單字直接表達出來，同時也意味著性狀等特徵也可以用單字直接表達出來。類和特徵是相輔相成的，類需要特徵來加以限制和刻畫，而特徵隱含在類之中。雙字組合提供了兩個位置，漢語採用的基本手法是把特徵放在前面，把類放在後面，同一個字可居前也可居後，居前表特徵，居後表類，這種手法在所謂偏正式所代表的現象裏表現得比較典型，其認知原因可參看 (劉寧生，1995)。

　　偏正式所代表的現象反映了漢語從單字格局向雙字格局轉變的一個基本方式，通過這種方式，減少了字數，增強了字的編碼能力，豐富了語義，從而克服了單字格局的弱點。

　　例如，原本表達如「視」、「黑」和「雨」等各種各樣的意義的許多字大部

分可以淘汰不用，而用雙字直接把它們的特徵和義類表達出來，例如：

（55）　a、〔窺〕×〔視〕→　覘　→　窺視（《廣雅疏證・釋詁》，下同）

　　　　　〔邪〕×〔視〕→　䁵　→　邪視

　　　　　〔小〕×〔視〕→　眽　→　小視

　　　　　〔眇〕×〔視〕→　瞝　→　眇視

　　　　b、〔深〕×〔黑〕→　黯　→　深黑

　　　　　〔青〕×〔黑〕→　黸　→　青黑（《說文・十篇・上》，下同）

　　　　　〔黃〕×〔黑〕→　黲　→　黃黑

　　　　c、〔餘〕×〔雨〕→　零　→　餘雨（《說文・十一篇・下》，下同）

　　　　　〔小〕×〔雨〕→　霢　→　小雨

　　　　　〔霖〕×〔雨〕→　霃　→　霖雨

　　　　　〔微〕×〔雨〕→　霡　→　微雨

　　　　從語義編碼公式「1個特徵×1個義類」這個角度來看，漢語雙字組合的所謂「並列式」似乎與上述公式的精神相悖，因爲上述編碼公式的精神是只有一個中心，即以義類爲中心。我們固然可以地把並列式的兩個字的語義結構方式解釋爲互注特徵和義類，但事實上，如果以後字爲核心進行觀察，眞正的所謂並列式的範圍會大大縮小，許多研究者都將「強大」這樣的雙字組看作是並列式，其實其語義重心在後，「大」和「強」都可表示義類，例如：

（56）a、強大　宏大　博大　偉大　雄大　壯大

　　　　b、富強　剛強　高強　豪強　堅強　頑強

　　　　王國維（1921a）揭示了先秦漢語的一種重要現象，古有「陟降」一語，有時意以「降」爲主，而兼言「陟」，例如「念茲皇祖，陟降庭止。」（《周頌》），而有時意以「降」爲主，而兼言「降」，例如「文王陟降，在帝左右。」（《大雅》），王揭示的這種現象與後來出現較多的「偏義複詞」關係密切。顧炎武在《日知錄》卷二十七「通鑒注」條給出了一些實例（見黃汝成集釋，1990，PP.1226～1227）：「……虞翻作表示呂岱，爲愛憎所白。注曰：讒佞之人，有愛有憎而無公是非，故謂之愛憎。愚謂愛憎，憎而並及愛，古人之辭寬緩不迫故也。又如得失，失也。《史記・刺客傳》多人不能無生得失。利害，害也。《史記・吳王濞傳》擅兵而別多佗利害。緩急，急也。《史記・倉公傳》緩急

無可使者，《游俠傳》緩急人之所時有也。成敗，敗也。《後漢書・何進傳》先帝嘗與太后不快，幾至成敗。同異，異也。《吳志・孫皓傳》注蕩異同如反掌，《晉書・王彬傳》江州當人強盛時能立異同。嬴縮，縮也。《吳志・諸葛恪傳》一朝嬴縮，人情萬端。禍福，禍也。晉歐陽建臨終詩：潛圖密已構，成此禍福端。皆此類。」以上從一個側面說明漢語雙字的語義中心傾向於只有一個，另一個只能作為陪襯。

前面我們舉的例證大多簡單、整齊、劃一，實際上由單字格局向雙字格局演變有很多不易把握的情形，並不只是一對二這樣簡單的轉換，例如有的單字所表達的語義內容不容易用一個雙字字組表達出來：

（57）a、騢：馬赤白雜毛。（《說文・十上・馬部》，下同）

b、駰：馬陰白雜毛黑。

我們很難給以上（57）a、b中的兩種馬各自建立一個雙名。我們當然不能簡單地匹配兩個格局各自所表示的語義內容。一個單字，一旦它跨入雙字格局，它的功能和價值就完全不一樣了，需要從雙字格局角度加以界定。單字格局所能提供的最重要的參考只有語義編碼公式。

上古單字格局中的單字到了現代，其發展前途大致有以下幾種類型：（一）目前仍在使用，可單用，也可參與雙字格局，如「小、馬、山」等；（二）目前仍在使用，但不能單用，只能參與雙字格局，如「饉、勉、稚」等；（三）目前較少或不使用，其表達的語義內容由雙字承擔，如「罶（魚網）、筊（鳥籠）」等；（四）目前較少或不使用，其表達的語義內容過時，如「鐈（似鼎而長足）」。

雙字格局與單字格局存在的明顯承繼關係還表現為，在雙字組合裏面的字一般都是單字格局中已造好了的，新造的字數量很少。從某一單字到包含該單字的雙字字組，它的功能主要有兩種，或者表特徵，或者表義類。徐德庵（1981）把晉人郭璞注解《爾雅》和《方言》所用的與單字相對的雙字字組收集在一起，徐認為：「這在客觀上已經證明被訓解的單音詞的出現在前，訓解它的雙音詞的形成在後。並且無形中表現出了該單、雙音詞之間在發展演變上的有機聯繫。」用徐羅列出的《爾雅》中的材料我們可以歸納出以下兩種單字語義功能轉變的類型：

（58）a、原單字在雙字格局中表特徵，郭注加注類別

篇名及條目		原單字	郭注雙字字組
詁	功	功	功勞
言	聲	聲	聲音
言	形	形	形象
訓	供職	職	職事
器	脂	脂	脂膏
詁	憂	憂	憂愁
詁	報	報	報答
言	發	發	發行
言	禮	履	履行
言	隱	隱	隱蔽
言	過	戍	戍守
詁	高	高	高大
詁	豐	豐	豐盛
詁	勞	勞	勞苦
言	窮	窮	窮盡
言	潰	潰	潰敗
訓	眾	眾	眾多
訓	傲	傲	傲慢
木	茂	茂	茂盛
言	傳	傳	傳車
言	傳	駟	駟馬
天	久雨	淫	淫雨
山	河東	岱	岱宗
山	河北	恒	恒山
山	江南	衡	衡山
草	鴻薈	蘮	蘮菜
草	蒠菜	菲	菲草
草	楚葵	芹	芹菜
草	異翹	連	連草
草	夫王	芏	芏草
木	梨	梨	梨樹
獸	豶	豶	豶豬
獸	貗	貗	貗豬
獸	羷	羷	羷羊
獸	羳	羳	羳羊

b、原單字在雙字格局中表類別，郭注加注特徵

篇名及條目		原單字	郭注雙字字組
詁	始	胎	胚胎
詁	業	業	功業
言	本	本	根本
器	柢	柢	根柢
詁	導	導	教導
詁	擇	擇	選擇
詁	作	作	動作
詁	動	動	搖動
言	試	探	刺探
言	念	念	思念
言	揚	揚	發揚
天	來孫	來	往來
詁	固	固	牢固
詁	直	直	正直
詁	靜	靜	安靜
言	苦	苦	辛苦
言	延	延	蔓延
言	明	明	清明
言	重	重	厚重
言	緩	緩	寬緩
訓	喜	喜	歡喜
山	獨者	獨	孤獨
言	蔭	蔭	樹蔭
言	塭	塊	土塊
蟲	蛾	蛾	蠶蛾
蟲	蛹	蛹	蠶蛹
魚	鰌	鰌	泥鰌
畜	角	角	牛角
畜	黑眥	眥	眼眥
宮	位	位	列位
天	彗星	彗	掃彗
親	雲	雲	浮雲

親	爲婦	婦	新婦
天	維縷	縷	朱縷
草	薊	薊	馬薊
草	蔌	蒿	青蒿
草	蔵	蔵	苦蔵
木	椴	椴	白椴
鳥	鵝	鵝	野鵝
鳥	鷺	鷺	白鷺
畜	羊	羊	吳羊
畜	羊	羊	大羊
天	爲	穀	五穀
丘	方丘	方	四方
話	取	取	奪取
話	取	取	摸取

　　上述材料較好地說明了單字在單字格局向雙字格局演變過程中功能角色發生的變化，後面我們將看到，這種線索對於說明漢語雙字格局的語義組配規律將是非常重要的，它啓發我們，在解釋現代漢語雙字格局的語義結構時，「核心字」是重要的主導。

第三章　漢語雙字格局的語義構造

第一節　關於現代漢語的語義構詞研究

　　隨著劉叔新（1990）等學者對漢語經典構詞理論提出質疑，從語義角度對漢語構詞規律的研究逐漸開始起步，周薦（1991）、黎良軍（1995）都提出了自己的方案。

　　周薦（1991）以《現代漢語詞典》所收的 32346 個雙音複合詞作爲研究對象，對構成複合詞的兩個詞素之間的意義結構關係進行了分析，周的目標是試圖從全局上把握詞的結構歸屬問題，分析結果得出 9 個一級類，30 個二級類，周還對三級類、四級類作出了描寫。

　　周對雙音複合詞作出的一級分類如下所示：

（59）

類型（一級）	百 分 比	數　　量
定中格	43%	13915 個
狀中格	7.72%	2496 個
支配格	15.6%	5030 個
遞續格	1.7%	547 個
補充格	0.93%	300 個
陳述格	1.17%	380 個

重疊格	0.8%	259 個
並列格	25.7%	8310 個
其它	3.4%	1109 個

周明確聲明，沿用了「定中」等舊稱，便不表明他對這些術語舊有的性質、內涵和外延持完全肯定的態度，周的原意還是想徹底揭示同一格局之下的詞詞素的各種複雜的意義關係。下面我們以「定中格」為例說明周描述意義關係的方法。對定中格周分出了四個二級小類：

（60）a、n＋x，n 指事物對象，x 代表 n 修飾、限定的成分。

　　　b、v＋x，v 指動作行為，x 指 v 關涉的人、動物或事物現象。

　　　c、a＋x，a 指性狀等，x 代表 a 修飾、限定的成分。

　　　d、逆序，用作修飾、限定的詞素在後，被修飾、被限定的詞素在前。

對三級類周設立了一些詞義範疇，如「領有者、處所、事物、工具、質料、原因、方面、目的、時間、方位、動作、性質、狀態、形狀、顏色」等，具體的語義結構關係可用上述範疇進行描寫，例如 n+x 型有 27 個三級小類，下面列舉一些：

（61）a、領有者＋所屬者：己任、弟婦；蛛網；樹陰

　　　b、處所＋事物／動物：泥鰍；礦泉；手鐲；端硯

　　　c、形狀＋動物／事物：瓢蟲；狗魚；駝背；斗笠

　　　d、工具＋事物：手鼓；水磨

　　　e、質料＋事物：柳罐；鋼筋；砂布

　　　f、原因＋事物：褥瘡、藥疹、壽斑

　　　g、動作／事物＋工具：鳥槍；魚餌；電網

　　　h、時間＋事物：夏至；月錢，冬筍；酒令

　　　i、方位＋事物：北周；中指；上蒼

　　　j、數量＋事物：五嶽；一生；首車

　　　k、顏色＋事物：墨菊；彩帶

　　　l、動物／事物＋顏色：魚白、蛋青、銅綠

　　　m、用途＋事物：囚車、剃刀、教鞭；耕牛；吐根

以上用；號標出每一個三級小類下面所屬的若干四級小類。又例如「狀中格」中的情況：

（62）a、處所＋動作：空戰、管窺

　　　b、工具＋動作：械鬥、珠算、泥塑

　　　c、方式＋動作：圈閱、函購、群居、躍進、點射

　　　d、原因＋動作：痰喘、公出、仇殺

　　　e、時間＋動作：春耕、夜作、日用

　　　f、方位＋動作：後退、祖傳

　　　g、對象＋動作：奴役、粒選、瓜分

　　　h、人／動物／事物＋動作／性狀：蛇行、鼎立；火紅

　　　i、狀態＋動作：懸望、奮戰、痛哭、酷愛

　　　j、性質＋動作：長眠、久留、奇襲

無疑周對複合詞內部的意義關係的刻畫是非常深入細緻的，但全局仍以「定中格、狀中格、支配格、遞續格、補充格、陳述格、並列格、重疊格」等舊有的語法構詞名目加以統率，還能看到舊的研究方法的影響，而不容易得到構詞語義最重要的要領梗概。

黎良軍（1995，PP.143～159）在對舊有的語法構詞理論提出質疑的基礎上，明確了合成詞結構的語義性質，黎指出：「所謂合成詞語義結構的分析，就是構詞分析，就是從詞素義之間的聯繫與詞素義同詞義的聯繫出發，揭示詞義形成的理據。因為，詞內既無句法結構，也就剩下語義結構了。」黎提出了如下方案：

（63）a、虛素融入式：阿爸；桌子；學者

　　　b、同義互限式：道路

　　　c、反義概括式：男女、長短

　　　d、類義互足式：爪牙、手腳、山水、年月

　　　e、分別提示式：報童、車工、上課、病房

　　　f、因果式：說明、打敗、澄清、戰勝

　　　g、物動式：日蝕、知縣、席卷、捲煙、絕食、說話

　　h、時間順序式：報批、裝運、訂購、查收、聚餐

　　i、短語詞化式：百姓、左右；中小學；初中、勞保

　　j、截取古語式：雖然、因爲

黎描寫合成詞話義結構類型的方法較爲獨特，在上述方案中，黎說明了詞義不能由詞素義推知，理據義同詞義的關係是提示性的，比如物動式，他認爲其中兩個詞素之間在意義上到底是什麼關係，可以根據人們的經驗判定，但它們之所以能夠形成詞義，一般也是約定的，或然的，不能根據事物與運動之間的關係推知。又如分別提示式，黎認爲其中的詞素義，只能給詞義提供聯想的線索。黎上述方案中還貫徹了歷史主義分析原則，如設立了虛素融入式、短語詞化式和截取古語式。黎方案的弱點在於分析標準不統一，一方面強調了「提示性」，而一方面又講詞素之間的語義聯繫，如因果關係、時間順序關係等。另外由於試圖考慮歷史，在方案中又羅列出了短語詞化式等而不去分析其內部的語義關係。考慮歷史是正確的，但恐怕需要新的觀察方法。本文以爲，所謂「提示性」固然很重要，但詞素與詞素之間的直接語義聯繫則也是必須要全盤系統考慮的。

　　重要的是，黎明確提出了構詞分析的兩條原則：語義本位原則和歷史主義原則。黎主張，由於詞的結構本質上是提示性語義結構，構詞分析的首要原則自然是語義本位原則，這一原則要求，把探索複合詞的理據作爲構詞分析的根本目標；在具體操作時，要從詞的整體意義出發，通過揭示詞義同詞素義的關係說明詞義是怎麼形成的。語義本位原則還要求十分重視詞素意義的考求。以語義爲本位，自然要求不能用句法分析方法去分析詞的結構，把合成詞的結構往十數種語法格式（框架）中硬塞進去。所謂歷史主義原則，黎認爲包括兩個方面，一是要重視源頭，盡量掌握詞語在創造形成時代的初義和理據；二是重視發展，詞是發展變化的，不但詞義處在永恒的變化中，詞形有時也有變化。

　　歷史主義原則和語義本位原則兩者是相互關聯的，黎儘管鮮明地提出了這兩條重要原則，但他的理解似乎略嫌狹窄。爲什麼要以語義而不是以語法爲本位來研討漢語的構詞規律，這個問題如果只限於搜集到的現代漢語雙字字組材料可能會有比較大的爭論。然而，如果我們考慮了古今漢語之間的溝

通承繼關係，特別是漢語從單字格局向雙字格局發展演化這一重要事實，問題就可能會變得明朗一些。

　　毫無疑問，在上古漢語單字格局中，一個字在其相關語義場中作出的解釋只能是語義的，上一章我們已經論證了單字格局的語義編碼公式是「一個字義＝1個特徵×1個義類」，一個字的語義功能或者說它的價值是由上述公式決定的，特徵和義類之間的關係只能是語義關係，它反映的現實世界中存在的各種各樣的聯繫，或者說，反映的是漢人對世界的認識方式及刻畫方式。從單字格局到雙字格局，字的語義功能發生了巨大的變化，但是語義編碼公式並沒有改變，不過是類和特徵各自由單個的字來加以表達。我們當然不能呆板地去為每個單字去尋找相當的雙字或為雙字去尋找相當的單字，我們注意到是幾千年來存在於漢民族心理意識中的語義沿流。現實是由歷史決定的，或者說就是歷史的積澱。薩丕爾（1921，中譯本，1985，P.154）說：「……語言中其它一切都有自己的沿流。沒有任何東西是完全固定的。每一個詞、每一個語法成分、每一種說法、每一種聲音和重音，都是一個慢慢變化著的結構，由看不見的、不以人意為轉移的沿流模鑄著，這正是語言的生命。無可爭辯，這沿流有一定的方向。」以往對語法、語音沿流論述較多，其實語義沒流也是能夠把握得到的。相對於單字格局，雙字格局好像是不經意地把它的秘密泄漏了出來。單和雙的關係還表現在，有些意義的表達方式在單與雙之間搖擺，這種搖擺是由語言不同層面出發的指令決定的，也即幾種沿流共同起著作用，語言的現實是合力的結果。

　　漢語的「一分為二」和「合二為一」（參看徐通鏘1993；王洪君1994）的現象生動地說明了上述原理，相對而言，一是緊縮形式，而二則是對一的明確分析。

　　貫徹歷史主義原則不僅要求我們弄清個別字的存在理據，更重要的是，要求我們弄清整個單字格局的語義編碼原則。既然我們已經把單字格局的語義編碼公式定為「1個特徵×1個義類」，而且從單到雙的演化可視為特徵和義類的明確化過程，那麼，在探討現代漢語語義構詞時，就應該考慮特徵和義類是怎樣在雙字格局中明確實現的。探討的方法我們選擇了「核心字」。

第二節　核心字的性質及其他

在上一章我們曾論述到，從單字格局向雙字格局演變過程中，有一大批字的語義功能發生了大的變化，即可用來表示大的義類，如「視」、「擊」等，下面我們再舉兩例：

（64）a、婹、精、細、纖、微、綿、紗、私、蔑、筱、杪、肖、區、
薆、鄙，小也。

b、軌、街、蹊、徑、羨、隊、除、畎、陌、逵、谺、道也。

以上兩條分別部分摘自《廣雅疏證》的和《釋詁》和《釋宮》。顯然「小」和「道」具有表示大的義類的功能，而不可能相反，比如說，由「纖」取代「小」，當然用「小」表示義類也與語言社團的選擇有關。蔣紹愚（1989，PP.101～103；1994，PP.92～100），蘇新春（1992，PP.109～123）都分別從「義域」寬窄的角度探討了上述問題。蔣比較了「搖、振、揮、掉、撼」這五個字的語義功能的異同，下面把比較的結果援引如下：

（65）

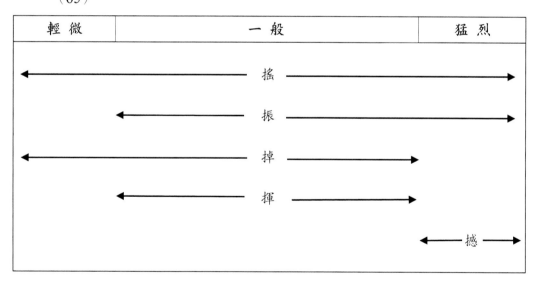

以上五字，「搖」的義域最廣，而「撼」的義域最窄。字的這種語義功能的差異，與語言對現實進行範疇化的方式密切相關，由單字格局向雙字格局演化的一個重要方面就是要對意義進行概括和抽象，而不能都是具體的、特殊的，而像「搖」、「視」、「小」、「道」等這樣的一批字適應了這種表達功能上的要求，功能由原來表具體特殊義，而變為表概括抽象義。

蘇新春對《說文》、《爾雅》中的「視」、「見」、「望」三字為代表的三組字

進行了義素分析,例如蘇對「望」字組的分析:

（66）

義素分析	望	矙	睎	卬
以目觸物	＋	＋	＋	＋
往上				＋
遠距離	＋	＋	＋	＋
往下		＋		
目不正			＋	

蘇分析發現,作訓釋字的「視、見、望」的義素都少於各自組內的其他字,例如上表中「望」字義素最少,「望、矙、睎、卬」四字可表一個義類,原因是它們共有兩個中心義素「以目觸物」和「遠距離」,而次要義素越多就越不可能代表大的義類,如:「矙、睎、卬」等字。

其實從分類的角度看,上述舉的「搖」、「望」兩組字清楚地顯示了字與字功能等級的不同,下面圖中（Ⅰ）和（Ⅱ）表示兩個不同的功能等級,（Ⅰ）級高於（Ⅱ）級:

（67）a、

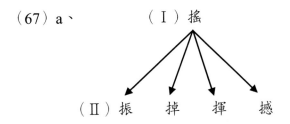

b、

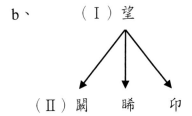

如果我們將上述（67）改寫為以下（68）,情況會更清楚:

（68）a、

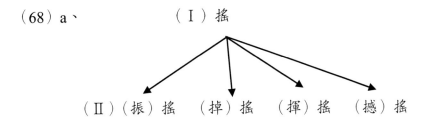

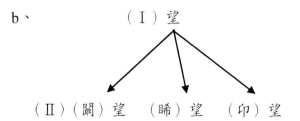

b、　　　　　　　　（Ⅰ）望

（Ⅱ）（闞）望　　（睎）望　　（卬）望

如果用語義編碼公式，則可以把上述每個（Ⅱ）級字的語義功能標識出來，例如：

（69）a、撼→〔猛〕×〔搖〕

b、卬→〔上〕×〔望〕

然而字與字的功能等級之分是相對的，每一個字都有可能各自爲正，表示一個義類，比說，「搖」和「振」兩個字相對而言，「搖」的等級高，「振」等級低，「搖」這個義類大，而「振」這個義類小，而「動」和「搖」相對而言，「動」義類大，而「搖」義類小。義類大的「字」統攝的下級字較多，而義類小的「字」統攝的下級字少，試比較：

（70）a、擔、答、撲、扚、打、伐、挾、扶、拍、拟、挨、批、捋、

　　　搏、捭、擊、摧、應，擊也。

　　b、泄，漏也。

以上 a 條摘自《廣雅疏證·釋詁》，只選了一些較常見的字，而 b 條自同書《釋言》，是全條摘錄。義類大小既有層級的問題，也與其在日常生活中的重要程度有關，「漏」比「擊」次要，所以不用仔細刻畫，所以它的下級類較少。

　　上述事實啓示著，在現代漢語雙字格局中考慮「構詞」問題應該以「核心字」爲主導。

　　前面已經反覆說明了，從單字格局到雙字格局演變的實質是，把一個單字的特徵和義類用雙字明確表達出來。無論一個單字在單字格局中語義功能表現如何，一旦它到了雙字格局，我們都需要重新完全從雙字的角度來給它進行功能定位，而且所有單字都可以在雙字格局中進行功能定位。這意味著，雖然同是單字，其地位等級在雙字格局中可能是不一樣的，甚至相差很遠。

　　在雙字格局中，從理論上講，每一個單字都有可能用來表示義類，不過是義類的大小程度不同罷了，大的義類所具有的特徵較多，而小的義類所具有的特徵較少，事實表明，無論義類大小，漢語採用的手法一般是把表義類字放在

後面，而表特徵字放在前面。這也是漢語所謂「偏正式」居多的原因。這裡我們以《現代漢語逆序詞典》「視」字條爲例，以下是部分摘錄：

（71）核心字「視」：～視

傲　逼　鄙　仇　敵　電　短　俯　忽　環　監　檢　近
窺　眄　藐　蔑　漠　凝　怒　平　歧　輕　掃　審　探
透　小　斜　省　巡　遠　診　珍　正　重　注　自　坐

以上是對「視」義類的種種特徵刻畫和再分類，其中有些雙字我們能找到單字格局中對當的單字，參看前面第二章的（53）。對於所有的出現在它前面的單字來說，「視」就是一個「核心字」。

　　「核心字」可以作如下定義：核心字是雙字格局中若干雙字字組的同一後字，它有若干與之組配的前字。核心字的語義功能就是表示義類。

　　蘇新春（1992，PP.120～123）的研究發現，義域寬廣的字，其構成雙字組的能力很強，古今漢語中表「看」的單字有幾十上百個之多，但有一定構成雙字組能力的並不多，而在現代漢語中能力最強的就是「視」、「望」、「見」等義域寬廣的字，據蘇統計，以上三字分別構成複合字組達 79、86、113 個之多。蘇還發現，廣義字構成複合字組的方式以偏正式居多，而且總是充當正的部分，即位於複合字組的末尾。據蘇統計，「見、望、視、觀、顧、看」等六字共構成複合字組 408 個，構造方式分四種，偏正式 302 例、動賓式 77 例、並列式 19 例、動補式 10 例。偏正式占總數的 74%，蘇分析道，以上 6 個字的動賓式、動補式、並列式的構詞數都很有限，即廣義字位於另一字的前面，或兩個廣義字並列，構成複合字組的機遇或黏合度都會受到限制。

　　那麼爲什麼字義義域寬，構成複合字組的能力就強呢？蘇解釋道，因爲字義寬廣，必然具有兩個互爲影響的方面，一是由於意義寬泛，表義不那麼確切，這是義域寬廣的字向表義準確的雙字發展的客觀必然性。二是正由於單字的意義寬廣，就給雙字的合成提供了一種可能性，使得廣義的單字能較爲自如地與修飾限定的連帶成分凝合成一個複合字組。蘇這種解釋有一定道理，但問題的實質似乎還需要進一步的探討。

　　解釋上述問題還是需要從「一個特徵×1 個義類」這個語義編碼公式著手。所謂義域寬廣的字其功能在雙字格局中就是表義類，而且是表較大的義

類。比如說「視、擊、山、車、馬、大、小、紅」等都是大的義類，儘管意義寬廣，但表義是確切的。由於它們與日常生活關係極其密切，所以早在單字格局中就已經對它們作出了較為細緻的特徵刻畫或再分類，結果是這些義類下轄的字較多，相關特徵也較豐富。到了雙字格局，原來隱含的義類和特徵都明確化了，都分別由具體的單字來表達。一般來說，在單字格局中下轄的小類越多，其義類在雙字格局中也就越大，與代表這個義類的字組配的字也就越多。當然，因為社會實踐和生活方式的變化在分類粗細方面會有些複雜情況。「視」類情況較典型，在單、雙兩個格局中刻畫得都比較細緻。而「馬」類在單字格局中刻畫得非常細緻，而相對而言，在雙字格局中，由於農耕時代的結束，現在刻畫得不那麼細緻了。因此，單字意義寬廣的實質是，它可以表示一個大的義類，對這種大義類已有的細緻分類，以及潛在的繼續分類的可能性，決定了表大義類的單字有極強的參與組配雙字字組的能力。

在現代漢語的雙字格局中，表示大義類或一般義類的任務則是由「核心字」來承擔。把若干雙字字組的共同「後字」即核心字的語義功能確定為表義類還有詞頻統計上的證據，王還等（1986，P.X）總結道：「從漢字單用和在詞內不同位置上的構詞能力來考察，前 100 個構詞能力最強的字共構詞 13570 條，其中單用 222 個，在詞首 5204 個，作為詞間字而出現者有 2119 個，在詞末出現者有 6025 個。單用字（詞）條數雖然很少，只有 222 個（同形異類者算作不同條目），但是出現字次累計卻高達 20 萬個之多。如果把構詞能力最大的這 100 字進行比較，則可看出，**它們處於詞末時構詞能力最強，在詞首的構詞能力只相當於在詞末的 87%，在詞間（除首末兩字外）的位置上，其構詞能力僅相當於在詞末的 35%。**從分析中可看出生成能力強的高頻漢字在構詞上的基本面貌。」（以上引文中黑體字由本文標示）同是「核心字」，其表示的義類有大有小，大的統攝的字組多，小的統攝的字組少，例如：

（72）a、以「動」為核心字的雙字字組

擺　暴　被　變　波　博　策　顫　衝　出　搐　觸

傳　蠢　打　帶　地　調　抖　發　翻　反　浮　改

感　激　攪　驚　舉　開　勞　雷　流　脈　育　萌

能　挪　平　啓　牽　傾　擾　蠕　騷　扇　煽　生

　　鬆　聳　胎　挑　跳　推　妄　舞　翕　掀　響　行

　　搖　移　引　運　躁　振　震　主　轉　自　走

b、以「搖」爲核心字的雙字字組

　　動　飄　扶　招

王還等（1986，PP.1390～1477）「漢字構詞能力分析」一節統計分析了4574個漢字的構詞能力，統計說明，雖然同是單字，在雙字格局中構詞能力差別是非常大的，下面我們摘錄一些字條：

（73）

序號	漢字	前字（詞首）	後字（詞末）	總計
4	心	88	143	231
17	手	52	99	151
23	動	31	102	134
57	開	87	13	100
76	好	49	33	82
87	熱	53	31	84
1853	傘	5	2	7
1890	棋	3	3	6
1905	遣	2	4	6
1929	捐	4	1	5
1988	驕	6	0	6
2002	矮	4	2	6
3133	蔬	1	1	2
3201	樺	1	1	2
3298	眯	0	1	1
3325	烹	2	0	2
3625	恢	1	0	1
4169	獷	0	1	1

以上我們粗略地把字的構詞能力按構成條數多少分爲三級，有的統計數字裏面雖然摻雜了一些三字組的情況，但大體上能反映二字字組的情況。

　　那麼怎麼解釋上述情況呢？義域寬廣或義類大的字構成字組的能力強，這和義域窄或義類小的字構成字組的能力弱是一個問題的兩個方面，起決定作用

是事物的「分類等級」，在上一章我們曾論述過，某一義類分類等級越高，它包所包含的下級義類就越多，特徵也就越多，分類等級越低，它所包含的下級義類就越少，特徵也就越少，特徵的多少或次類的多少直接關係到同一核心字所屬字組的條數。在前面（73）第三級中「樺」字組配能力較弱，而它的直接上級「樹」組配能力則較強，下面是「樹」的詞頻統計：

（74）

序號	漢字	前字	後字	總計
330	樹	14	23	37

「樹」有多種多樣的樹，「樺」是其中的一種，而「樺」除非植物學家或日常生活與之關係密切的語言社團才會對它作出多種分類。下面我們對比著再舉幾例：

（75）

	序號	漢字	前字	後字	總計
a、	23	動	31	102	134
	782	搖	16	1	17
b、	3	大	202	39	241
	865	巨	18	1	19
c、	48	山	73	23	96
	2661	巒	0	1	1
d、	80	落	26	55	81
	3285	墮	1	0	1
e、	103	馬	34	30	64
	3814	駿	1	0	1

　　分類等級的重要性還表現在它甚至可以決定與字組配是否成立。就一個大的義類的代表字，比如「動」來說，它的下級類代表字可以與之組配，但一般要放在前面，也即功能轉化為特徵，如有例外，可另作解釋，例如有音韻上的要求等。下面我們圖示說明：

（76）

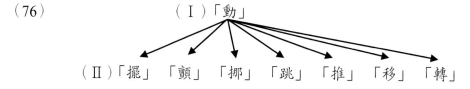

（Ⅰ）「動」

（Ⅱ）「擺」「顫」「挪」「跳」「推」「移」「轉」

以上（76），（Ⅰ）級字與（Ⅱ）級字組配成立；但必須後置，而前置組配不成

立，如以下（77）所示：

（77）a、擺動　顫動　挪動　跳動　推動　移動　轉動

　　　b、*動擺　*動顫　*動跳　*動推　*動移　*動轉

又例如：

（78）a、

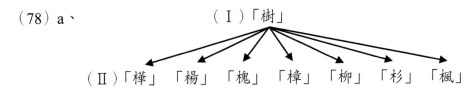

（Ⅰ）「樹」

（Ⅱ）「樺」「楊」「槐」「樟」「柳」「杉」「楓」

　　　b、

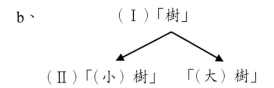

（Ⅰ）「樹」

（Ⅱ）「（小）樹」　「（大）樹」

以上（78）由 a 可得出「樺樹、楊樹、槐樹、樟樹、柳樹、杉樹、楓樹」等，
由 b 可得出：

（79）a、〔小樹〕×〔樹〕→小樹

　　　b、〔大樹〕×〔樹〕→大樹

　　從歷時的觀點看，以上情況可以理解為給字加注，但注的是「義類」。當
然也可以作相反的理解，即給類加注特徵。以上（77）中 b* 情況也說明，核
心字的功能就是表義類，而表義類字通常須後置。在詞頻統計中，「動」等頻
率高，應用範圍廣，這些表面現象都是由分類等級高這種語義功能特點決定
的。

　　許多研究者都認識到，雙字格局的語義表達要比單字格局精密得多，這
種精密的特點是由字的強大活躍的功能決定的。等級關係是相對而言的，事
物是多維度的，比如「擺」這一動作，它從「動」這一維度觀察屬「動」類；
從「放」這一維度觀察屬「放」類；從「設」這一維度觀察屬「設」類：

（80）a、

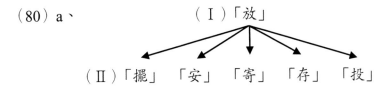

（Ⅰ）「放」

（Ⅱ）「擺」「安」「寄」「存」「投」

b、
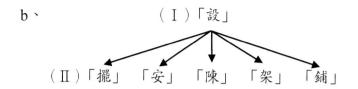

（Ⅰ）「設」

（Ⅱ）「擺」　「安」　「陳」　「架」　「鋪」

　　詞頻統計也顯示，表級別低的「義類」的字較少或不能充當後字，而較多或只能作前字，即功能多表特徵，下面是我們摘錄的一些字條：

（81）

序號	漢字	前字數	後字數
362	提	35	2
368	專	36	4
477	低	30	4
525	遺	29	1
538	翻	28	1
559	獨	22	4
637	附	19	4
655	廣	16	4
673	噴	20	3
681	增	20	5
706	殘	20	4
726	撲	17	3
730	蒼	13	5
731	線	19	3
754	銘	13	4
763	漁	20	2
782	搖	16	1
801	傾	13	4
811	烏	19	2
823	停	17	3
824	顯	19	2
831	憂	18	2
848	繁	16	4
854	飄	18	1
868	巨	18	1
873	抽	19	1

884	縱	15	2
956	偷	14	2
967	凝	14	1
972	濃	16	1
974	隱	16	2
982	凶	14	2
1013	雄	14	2
1059	左	15	1
1065	豐	15	1
1134	贊	12	2
1138	插	13	1
1159	轟	11	1
1168	啓	12	1
1229	飽	12	2
1248	潛	13	1
1295	勾	11	1
1322	含	10	2
1347	寄	11	1
1355	疲	10	1
1360	欣	10	1
1415	旅	10	1
1440	截	8	1
1445	饑	8	1
1456	巡	11	1
1467	嬌	11	1
1615	扶	7	1
1745	崇	7	1
1766	恒	7	1
1787	趨	7	1
1829	肅	7	1
1856	扁	6	1
1875	拆	7	0
1896	俯	7	0
1973	披	6	0
1988	驕	6	0

2003	偵	7	0
2043	彌	6	0
2067	馴	6	0
2184	滲	5	0
2218	屠	5	0
2226	勘	6	0
2235	愚	5	0
2268	荊	4	0
2329	摧	4	0
2340	膨	4	0
2363	倚	4	0
2379	誣	5	0
2396	熏	4	0
2476	嬉	5	0
2492	窺	4	0
2547	塡	2	0
2560	揉	3	0
2575	飼	3	0
2583	輔	2	0
2665	撚	2	0
2683	苗	3	0
2691	栲	4	0
2704	扼	3	0
3124	熄	1	0
3368	嚎	1	0
3442	瑞	2	0
3804	藐	1	0
3917	慪	1	0
4002	蹊	1	0
4022	聆	1	0
4436	嶧	1	0
4501	冗	1	0
4573	鱧	1	0

　　以上述統計也說明了這樣一種趨向：在雙字格局中，表級別低的「義類」的字通常出現在前字位置上。以上表中羅列的「繭、熄、嬉、膨」等字所表「義

類」是「義類」的特例，它們的下級成員只有它們自己，它們只能用於刻畫它類，而不可能被刻畫。

所表「義類」級別高的字的表現趨向是：它們大可以較自由地出現在前、後兩個位置上，但總的傾向是出現於後字的情況居多，就前 100 個最常用字的情況看，充當前字的情況只相當於充當後字情況的 87%。有相當多的一批常用字經常充當「核心字」，而較少充當前字，下面以一些摘錄的字條為例：

（82）

序號	漢字	前字數	後字數
134	度	5	66
143	量	7	61
177	蟲	3	57
178	業	3	55
229	樣	7	41
241	料	6	45
319	院	6	35
346	務	5	32
370	武	2	36
405	令	4	27
447	程	2	32
450	息	3	30
459	戶	3	27
518	案	6	25
524	騰	4	20
537	源	4	26
542	味	3	24
563	弱	4	23
574	態	2	25
578	勁	3	26
621	覺	5	21
639	迹	1	24
671	杆	4	17
678	界	2	19
775	達	3	16

780	室	2	20
812	裂	3	16
913	像	1	16
954	館	1	16
973	述	1	17
979	匠	3	14
1004	察	2	14
1016	鳥	2	15
1057	際	0	16
1113	術	2	13
1141	幕	0	13
1147	慮	1	14
1162	碼	2	12
1173	棄	2	12
1195	續	2	10
1197	府	1	12
1227	椅	2	12
1244	購	3	11
1336	役	2	11
1346	貌	0	10
1372	肢	2	11
1374	擾	1	11
1378	籍	1	11
1383	濤	1	10
1406	罵	0	11
1407	菌	0	10
1447	飾	1	10
1518	巾	0	10

在雙字格局中，一個雙字字組只有前後兩個位置，從前面的論述我們可以看到，雖然同是單字，但它們在雙字中居前還是居後決非任意的、無規律可循的，而這種規律性只有從「核心字」這個視角才能較真切地把握到。視角也即方法是由研究對象的本質決定的。字的所表義域寬窄、義類大小、義類等級以及字與字組配的條件等名目都與漢語單雙格局共有的語義編碼公式「1 個特徵×1 個義類」密切關聯。「核心字」的客觀存在的根據其實在單字格局中就已經具備了，

不過是未付諸具體的單字而已，從單字格局到雙字格局的演變，就是要將義類和特徵都分別明確地用單字表達出來，而義類則具體實現爲核心字。那麼相應地，單字格局中特徵和義類的搭配問題，在雙字格局中就轉化爲前字所表達的特徵和「核心字」所表達的義類之間的搭配問題。

語言的意義、功能和結構二者是緊密關聯的，意義是複雜、多層面的，但是通過對字的功能及字與字的結構方式的認識，我們能夠在一定程度上把握住意義的要領，這個要領或梗概就是語義編碼公式「1 個特徵×1 個義類」，字的功能的變化和結構的調整是爲意義表達這個目標服務的，這一點我們可以從單字格局向雙字格局演變的過程中加以理解。關於意義表達的目標荀子早已指出：「單足以喻則單，單不足以喻則兼。」（《荀子·正名篇》）

經典構詞理論和已有的語義構詞理論忽視了或沒有充分注意到，在雙字格局中單字與單字之間語義功能地位存在著較大的差異。爲什麼同是單字而參與組構字組的頻率卻有巨大的差異？爲什麼同是單字在字組中有的通常居前而有的通常居後？對於以上兩個關乎漢語「構詞」實質的問題已有的理論無法做出滿意的回答。前面我們已經論述過，字的語義功能表現和地位，與它所表達的意義在意義體系尤其是「分類等級」中的位置兩者是互相關聯的，而「分類等級」則是語義編碼公式「1 個特徵×1 個義類」的產物。那麼在雙字格局中如何考察特徵和義類的關係進而得出「構詞」的語義規律呢？首先需要找到直接表達義類的字，根據古今材料我們判定後字可以表義類，而同一後字常常有若干前字，也即後字所代表的類常常是具有若干特徵的，所以我們把有若干前字的同一後字定爲「核心字」。然而材料說明，並不是任何字在雙字格局中都能充當「核心字」，更重要的是，有的「核心字」所擁有的前字很多，也即它所表示的義類很大，特徵很多，而有的則相反，所表義類較小，特徵較少。前字較多的「核心字」較常用，而前字較少的「核心字」較少用。上述情況說明，我們不能像舊有的「構詞」理論那樣隨意排比雙字字組進而歸納結構條例，而是應當緊緊抓住體現漢語語義脈絡的常用「核心字」，分析若干前字與「核心字」之間的語義關係，以概括出其中的條例。

第三節　漢語雙字格局的語義組配規律

在上一章我們曾給出過一個漢語單字格局的特徵和義類的組配方案，那

麼在雙字格局中特徵和義類組配的情況是怎麼樣的呢？從單字格局到雙字格局，不但字的功能、字與字的結構方式發生了較大的變化，而且在語義組配規律方面也發生了一些新情況，有些較為複雜的問題需要探討。在單字格局中，我們探討語義規律主要憑藉的是同源形聲字族和處於同一語義場的相關字群，而在雙字格局中，正如上一節所探討的，我們打算以核心字為主來考察字與字之間的語義組配規律，主要是想弄清楚，出現在核心字前面的若干字和核心字的語義關係以及它們出現的條件限制。我們挑選了 55 個常用字作為核心字，其所構成的雙字字組主要以《現代漢語詞典》為依據，主要考察這些核心字與其前字的關係，如果需要利用其他字的信息，以及所選核心字與其後字的聯繫的信息，我們也會盡可能地考慮。下面是主要考察的 55 個字：

（83） 車　馬　船　腳　山　兵　信　心　人　菜　路
　　　 天　雨　河　擊　視　落　動　養　愛　敗　走
　　　 喜　怒　看　放　刻　鳴　破　望　痛　來　搖
　　　 笑　借　問　聽　大　小　紅　黑　厚　薄　細
　　　 微　高　低　冷　熱　美　麗　快　慢　善　好

從總體上，可以把出現在某一核心字之前的所有字的功能統統視為表示特徵。但是經考察發現，前字和核心字的語義關係可概括為三種方式，即類別式、描摹式、比喻式，下面一一分別敘述之。為了討論方便，這裡先給出三個實例：

（84）核心字「細」的語義結構格式

　　a、類別式：精　琑　微　纖　詳　仔　工

　　b、描摹式：心　過

　　c、比喻式：粗　巨

（85）核心字「馬」的語義結構格式

　　a、類別式：駿　駑　騾

　　b、描摹式：劣　野　賽　斑　海　河　探

　　　　　　　　轅　戎　戰　紙　竹　木　鐵

　　c、比喻式：牛　犬　人　鞍　車

（86）核心字「敗」的語義結構格式

　　　a、類別式：殘　腐　潰　破　失　衰　頹

　　　b、描摹式：慘　挫　打　擊　戰

　　　c、比喻式：成　勝

　　　例如上面（84）a 式中的「精、微、纖……」等字都有「細」的意思，（85）a 式中的「騍、駕、駿」有「馬」的意義，（86）a 式中「殘、破、衰……」等字都有「敗」的意義，這種格式猶如古代的「合訓」，即把一系列字的共有的語義特徵抽取出來成爲一個義類。因此，可以把核心字和前字之間的關係理解爲類別和成員的關係。類別式最典型地反映了古今漢語之間意義的承襲關係，是歷時演變過程在共時系統中的疊放，其結構性質與單字格局一樣是非線性的。同時也是語義表達精密化的最基本的手段，意義的多維度表現爲同一單字可出現於多個類別式，所以同是「瑣」，既可以以「細」爲核心字，又可以以「碎」爲核心字，例如：

　　　（87）瑣碎　細碎　粉碎　破碎　雜碎

類別式的性質還表現爲，它比較典型地反映了事物的「分類等級」，若干成員表現爲有一個共同的類別，而類別所具有的特徵又隱含在成員之中。類是抽象的高層次的，成員是具體的低層次的，類統攝成員。上述原理在類別式中表現爲一個字統攝多個字，後面我們將會看到，這種關係影響字與字之間的組配。「義類」的客觀存在也說明不應當隨意地割裂一個字拿字組進行分析，比如說，如果按照經典構詞理論，可能會馬「精細」、「瑣碎」等字組單獨拿出來命名爲「並列式」，而完全不去理會其中存在的類別和成員的關係。關於類別式下面再多給出幾組例子：

　　　（88）a、美：肥　豐　華　健　精　俊　甜　完　鮮

　　　　　　　　　　諧　秀　憂　壯

　　　　　b、愛：寵　慈　恩　敬　親　喜　友　珍　仁

　　　　　　　　　　戀

　　　　　c、定：安　固　堅　平　確　穩　鎮

　　　　　d、擊：搏　衝　打　攻　轟　技　殲　抗　排

　　　　　　　　　　抨　破　射　撞

　　　　e、大：博　　粗　　肥　　高　　廣　　浩　　宏　　洪　　巨

　　　　　　寬　　龐　　強　　盛　　偉　　雄　　遠　　重　　壯

　　　　f、菜：菠　　蕈　　芥　　蕺　　薺　　菫　　芹　　薤　　莧

　　　　　　荇

這裡要特別注意的是，由於意義關係是立體的多維度的，語義類別儘管較為抽
象，然而是確定的，而單字的語義功能則是變動不居的，它既可以表類別，又
可以表成員，但無論如何，類別卻是客觀實在，類別與成員之間的關係也是固
定的，例如：

　　（89）a、強：富　　剛　　高　　豪　　頑

　　　　　b、穩：安　　沈　　牢　　平

以上（89）中「強」、「穩」兩字的語義功能是表義類，而在前面（88）c、e 中
則分別表示成員。字的這種語義功能特點也決定著，在給一個字作出語義解釋
時，必須要知道它表示的意義具體處在什麼位置上。

　　描摹式是指，用前字所表示的各種各樣的特徵對核心字所代表的語義類別
直接進行描寫、刻畫。例如對「馬」可以從以下幾個方面進行描摹：

　　（90）核心字「馬」的描摹式

　　　　a、形狀：斑

　　　　b、性質：劣　　良　　好

　　　　c、質料：木　　紙　　竹　　鐵

　　　　d、功用：戎　　戰　　馱　　轅

　　　　e、空間：海　　河　　川　　野

　　　　f、動作：賽　　遛　　出　　跑　　走　　上　　下

　　在前面第二章第二節曾經給出過單字格局的語義特徵類型類別框架「義
等」及義類框架「義攝」，這兩個框架同樣適用於雙字格局，但需要作一些調
整，下面把調整後的結果羅列如下：

　　（91）漢語雙字格局語義特徵框架「義等」

　　　　a、形狀：例如「大、小、厚、薄、紅、黑」

　　　　b、性質：例如「好、壞、甜、苦、水、火」

　　c、質料：例如「木、鐵、鋼、金、石、棉」

　　d、功用：例如「養、臥、戰、賽、食、警」

　　e、空間：例如「海、河、天、山、水、上」

　　f、時間：例如「春、夏、秋、冬、先、後」

　　g、方式：例如「側、快、斜、平、圍、偷」

　　h、主體：例如「鳥、馬、眼、地、頭、心」

　　i、工具：例如「拳、刀、槍、炮、目、足」

　　j、動作：例如「跑、開、放、動、跳、遛」

（92）漢語雙字格局義類框架「義攝」

　　a、人物：例如「人、男、女、官、兵、客」

　　b、動物：例如「馬、牛、羊、雞、狗、鳥」

　　c、植物：例如「草、樹、菜、竹、花、瓜」

　　d、器用：例如「衣、車、船、刀、桌、椅」

　　e、宮室：例如「房、樓、館、店、路、街」

　　f、地理：例如「山、湖、海、河、島、地」

　　g、天文：例如「日、月、風、雨、氣、雪」

　　h、形體：例如「頭、手、腳、眼、嘴、鼻」

　　i、姿容：例如「擊、視、怒、喜、放、用」

　　j、性狀：例如「大、小、紅、美、慢、好」

跟單字格局相比較，變動的地方是，在義等中擴大了「性質」的範圍，一些名物類，比如說「水、火」等做前字時可表性質。刪去了「對象」，因爲前字表動作對象的情況較少。增加了「動作」義等，在單字格局中，「動作」作爲一種特徵也參與了相關名物的語義編碼，但例證較少，而在雙字格局中，「動作」作爲一種特徵的情況極多，在義攝中增加了「性狀」一類，在雙字格局中，「性狀」已成爲獨立的一種義類，可以作爲被刻畫的對象。

　　與單字格局的情況相近，具體的義攝或義類都各自具有某些特定的義等，而某個義等也具有自己適應的若干義攝或眾多的義類。這裡先重點說明一下「功用」這個義等。

　　「功用」是指某些義類所表示的事物具有某些功能或用途，那麼也就可以從這一角度對這些義類進行刻畫。「功用」義等主要適用於「人物、動物、植物、器用、宮室、地理」等義攝。從標識「功用」這一特徵的手法可以典型地看出「語義構詞」研究的方法、角度和「語法構詞」大相徑庭。標識「功用」主要有兩種辦法，一種是把與「功用」相關的動作行為標識出來，另一種是把相關的名物標識出來，例如：

（93）義類「車、船、牛、草、人、房、地」的「功用」特徵

　　　　a、車：貨　餐　弔　紡　臥　囚　賽　水　戰
　　　　　　　客

　　　　b、船：駁　渡　航　商　油　遊

　　　　c、牛：菜　耕　乳　犁

　　　　d、草：燈　牧　席　煙　藥

　　　　e、人：保　報　傳　媒　牧　僕　用　證

　　　　f、房：病　廚　花　庫　牢　票　書　臥　藥
　　　　　　　營　住

　　　　g、地：草　場　墳　耕　工　林　錨　牧　營
　　　　　　　駐

詞典釋義時往往會把事物的「功用」解釋出來（參看符淮青，1996，PP.112～115），例如《現代漢語詞典》對下列幾個字組的釋義：

（94）a、貨車：鐵路、公路上裝運貨物用的車輛。

　　　　b、渡船：載運行人、貨物、車輛等橫渡江河、湖泊、海峽的
　　　　　　　船。

　　　　c、乳牛：專門養來產奶的牛，產奶量比一般的母牛高。也叫
　　　　　　　奶牛。

　　　　d、耕牛：耕地用的牛。

　　　　e、藥草：指用做藥物的草本植物。

　　　　f、牧人：放牧牲畜的人。

　　　　g、錨地：在水域中專供船舶拋錨停泊及船隊編組的地點。

　　　　　　i、駐地：（1）部隊或外勤人員所駐的地方。（2）地方行政機

　　　　　　　關的所在地。

根據上述材料，可以把「貨車」等雙字字組的深層語義關係概括界定爲以下模
式：

　　（95）XX 用的 XX→FN（F＝功用；N＝名物）

在「貨車」等字組中，前字的功能是用來揭示核心字所表名物的「功用」這方
面的內涵，這種語義編碼的手法就好像是在表示一個意思的若干字中挑選出一
個「關鍵字」，這個字與核心字相配就足以讓人們知道字組所要表達的意思。理
解的基礎是自然而然的，那就是現實世界中存在的事物之間的必然聯繫。比如
說，車是可以用來運貨的，牛是可以用來產乳的，房子是用來供人居住的，等
等。某一名物的功能是可以不斷地被開發出來的，每新開發一種，就可能新選
拔一個前字來標注、描摹相應該心字的「功用」。然而，選擇什麼字來做前字不
是任意的，而是有一定道理可言的，否則無法解釋這樣的事實，例如，爲什麼
前面（94）a、中的釋義相應的字組是「貨車」而不是「*路車」、或「*運車」，
爲什麼（94）d、中的「耕牛」不叫「*地牛」，如此等等。

　　傑弗里‧利奇（1983，中譯本，1987，PP.42～49；PP.266～268；PP.310
～312）從理論語義學的角度探討了「詞化」的過程，認爲「詞化」是爲一套特
定的詞義特徵「找詞」的過程，起「包裝」某一詞義內容的心理作用，詞具有
縮略功能，可以把用整個短語或句子表達的同樣的意義壓縮到一個詞中去，除
此以外，還表明著一個概念範疇的存在。他認爲，就複合詞，特別是由兩個或
兩個以上名詞性成分構成的複合詞來說，語義架接也可能是模糊的，並且常常
是極其間接的。雖然有某些沿用的結合途徑，明確得足以成爲獨立詞彙規則，
但是對於許多 X－Y 型複合詞來說，似乎「X 與 Y 有某種關係」這條最一般的
規則是唯一含義廣得足以包括所有特殊解釋的規則。不過，利奇並沒有仔細說
明一個詞尤其是一個複合詞由相應短語或句子縮略而成的過程，也即他的「詞
化」理論雖然在一定程度上能夠說明漢語雙字字組的語義構造，但還不能對我
們前面提出的問題作出解釋。

　　菲爾墨（1977，參看楊成凱，1986）循著他自己的「格語法」思路提出了
「場景（scene）」這一種重要概念。菲爾墨認爲，意義是聯繫著場景的，場景

指視覺形象，還指任何一個具有一體性的獨立的知覺、記憶、經歷、行動或物體。一個詞或一個短語或一個句子或一段話語，都確定一個場景，它突出或強調那個場景的某一部分。顯然，有許多角色參與一個場景，而詞、短語或句子不可能把這些角色都映現出來，只能映視有限的若干角色，條件是被映現的角色有顯要性。

菲爾墨的上述理論對解釋前面的問題有啓發。

一個核心字及所屬的若干前字所表示的若干意義，可以理解爲聯繫著相關聯的若干「場景」，這些「場景」的共同點在於，都與一個共同的義類有關，例如「馬」，「斑馬、駿馬、戰馬、河馬、遛馬」等都可以理解爲一個個具體的場景，場景的核心都是「馬」，而「斑、駿、戰、河、遛」等前字的功能。則是分別把各個場景的「馬」的特徵標識出來，而這種對場景的描摹則遵循著若干固定的軌道即「義等」。漢人在對各種各樣事物比如說「馬」進行刻畫或命名時，不是隨意的，其行爲受「義等」這個框架制約，相應的，具體的一個雙字字組成立的理由、根據也須納入「義等」框架加以解釋。義等就是漢人眼裏事物特徵顯要性的若干大的方面。

對大多數雙字字組來說，要選出能替代它們，而同時又能表達同樣語義內容的其他字組是比較困難的（異名問題須另作研究）。「貨車」不能說成「路車」或「運車」的原因有兩個方面，一是在「貨車」所表達的場景中，「路」中「運」都不能成爲「車」的顯要性特徵，「貨車」場景簡略說有六個角色，即「車、貨、裝、運、路、司機」，其中，「裝、運、路、司機」等對「車」來說是司空見慣的事情，在場景中不凸顯，而唯一顯要的就是「貨」這個角色，「裝、運、路、司機」對其他種類的「車」來說也不能成爲顯著特徵。更重要的是我們有「客車」、「客」、「貨」兩個特徵對立，互相強調了顯要性。第二個原因是，如果眞的是說「路車」和「運車」，那麼等於變換了義等，如果用「運、路」等作前字，則無法揭示出「貨」這一特徵。而如果用「貨」作前字，則既抓住了關鍵特徵，又不會遺漏「運、路」等次要特徵。

「耕牛」不叫「*地牛」的原因也可以從顯要性角度加以解釋。其場景主要有「牛、田地、耕、人、犁」等五個角色，其中「犁」和「耕」凸顯，所以既可以說成「耕牛」，又可以說成「犁牛」。不管是「耕」還是「犁」，都是強調了「牛」的一種「功用」。如果說成「地牛」或「田牛」則是強調了「空

間」，如有一種玩具叫「地黃牛」，有一種昆蟲叫「天牛」。再有，有「水牛」一類，特徵也是強調「空間」，因為它多活動於水中。水牛一般和黃牛對稱，而耕牛和菜牛對稱。

以上的分析說明，我們好像是落入了概念範疇結構的套子之中，很難掙脫，極不自由，必須這樣命名，不能那樣命名，必須這樣理解，不能那樣理解。而所有這一切都是由「義等」的存在決定的，「義等」好比是意義的格子或骨架，它規定著人們用語言來劃分事物類別的方式方法。具體的前字的功能則是服務於義等，而不管它作核心字時是表名物、表動作，還是表性狀。因此前面的「貨」和「耕」在服務於「功用」這個義等時，不管它們在其他位置或場合時表現有何差異，從表「功用」這個角度看，它們的語義功能是一樣的。

在上一章我們曾強調過所謂「避免孤例原則」，這裡需要考察像「貨」、「耕」等字是不是只在「車」和「牛」之前表「功用」，如果是孤例，那麼對它的功能的確定就值得懷疑了。而實例說明「貨、耕」兩字在其他核心字前也可表「功用」，例如：

（96）a、耕畜　耕地　耕具

　　　b、貨船　貨款　貨郎　貨輪　貨棧

「方式」義等主要適用於「姿容」和「性狀」這兩個義攝，用來說明表動作、行為、表情、性狀等義類的方法和形式。下面試舉幾例：

（97）義類「擊、視、動、養、笑、喜、怒、小、紅、倒」的「方式」特徵

　　　a、擊：側　出　反　伏　合　還　回　夾　截
　　　　　　　進　狙　閃　痛　突　圍　邀　迎　遊
　　　　　　　追　阻

　　　b、視：傲　逼　仇　敵　電　短　俯　忽　鄙
　　　　　　　環　檢　近　藐　蔑　漠　凝　怒　平
　　　　　　　診　珍　正　重　注　自　坐

　　　c、動：暴　被　波　策　反　脈　平　主　雷

　　　d、養：抱　放　寄　嬌　靜　領　收

e、笑：暗　慘　嘲　嗤　恥　非　幹　憨　含
　　　　歡　譏　奸　苦　狂　冷　獰　傻　訕
　　　　耍　調　微　諂

f、喜：大　驚　狂　同

g、怒：盛　震

h、小：縮　變

i、紅：變

j、倒：打　放　絆

這裡要注意的是，應當把「方式」特徵和類別式中的次類區別開來，表「方式」特徵的前字沒有後字的意思，而類別式中的表次類的前字一定要有核心字的意思，因此，把握不準的時候要查一下該字在單字格局當中的情況。試比較：

（98）擊：

　　a、類別式：搏、打、攻、抨、破、射、撞

　　b、方式：側、反、合、痛、圍、迎、追、回

「主體」義等主要適用於「姿容」和「性狀」兩個義攝，它標識動作、行為、表情、性狀等方面義類所具有相關主體特徵。例如：

（99）義類「動、跳、痛、好、冷、紅、高」的「主體」特徵：

　　a、動：地　草　心

　　b、跳：心　眼

　　c、痛：心　頭　肉

　　d、好：心

　　e、冷：齒　心

　　f、紅：眼

　　g、高：心　眼

「工具」義等主要適用於「姿容」義攝，它標識動作、行為等方面的義類所具有的相關工具特徵。例如：

（100）義類「擊、殺、印」的「工具」特徵：

　　a、擊：拳　雷　炮　目

b、殺：槍

c、印：膠　　鉛　　石　　水　　油

如果歸納得粗一點，也可以把「工具」義等併入「方式」義等。

　　「性質」義等適用於前面（92）中列出的所有義攝，它標識動作、名物、性狀等義類的屬性特徵，往往涉及人對現實現象的主觀評價。例如：

（101）義類「官、狗、草、店、鳥、雨、動、善、黑」的「性質」
　　　　特徵

　　　　a、官：達　軍　清　冗　文　武　贓

　　　　b、狗：瘋　惡

　　　　c、草：毒　乾　甘　香

　　　　d、店：黑

　　　　e、島：鳥　蛇

　　　　f、雨：暴　雷　透　喜　陰

　　　　g、動：盲　妄

　　　　h、善：偽

　　　　I、黑：深　淺

　　「形狀」義等與「性質」義等的區別在於它標識的一般是事物外觀上的視覺特徵，不涉及對事物的主觀評價，它適用於（92）中除「姿容」、「性狀」兩義攝以外的所有其他義攝。例如：

（102）義類「人、花、衣、樓、河、雨、腳、鳥」的「形狀」特徵

　　　　a、人：大　黑　巨　矮

　　　　b、花：黃　紅　小

　　　　c、衣：大　　小　青

　　　　d、樓：大　　小　紅

　　　　e、河：長　大　小　黃

　　　　f、雨：大　　小

　　　　g、腳：大　　小

　　　　h、鳥：翠　黃　小

「時間」義等主要適用於「植物、天文、姿容」等三個義攝，它標識與時間過程密切相關的事物的時間特徵。例如：

（103）義類「稻、草、雨、雪、月、天、訓、遊」的「時間」特徵

    a、稻：早　　晚　　中

    b、草：春　　夏

    c、雨：春　　秋

    d、雪：春　　初

    e、月：冬　　秋

    f、天：春　　夏　　秋　　冬

    g、訓：春　　夏　　秋　　冬

    h、遊：春　　秋

「空間」義等適用於（92）中的除「性狀」義攝之外的其他義攝，它標識事物的空間、方位特徵，例如：

（104）義類「軍、羊、菜、雷、路、海、風、頭、戰」的「空間」特徵

    a、軍：空　　海　　陸

    b、羊：山　　湖　　岩　　石　　灘

    c、菜：海　　山　　野

    d、雷：地　　水

    e、路：後　　陸　　水　　中

    f、海：東　　南　　北　　內

    g、風：東　　北　　陸　　上　　下

    h、頭：山　　地

    I、戰：海　　空　　水　　巷　　野

「動作」義等適用於（92）中羅列的所有義攝，它標識義類的相關動作、行為特徵。例如：

（105）義類「兵、鳥、菜、路、雨、山、腳、怒、小、紅、好」的「動作」特徵

　　a、兵：搬　　出　　動　　進　　練　　收　　養　　招　　聞
　　　　　　徵　　用　　裁　　退　　稱　　增　　起　　興　　交
　　　　　　弴

　　b、鳥：遛　　養　　喂

　　c、菜：種　　擇　　吃

　　d、路：帶　　趕　　過　　開　　攔　　領　　迷　　讓　　養

　　e、雨：下　　淋　　躲

　　f、山：開　　煉　　劈

　　g、腳：拔　　插　　開　　落　　捎　　跳　　修　　歇

　　h、怒：觸　　動　　發　　含　　遷　　息

　　i、小：從

　　j、紅：描

　　k、好：見　　交　　叫　　買　　賣　　討　　問　　學　　行
　　　　　　修

以上是描摹式中義等和義攝相配的大致情況。

　　下面考察比喻式。所謂比喻式是指用前字所表示的語義特徵對核心字所表示的義類進行較為間接的映照式的描寫。例如：

　　（106）義類「雨、聽、賣、短、紅」的比喻式

　　　　a、雨：風

　　　　b、聽：視

　　　　c、賣：買

　　　　d、短：長　　修

　　　　e、紅：火　　肉　　桃　　血　　棗

比喻式可分為三種類型，即正反型、平行型和隱含型。

　　所謂正反型是指前字所表示的意思與核心字所表示的意思相反，即正反為喻，互相映照，例如：

　　（107）高低　　大小　　強弱　　往來　　買賣　　天地　　黑白

　　所謂平行型是指前字所表示的現象和核心字所表示的現象在現實世界中鄰

近，例如：

（108）糧草　筆墨　牛馬　山水　見聞　讀寫　記憶

以上（108）中字與字的語義結構方式與類別式是不同的，牛就是牛，馬就是馬，牛的功能是用來提示指明馬。

所謂隱含型是指前字所表示的現象隱含著核心字所表示的性狀，例如：

（109）雪白　漆黑　碧綠　冰冷　火熱　筆直

一般來說，核心字與其所屬的若干前字就是以類別、描摹和比喻這三種方式發生語義結構關係的，結果是核心字所表示的義類從多個維度得到了比較充分、完整的刻畫。簡單地說，一個義類代表的就是漢人已獲得的一件經驗，而這件結驗是被「結構」了的經驗，也即是一個可從上述三個大的方面加以認識的「格式塔」，每個核心字所表示的意義從理論上講都可以採用這種方式加以構建。（參看 Lakoff、Johnson，1980）

在做進一步的分析說明之前，這裡先給出「馬、兵、聽、賣、短、綠」等六個核心字完整的語義結構關係式：

（110）核心字「馬」的語義結構格式

　　Ⅰ、類別式：騾　駿　駑

　　Ⅱ、描摹式：

　　　　a、形狀：斑　白

　　　　b、性質：劣　良　好

　　　　c、質料：木　紙　竹　鐵

　　　　d、功用：戎　戰　馱　轅

　　　　e、空間：海　河　川　野

　　　　f、動作：賽　遛　出　跑　走　上　下

　　Ⅲ、比喻式：

　　　　a、平行型：牛　犬　人　鞍　車

（111）核心字「兵」的語義結構格式

　　Ⅰ、類別式：士

　　Ⅱ、描摹式：

a、形狀：大

b、性質：亂　民　傷　逃　雄　疑　重　奇

　　　　　步　騎　炮　傘

c、質料：甲

d、功用：標　號　護　尖　救　哨　衛　憲

e、空間：水　天

f、動作：搬　裁　撤　稱　動　交　進　練

　　　　　弭　稱　收　退　興　養　用　閱

　　　　　招　徵　起

Ⅲ、比喻式：

　a、平等型：刀　　甲

　b、正反型：官

（112）核心字「聽」的語義結構格式

　Ⅰ、類別式：聆

　Ⅱ、描摹式：

　　a、方式：打　傾　收　探

　　b、性質：好　難　重　動　中

　　c、空間：旁

　Ⅲ、比喻式：

　　a、平行型：視

（113）核心字「賣」的語義結構格式

　Ⅰ、類別式：販　售

　Ⅱ、描摹式：

　　a、方式：變　標　拆　出　盜　寄　叫　拍

　　　　　　　叛　小　甩　專　轉

　　b、性質：義

　Ⅲ、比喻式：

　　a、正反型：買

（114）核心字「短」的語義結構格式

　　Ⅰ、類別式：簡　　虧

　　Ⅱ、描摹式：

　　　　a、主體：氣

　　　　b、動作：護　　揭

　　　　c、方式：縮

　　Ⅲ、比喻式：

　　　　a、正反型：長　　修

（115）核心字「綠」的語義結構格式

　　Ⅰ、類別式：

　　Ⅱ、描摹式：

　　　　a、性質：青　深　淺　水　嫩　油　黛　墨

　　Ⅲ、比喻式：

　　　　a、隱含型：碧　草　蔥　翠　豆　石　銅

　　在第一章中，我們曾把字與字之間的組配條件概括爲兩種關係，即相似關係和相關關係，具體到上述的核心字語義結構格式，比喻式講的是相似關係，類別式和描摹式講的是相關關係。關於字與字之間搭配的語義條件，現在比較通行的理論解釋是，搭配要受到現實現象之間實際存在的關係的制約（參看葉蜚聲、徐通鏘，1991，PP.162～165）。以往的研究由於沒有以核心字爲主進行考慮，所以在歸納語義關係時多局限於零散孤立的實例，而無法在一個內在同一的框架內對字與字之間存在的各種語義關係進行定位，所以這方面的研究不夠深入具體。

　　在核心字的語義結構格式中，具體的前字和核心字之間的組配條件可以得到較好的說明。首先需要設定一個具體的核心字，比如說「馬」，然後就可以考慮哪些字有資格充當「馬」的前字，比如說「駃」可以被考慮，那麼需要判明它能進入三種格式中的哪一種，結果發現它的意義表示馬的一個次類，於是根據類別式的要求，「駃」和「馬」可以組配成一個雙字字組「駃馬」，以此爲例我們可以得出一條字與字的組配原則：

（116）甲字爲核心字，如果乙字所表示的現實現象是甲字所表義類

的一個次類，那麼甲乙兩字可以組配成一個雙字字組，乙字
充當甲字的前字。

把握上述（116）原則的關鍵是一般要有一批乙字，判斷起來才較爲可靠。再比
如「戰」，它也能充當「馬」的前字，但不是進入類別式和比喻式，具體條件是
什麼？這需要做一些細緻的分析。總的一點是，馬可以參與戰爭而成爲一種戰
爭工具。前面說過，一個字所代表的義類反映的是一件現實經驗，而現實的經
驗往往是人們「結構」了的「格式塔」，具備若干特定的維度，而特定的維度往
往又體現於具體的雙字字組之中，也就是說，一個核心字的前字和後字能提供
有用的線索。

這裡首先考察「戰」（戰爭）這個行為有哪些重要的維度。對「戰爭」一
般可以從以下幾個方面進行刻畫：（1）參加者：己方和敵方；（2）時間：年、
月、季節、白天、黑夜；（3）空間：陸戰（曠野或城區）、海戰、空戰；（4）
武器裝備：槍、炮、車、馬、糧草；（5）方式：鏖戰、激戰、持久戰、攻堅
戰、殲滅戰、破擊戰等等；（6）階段：初戰等；（7）結果：勝利、失敗、對
峙等。「馬」與戰爭尤其是古代戰爭關係密切之處在於，它能充當一種可直接
參與作戰的運輸工具。戰爭對運輸工具的要求是有耐力、易控、快速、靈便，
常用家畜有馬、牛、驢、羊、豬、狗等，其中只有「馬」最符合要求，其他
的牛、驢、狗等也參與戰爭，但角色遠不如「馬」重要，所以我們有「戰馬」、
「軍馬」。而無「*戰牛」、「*戰驢」、「*戰羊」、「*戰豬」等，「狗」參與戰爭
主要是充當警戒、搜索工具，而少用於直接作戰，所以不說「戰犬」而說「軍
犬」。以上分析說明，「馬」具有「戰」這一特徵有其必然性。「駟、戰」只是
「馬」的兩個特徵，要想全面認識與「馬」組配的其他字的有理據性，還需
要考察，「馬」作為一種動物，我們一般要從哪些維度對它進行認識：

（117）刻畫「馬」所用的若干維度

　　a、形狀：體積；顏色

　　b、性質：速度；耐力；性情；靈活性

　　c、質料：裝飾；構成

　　d、功用：農業生產；載人；載物；作戰

　　e、空間：產地；生存區域

f、動作：餵養；使用；遊戲

粗略地說，一個字所表意義，只要具有上述「馬」若干維度中某一具體項的意思，就可充當「馬」的前字對「馬」進行刻畫，比如說「大、小、高、矮」可表體積，所以可以說「大馬、小馬、高馬、矮馬」，「白、黃、黑、灰」表顏色，於是可以說「白馬、黃馬、黑馬、灰馬」，再如「喂、養、遛」都有「餵養、調理」的意思，於是可以說「喂馬、養馬、遛馬」。

上述（117）中所設定的對「馬」的描述架框架似乎帶有先驗、主觀的色彩，其實不然，這是多少年來漢人形成的關於「馬」的經驗框架，具有極強的慣性，其他動物也大致可以從相同的維度進行描述。這個例子說明，某一字充當某一核心字的前字的條件是，看它所表示的意義是否能納入該核心字的某一義等。

根據上述分析我們可以確立一條原則：

（118）甲字為核心字，如果乙字所表示的意思與甲字的某一義等
　　　相符，那麼乙字就有可能充當甲字的前字。

上述（118）原則中的「有可能」說明此原則規定的條件限制較為寬鬆，原因是雙字字組的建構存在著「開放性」特點，兩字意義之間的搭配存在著「分級可接受性」特點（參看利奇，中譯本，1987，PP.299～301；PP.310～312）。

所謂「開放性」，是指能出現在某一核心字之前的字不限於現在詞典上收錄的雙字字組條目，根據人們認知現實的需要，人們有可能為某一核心字選拔新的前字。例如核心字「月」，我們一般說「賞月」，「賞」屬「月」的「動作」義等，而在童話故事中創造出了「撈月」，但這只是人們的想像而已，幾十年前人類成功登上了月球卻是現實，於是有了「登月」，「月亮」是可以「登」上去的，這樣在「月」動作義等中增加了「撈」和「登」。

利奇把詞條的可接受性分為三種：（一）已經被習俗所接受的詞條的實際可接受性；（二）任何一個能夠運用詞彙規則生成的詞條的潛在可接受性；（三）詞彙規則所根本不能允許的詞條不可接受性。利奇主張實際可接受性是一個分級概念。所以儘管漢語中表顏色的字能進入「馬」的「形狀」義等，但是「黃、白、黑、紅、綠、藍、紫、橙、灰、粉」等字與「馬」組配時存在著可接受性的級別問題，大致情形如下所示：

（119）a、能接受的

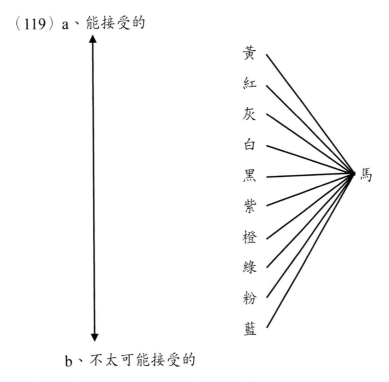

b、不太可能接受的

可以推想，其他具體義類的情況也大致如此。

　　在句法和語義的關係研究中，動詞和直接賓語之間的語義關係是一個難點問題，直接賓語的語義內容很難找到普遍規律。在雙字字組的研究中，經典構詞理論以及新近的一些研究都仿照句法結構關係把所謂「動賓式」或「支配式」列為一大構詞類型，而沒有講清楚表動作的前字和其涉及的後字之間的語義關係的實質。現在我們以核心字為主進行考慮，可以注意到以前的研究忽略了的兩個方面，一是以核心字為基礎進行考察，把出現的核心字之前的若干表動作的前字作為一個整體加以考慮，而以前的研究往往隨意拿若干有動賓關係的字組來加以比較；二是要探討若干表動作前字之間存在的非線性的語義結構關係，當然重要的參照點仍是核心字。

　　上述這種研究意圖也是由語義編碼方式「1 個特徵×1 個義類」決定的，因為我們把出現在核心字之前的所有前字一律視為表特徵，「動作」只是其中的一類特徵。從大的方面看，同一核心字的若干義等之間分野的結構性質是非線性的，而從小的方面看，具體的同一義等之中的若干字之間語義結構關係的性質，參照同一個核心字來說也是非線性的。因此，單獨拿出一個形式上表現為線性組合關係的雙字字組，我們無法對它進行語義功能定位並說明其中的語義關係。從這個角度看，我們前面提出的原則（118）還是不夠嚴格，

核心字的性質不但要求我們考察單個前字與核心字之間的語義結構關係，重要的是，還必須考察同一義等若干前字之間的非線性語義結構關係，這兩個方面是關聯在一起的。也就是要講清楚，一個字要充當某一核心字的前字，它必須能夠在該核心字的某一義等中找到它的位置，而這個位置是由該義等若干字之間的語義結構關係決定的。舉例說來，核心字「戰」的「空間」義等有「海、空、水、巷、野」等五個字，它們之間的非線性語義結構關係可以從「對立」的角度來加以描述：

（120）a、〔海〕 b、〔空〕

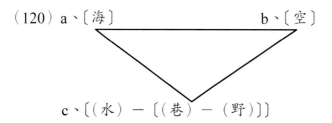

c、〔（水）—〔（巷）—（野）〕〕

語義特徵必須通過對立而昭顯，而特徵的對立直接顯現爲同一義等內不同字語義功能之間的對立，每一具體字其存在價值就在於它與其他字對立，例如上面（120）中「空」與「海」與「水、巷、野」等的對立，不過這個例證較爲簡單。下面以核心字「兵」的「動作」義等爲例，說明同一核心字的同一義等中存在的稍爲複雜的非線性語義結構關係。這裡著重分析此例，也意在說明所謂「動賓式」中的「動」從語義編碼角度看其實質與所謂「偏正式」的「偏」是一樣的，都是表特徵，而特徵是有組織的。前面（105）曾列出過「兵」的「動作」義等中的最主要的一些例字，現整理如下：

（121）核心字「兵」的「動作」義等的主要例字

a、用　搬　動　稱　起　興　出　進　交　弇

b、收　退

c、增　調

d、養　練　閱

e、招　徵

f、裁

以往的研究對詞彙體系中名物義方面及性狀義方面的對稱關聯注意較多（參看克魯士，1986，中譯本，1990），而對動作義方面的意義對稱關聯注意較少。因此在同一核心字的「形狀」、「性質」、「時間」、「空間」等義等中我們容易

發現，屬於同一核心字的同一義等的若干字之間意義上存在對稱關聯關係，
同時也會對相關字前的功能表特徵性質認識得更爲清楚。相反地，由於動作
義較爲複雜，再加上以往研究對「核心字」重視不夠，以及「動賓式」等名
目的遮蔽，動作義之間的非線性語義結構揭示得也就不夠。意義特徵對立的
結果是形成字與字的對稱關聯。在前面（121）中，可以看到用於刻畫「兵」
的三個動作維度：

（122）核心字「兵」的相關動作維度

　　　Ⅰ、使用：包括（121）a、b、c

　　　Ⅱ、培養：包括（121）d

　　　Ⅲ、徵招：包括（121）e、f

以上（122）中三個維度的分野是比較清楚的，在不同維度之間和同一個維度之
內都可以發現一些典型的字與字對立的情況，例如：

（123）a、異維對立：養——用

　　　b、同維對立：出——收；進——退；興——弭；招——裁

嚴格地說，同一義等中的每個字都有其特定的存在價值，既互相對立又
互相同一，表現爲有些字甚至能組合爲雙字字組，例如「搬用、動用、起用、
搬動、興起、進退、徵招」等等，兩字能組配說明它們有共同意義，比如「搬」
和「動」都是動用，但同時也有差異，比如「搬兵」是「搬取救兵」的意思，
而「動兵」則是「直接出動軍隊打仗」的意思，兩者分工是不同的。再比如
「征兵」和「招兵」，前者是較正式的政府行爲，而後者只是指一般的招募。

上述分析表明，同一義等的主要例字之間的關係能夠顯示出，具體義等中
存在著一個意義核心，這個核心在一定程度上決定著吸收新的前字加入義等的
條件。以核心字「兵」爲例，能夠進入它的「動作」義等的字除了前面所舉的
主要例字外，每個維度我們都能舉出一些外圍字及候選字：

（124）核心字「兵」動作義等的外圍字及候選字

　　　Ⅰ、使用：移　　引　　運　　使

　　　Ⅱ、培養：校　　領　　帶　　演　　教　　訓

　　　Ⅲ、徵招：借　　錄　　減　　削

外圍字的和候選字的界限是模糊的，它們的可接受性是個連續統。就上述例子

而言，加入義等的條件首先是能夠表示一個動作，其次是表示一個具體的動作維度，再次是和同一維度的其他字有對立同一關係。據此，可以把前面給出的原則（118）重新訂立如下：

（125）甲字為核心字，如果乙字所表示的意思與甲字某一義等的某
　　　一維度中的若干字存在對立同一關係，那麼乙字就有可能充
　　　當甲字的前字。

貫徹上述原則的一種比較典型的做法是盡可能地利用現有的「分類等級」關係，例如前面（124）中，我們確定外圍字及候選字的條件就是考慮了某一義類和其次類的關係：「移、引、運、使」都有「用」義；「教、演、訓」都有「練」義；「領、帶」都有「養」義；「校、檢」都有「閱」義；「借、錄」都有「徵招」義；「減、削」都有「裁減」義。那麼原則（125）中的「對立同一」典型地應理解為若干字屬於同一義類，而這個義類具體表示義等的一個具體維度。因此，「兵」的「動作」義等可表示為：

（126）「兵」的「動作」義等組成

　　　Ⅰ、使用：包括「用」類、「進」類、「退」類等。

　　　Ⅱ、培養：包括「養」類、「練」類、「閱」類等。

　　　Ⅲ、徵招：包括「招」類、「減」類、「借」類等。

但是需要注意，這裡的「義類」的功能是表特徵，特徵不是隨意安排給核心字所表示的義類的，而是符合某一認識的維度，種種特徵組織起來，就自然而然地完成了對義類代表事物的某一側面的完整刻畫。因此，一個字不能孤立存在，同理一個雙字字組了也不能脫離「核心字」而孤立存在，否則我們無法確定它的價值。出現在核心字前表動作的前字的語義功能，實質是表達成系統的動作特徵。經典構詞法中的所謂「支配式」無法對上述現象作出這樣的概括和解釋。

關於比喻式也可以訂立一條字與字的組配原則：

（127）甲字為核心字，如果乙字所表示的意思能夠對甲字的意思做
　　　出比喻性的說明，那麼乙字就有可能充當甲字的前字。

第四章　結語：對漢語構詞研究方法論的評論

　　在前面第二和第三兩章，我們嘗試了從一個新的角度來發掘和整理漢語雙字字組的結構規律，注意到了一些以往研究中未曾給予重視的重要事實。本著貫徹歷史主義和語義主義的原則，第二章首先從說明上古漢語單字格局的語義構造著手，把漢語的語義編碼公式確定為「1 個特徵×1 個義類」，認為單字格局的語義構造的核心問題就是取決於上述公式，即每個字所表示意義都可以分解為特徵和義類兩大部分，但是特徵和義類都是隱含的，要確定它們必須比較同源形聲字族或屬於同一語義場的相關字群。特徵和義類的組配遵循著較為概括的規律，特徵數量很多，但是可以歸納為義等，例如「形狀、質料、功用、空間、時間」等，其實質就是概念字義平面的語義格，它規定著漢人描述、刻畫事物所遵循的特定的若干軌道。相應地，數量繁多的義類也可以歸納為有限的一些重要的義攝，例如「人物、動物、植物、器用、形體、姿容」等，每一義攝或每一義類都有適用於自己的若干義等。

　　後來，由於單字結構格局內部存在著不平衡性，漢語開始自發性地調整，但語義編碼公式沒有改變，仍是「1 個特徵×1 個義類」。在單字格局中，由於特徵和義類都是隱含的，所以編製出來的字數量極大，人的記憶無法承擔。漢語採用雙字的方式有效地改善了字與字的結構方式，彌補了單字格局的弱

點，特徵和義類分別用不同的具體單字表達，這樣既削減了字數又增強了語義表達的精密程度。雙字格局和單字格局之間存在的這種承繼關係，啓發著我們在考察一個雙字字組時，應把前字功能定爲表特徵，後字功能定爲表義類，雙字字組的語義中心只有一個，即後字所表示的義類，一個義類可以有若干個特徵，相應地，同一後字可以有若干不同的前字與其組配，於是我們把後字定爲「核心字」，其功能性質就是表義類，而其所屬的若干前字則是表示屬於不同義等的若干特徵。因此，孤立地考察一個雙字字組，就跟孤立地考察單字格局中一個單字一樣，是不會有可靠結果的，因爲我們無法知道它在「核心字」所屬的若干字組中的地位和價值。

不但大量的歷史資料能夠說明核心字的性質，而且《現代漢語頻率詞典》的「漢字構詞能力分析」，也說明以「核心字」爲主來考察漢語雙字格局的語義構造的確擊中了問題的要害。漢語「核心字」這一獨特而又極爲重要的事實是以往漢語經典構詞理論以及新近的語義構詞理論所不曾注意到的。考察漢語「核心字」這一做法的實質是要求我們不要割裂一個字，而要把一個字作爲一個完整的語義功能實體來加以考察，抓住了核心字也就等於抓住了古今漢語的承繼和溝通關係，也就等於抓住了漢語語義衍生的梗概和要領。

我們主要依據《現代漢語詞典》提供的材料，把漢語雙字格局的語義結構格式歸納爲類別式、描摹式和比喻式三種，其中類別式較爲典型地反映了古今漢語之間的承繼關係。類別式是從前字的角度看的，核心字的功能是把若干前字分別代表的小類的同一大的類別標識出來，從核心字的角度看，其所屬若干前字標識的是它的若干小類。描摹式的構成區分爲義等和義攝兩個方面，情況與單字格局相近，變動大的地方是增加了「性狀」義攝和「動作」義等。對「功用」義等的分析說明「語義構詞」的標準只能是從語義角度出發考察字的功能特點。無論是常常表示名物的字還是常常表示動作的字，它們在表「功用」這一點上功能是一致的。

通過分析核心字「兵」和「動作」義等我們發現，位於同一義等中的若干字之間在語義上存在著非線性的對立同一關係，其中「分類等級」對義等的構成也起著比較重要的作用。可以說一個核心字表示的就是一件經驗，而納入它的前字位置上的若干字則反映了人們對這件經驗的認識，而這種認識往往形成一個「格式塔」，也即大部分核心字都可以從類別式、描摹式和比喻式這三個方

面進行限制和描述。那麼如何理解以往研究中講的較多的理據問題呢？從本文的研究角度看，可先確定一個核心字，然後考察某字進入該核心字前字位置的條件限制。我們曾給出過三條重要的字與字的組配原則，某字如果符合原則所規定的條件，也就具備了和其核心字組配的理據，其實質是這個某字能夠在其核心字所要求的非線性語義結構中找到自己的位置，分三種情形，要麼是核心字所表義類的次類，要麼能進入核心字某一義等，要麼能對核心字作出比喻性的說明。當然，如果還須進一步概括的話，仍可以把字與字組配的條件歸納的爲相似和相關，不過，這種相似和相關可以在我們歸納的非線性語義結構格式中得到明確的說明。

　　本文採用的整理漢語雙字字組的方法與漢語經典構詞理論相比較，有著根本性的差異。表面上看，這種差異可以歸於所採用的方法是「語義的」還是「語法的」，其實，這兩種方法更深刻的差異，則在於對「功能」有截然不同的兩種理解。在本文看來，語言的功能是映照現實世界中存在的現實關係，對現實關係進行語義編碼，具體到漢語中一個個具體的單字，它們的功能則具體服務於語義編碼公式「1個特徵×1個義類」，一個字在不同的雙字字組中要麼表示義類，要麼表示特徵，作核心字表義類，作前字時表特徵。特徵和義類都不是孤立存在的，而是成系統的，特徵與義類的關聯、特徵與特徵的關聯以及義類與義類的關聯，在本質上都是語義的，而非語法的，關聯的結果是形成非線性的語義結構關係網絡，而相應的字與字之間的結構關係也是非線性的，位於非線性結構關係中的一個字，它的功能只能是表示非線性語義關係的一個環節。而對字的語義功能觀察的角度也只有一個，那就是以核心字爲主，對核心字的若干前字的語義功能進行定位。相對於某個核心字而言，它的每個前字都必須歸入類別式、描摹式或比喻式的任一式，如果歸入描摹式，還要進一步考察它到底歸入哪一義等，如果歸入比喻式，還要進一步考察它屬於哪一型的比喻式。那麼這些「式、等、型」的本質又是什麼呢？它們既規定著漢人描述現實現象的若干軌道和層面，又顯示著非線性的語義結構關係的骨架，字的功能就是表示這個骨架中的某一特徵或某一義類，字與字的組配關係類型及條件都須在這個骨架中加以說明。

　　我們一直強調漢語「字」的語義功能強大而活躍，從上述角度看，很多常

用字既可以表示義類，又可以表示特徵，不但可以表示一個義類的特徵，而且可以表示多個義類的特徵，甚至在每一種語義結構格式中都可以出現。然而只要抓住了核心字，無論「字」如何活躍，參照其所屬的核心字，總能對它的語義功能做出確切的說明。因此，本文提出的雙字字組的語義組配方案對字典的編撰特別是釋義會有一定的幫助。

在漢語經典構詞理論框架中，講「字」的功能就是講「字」的語法功能，也就是要考察一個字在語義結構格式中做哪一類成分。陸志韋（1957，PP.269～271）主張：「具體意義和語法意義必須明確地分開。語法學只研究語法意義，或者說，通過具體意義來研究語法意義。……漢語裏，造句的形式和構詞的形式基本上是相同的。……一個語言片段的內部結構有種種類型。一個類型，單就它的各部分的意義上的關係來說，可以是構詞和造句法所同有的。例如兩個部分前後的關係：

	造　句	構　詞
前修飾後	王先生昨天買的／帽子	禮帽
後補充前	打得／他滿院子亂竄	擊敗
前後並列	一個人／一匹馬	弟兄
前動詞，後賓語	說了／好些話	注意
前主語，後謂語	他／寫字	口快

要辨別這些例子是屬於不同的結構類型的，得憑意義。」按照陸的構詞框架，「禮帽」屬於偏正式，反映的是修飾與被修飾的關係，其結構意義是「修飾」，「禮」表修飾成分，後面的「帽」表被修飾成分。如果從「語義構詞」的角度看，在陸的框架中「偏正式」是具體合理內涵，「偏」相當於「特徵」，而「正」相當於被「特徵」所修飾和限制的義類。不過，陸采用標明「偏」和「正」及整個偏正式的詞類性質的方法，來對偏正式做進一步的分類描寫，例如「名ᵗ名→名詞」、「形ᵗ名→名詞」、「動ᵗ名→名詞」、「動ᵗ動→動詞」、「形ᵗ動→動詞」、「名ᵗ動→動詞」、「副ᵗ動→動詞」、「動ᵗ形→形容詞」、「形ᵗ形→形容詞」、「名ᵗ形→形容詞」，以上還未舉全偏正格的細目，但已足見這種描定方法所存在的問題了：第一，名目繁多，缺乏概括力，但是按照陸的理論，這樣做實屬迫不得已，除此之外別無他法；第二，詞類的加合併不能控制加合後的複合詞的詞類，所以「動＋名」既可以是名詞，也可以是動詞，

這種重要現象似乎在陸的框架內無法得到解釋；第三，無法揭示出複合詞內存在的極爲重要的語義關係。

相比之下，本文採用的路子能在一定程度上避免上述第一、第三兩個方面的弱點，至於詞類問題，本文傾向於在「構詞」分析中不加涉及，因爲，通過對「核心字」的分析，發現在「構詞」問題上重要的是需要設定哪些功能語義類，如「式、等、型、攝」等，傳統的詞類名目在這裡的分析中暫時不使用，而且以後的研究進展可能會表明，漢語中的詞類問題還需要更深入的探索。通過設立「描摹式」，本文把陸框架中偏正式及後補式、動賓式、主謂式等所涉及的雙字組合現象，全部納入「義等」框架加以解釋說明。對「核心字」的分析顯示，這種方法確實能夠作出一些重要的語義概括，從而把支離破碎的現象歸納在一起完成統一的解釋。下面略舉幾例以示對比。例如「性質」義等可以把a、「形→名→名詞」、b、「名→名→名詞」、c、「形→形→形容詞」等式所包括的許多事實統一解釋爲「前字」表「性質」：

（128）a、形→名 → 名詞：

例如「冷眼　凡人　甘草　美德　良心　難題」

b、名→名 → 名詞：

例如「福氣　楊花　米湯　羊肉　利錢」

c、形→形 → 形容詞：

例如「狂熱　臭美　乾渴　窮忙　慘綠」

「方式」義等可以把 a、「形→動→動詞」、b、「名→動→動詞」、c、「副→動→動詞」、d、「動→動→動詞」等式所包括的許多事實統一解釋爲前字表「方式」：

（129）a、形→動 → 動詞：

例如「蔑視　榮任　猛省　少候　緩徵　熱愛」

b、名→動 → 動詞：

例如「風行　官賣　瓜分　蜂擁　魚貫」

c、副→名 → 動詞：

例如「自稱　自修　互選　再婚　再議　不妨」

d、動→動 → 動詞：

例如「來吃　封寄　接辦　回想　誤傷　陪坐」

另一方面「空間、功用」等義等可以把經典構詞框架所忽略的重要的語義關係
單獨提示出來：

（130）a、空間：

上風　下級　前門　東城（名→名　→　名詞）

上訴　下拜　前進　後悔（名→動　→　動詞）

b、功用：

擂缽　臥車　護兵　郵亭（動→名　→　名詞）

上述對比也可以說明本文所注重的是，字到底服務於什麼樣的語義功能系統。
關於陸框架中的主謂式，我們納入「主體」義等。

現在需要重點說明的是，後補式、動賓式、並列式、重疊式所包括的事實
在本文框架中該如何解釋。動賓式和後補式中的前字我們可分別納入「動作」
和「方式」兩義等加以解釋。關於動賓式，上一章第三節曾對「兵」的表動作
特徵的前字作出過分析，發現每個字所表示的意義都是描述「兵」的意義維度
的有機組成部分，這不是「動賓」或「支配」所能解釋得了的。關於後補式所
包含的事實我們以核心字「破」、「透」、「大」、「去」爲例進行分析：

（131）核心字「破」的語義結構格式

Ⅰ、類別式：殘　爆

Ⅱ、描摹式：

a、方式：打　道　點　讀　攻　擊　揭　看　認　識

說　突

Ⅲ、比喻式：ø

（132）核心字「透」的語義結構格式

Ⅰ、類別式：ø

Ⅱ、描摹式：

a、方式：浸　看　滲　紅　壞

Ⅲ、比喻式：

a、平行型：靈　深

（133）核心字「大」的語義結構格式

Ⅰ、類別式：

　博　粗　肥　高　廣　浩　宏　洪　巨　寬　龐

　強　盛　偉　雄　重　壯　遠

Ⅱ、描摹式：

　a、方式：放　誇　擴　膨　脹

Ⅲ、比喻式：

　a、平行型：光　正

（134）核心字「去」的語義結構格式

Ⅰ、類別式：

　故　失

Ⅱ、描摹式：

　a、方式：出　過　回　進　褪

Ⅲ、比喻式：

　a、正反型：來

以上五個核心字中的「方式」義等涉及了後補式所包括種種典型事實，我們既不處理爲「述補」，也不處理爲「因果」，而是解釋爲「方式」，即表示一種動作或性狀的發生的方式、形態。把上述事實解釋爲「述補」和「因果」都會遇到些困難，至少從語義角度看是這樣。首先我們堅持把「打破、看透、放大、出去」等雙字組的語義編碼方式也看作「1 個特徵×1 個義類」，前字表特徵，後字表義類，舉例說來，「破」、「透」等義除了有「打」、「看」等類的特徵外，還有其他類的特徵，如「殘」、「深」等，所以語義中心只能在後，而不是對前字所表意義的補充，前字全部表示後字的各種特徵。「破、透、大、去」等，作爲一種存在過程，都有種種方式、形態，而且通常必須伴隨著這些方式、形態，就像「視、擊」等典型動作義類也必須通常伴隨著各自特定的方式、狀態一樣。如果把上述事實解釋爲「因果關係」，則不但會遇到「一因多果」、「多因一果」等邏輯上的問題，而且很多例子無法這樣解釋，比說如，「看」和「透」之間，「過」和「去」之間都不好說有什麼因果聯繫。

　　如果不考察核心字，恐怕不會懷疑「並列格」這種說法的可靠性。什麼是「並列格」呢？按照陸志韋（1957，PP.416～440）的說法，「構詞法上，一個

詞的前後兩部分的並列關係相當於造句法上兩個詞或詞組的並列關係。造句的並列形式得憑意義來認識」。下面選一些陸舉的實例：

（135）Ⅰ、名詞：

    a、名：名　書報　燈火　泥沙　拳腳　情景

    b、形：形　空白　緩急　大小　死活　優劣

    c、動：動　涵養　轉折　得失　漲落　告白

    d、名：形　底細　父老　光明　家小　綱要

    e、名：動　功勞　軍警　膳宿　情感　衣裝

    f、動：形　長老　治安　衝要

Ⅱ、形容詞：

    a、形：形　圓滑　廣大　虛偽　貴重　單薄

    b、名：名　狼狽　矛盾　風雅　江湖　勢利

    c、動：動　興奮　透澈　踴躍　練達　通順

    d、形：名　精彩　危難

    e、形：動　重疊　勇敢　緊張　儉省　利落

    f、動：名　興時

Ⅲ、動詞

    a、動：動　收留　裁撤　愛護　倚靠　鼓勵

    b、形：形　滿足　麻醉　尊重　短少　圓全

    c、名：名　犧牲

    d、動：形　充滿　怠慢　調整　繁重　憋悶

並列格較典型地暴露了用組成成分的詞類來描寫構詞格的小類這種方法的弱點，「名：形」、「名：動」、「形：名」、「形：動」等並列方式怎麼可能成立呢？上述雙字字組的本質在於兩個字意義上有共同之處，要區分小類，也只能從意義關係上著手，而不可能用詞類來描寫。至於和其他構詞類型的區別，陸自己發現有問題，他說：「一般的並列結構都是這樣顯而易見的。個別的例子上會遇見困難，特別是在動詞性的結構上，所以『幫助』無疑是並列格，『幫湊』就有點像偏正格，並且可以勉強擴展成『幫著湊一點錢』。『破裂』是並列的呢，還是像『炸裂』，是後補的呢，像『破費』是偏正的呢？『燒毀』、『走

漏』、『失散』、『了清』……，都有點像後補格。」

　　像以上陸舉的這些不太清楚的實例恐怕不是個別的，這反映出已設定的語法構詞格跟人們語感是不相符合的。陸的並列格所包括的事實在本文的方案中分別納入類別式、比喻式和描摹式。前面曾強調過，同是單字，其語義功能地位可能會有較大的差異，有許多字能表示較大的義類類別，它們可以有較多的次類作它們的特徵，這種重要情況單獨拿一個雙字字組來看是不能夠發現的，而使用核心字加以探討，情況就會比較清楚，在核心字「裂」的語義結構格式中可以看到典型的類別式：

（136）核心字「裂」的語義結構格式

　　　　Ⅰ、類別式：

　　　　　爆　崩　迸　分　割　決　皸　破　炸

　　　　Ⅱ、描摹式：

　　　　　a、方式：龜

　　　　　b、工具：車

　　　　　c、主體：唇　齶

　　　　Ⅲ、比喻式：ø

可見「破裂」和「炸裂」都屬於類別式，都分別是「裂」一種，而既非並列，也非後補。又例「燒毀」，既非並列，也非後補，「燒」表「毀」的一種方式：

（137）核心字「毀」的語義結構格式

　　　　Ⅰ、類別式：

　　　　　摧　詆　銷

　　　　Ⅱ、描摹式：

　　　　　a、方式：拆　搗　焚　擊　平　燒　撕　墜

　　　　Ⅲ、比喻式：ø

有些字可能充當前字表特徵，而一般不作後字，例如「皸、摧、抵、迸」等。因此有許多情況貌似並列，實非並列，因為兩字的語義功能地位存在大的差異。在陸所舉的並列格例證中，最符合「並列」這一說法內涵的要算是「大小、優劣、得失、輸贏、天地、拳腳、矛盾、牛羊、茶飯」等例，這一類事實我們歸入比喻式。

關於陸重疊格所包括的事實例如「媽媽、寶寶、等等、歇歇、白白、談談」等我們建議歸入比喻式平行型。

前面的說明大致可以顯示出，本文所採用的「語義構詞」的方法和語法構詞方法之間的差異。從本文的研究角度看，語法構詞理論的主要問題是用語法的方法來整理本質上是語義的語言現象，但又無法迴避意義，甚至很多場合中意義起著關鍵的作用。陸志韋曾明確指出：「我們的工作是從分析語言結構入手的，是注重形式的，可不是『無意義』的。」這裡所說的意義並不完全指所謂「語法意義」，而是經常摻合著具體的詞義或字義。而字義或詞義都是成系統的，而決非零散的、雜亂無章的。在陸的體系中，他並沒有嘗試把以上三個層面即語法形式、語法意義和詞義整合在一起。

那麼純粹從語義角度入手來整理雙字字組結果又怎麼樣呢？問題的關鍵是如何把握意義，如何抓住意義衍生的要領與梗概。在這一方面，本文認為，意義探討的成敗取決於我們對意義、功能、結構三者之間關係的認識程度。意義來源於我們對現實世界的認知和想像，而意義又是採用某種特定方式加以構建的，漢語的意義編碼公式是「1 個特徵×1 個義類」。意義必須通過具體的語言單位表達出來的，於是像漢語的「字」這樣的基本單位被賦予了表達意義的功能。意義是互相關聯的，同一義類可具有多個特徵，而同一特徵也可隱含於多個義類之中。這種關聯直接決定語言的結構方式必須是非線性的，例如上古漢語單字格局中字與字之間存在的非線性關係。

意義又是可以不斷生成的，而語言的結構則是相對穩定的。當語言結構不再適應表達不斷增長的意義內容的要求時，語言就會做出自發性的調整，調整的一個途徑是重新分配具體語言單位的表義功能，改變結構的外部形態。在漢語單字格局中，一個「字」同時表示「特徵」和「義類」，而在漢語雙字格局中，同一個「字」在雙字字組中居前表特徵，居後表義類，有的「字」傾向於表義類，有的「字」傾向於表特徵，「字」的功能發生了巨大的變化，但同時結構的非線性的性質沒有改變，意義編碼公式沒有改變，這具體表現為漢語具有「核心字」這一獨特現象的構造機制。那麼，無論在漢語的單字格局中還是雙字格局中，意義的要領與梗概則都取決於「1 個特徵×1 個義類」這一語義編碼公式。在概念字義平面上，所有的意義關係問題都可以依據這

個公式加以闡發，不同特徵可以歸納爲大的特徵類別，如「義等」，不同的義類也可以歸納爲大的義類類別，如「義攝」，語義結構關係可以歸納爲義等和義攝或不同義類之間的關係。意義具有生成性和開放性，新的意義的加盟大多是給義類增添新的特徵，而增添的條件則是要符合義等的要求。

　　以上的研究反映了我對「字本位」理論以及漢語「構詞」問題的理解。本文所建立的漢語雙字字組的組配方案是嘗試性的，陸志韋等前輩學者發現的許多重要事實及問題本文還未來得及加以研究。在論文寫作過程中，我深深感到要擺脫舊的方法論的影響而純粹從「語義主義」的眼光來處理漢語「構詞」問題決非易事，這意味著在將來的工作中還須做出重要的努力。

參考文獻

1. 愛德華・薩丕爾〔美〕（1921）《語言論》，陸卓元譯，北京：商務印書館，1985年。

2. 奧托・葉斯柏森〔丹麥〕（1924）《語法哲學》，何勇等譯，北京：語文出版社，1988年。

3. 布龍菲爾德〔美〕（1933）《語言論》，袁家驊等譯，北京：商務印書館，1985年。

4. 岑麟祥（1990）《語言學史概要》，北京：北京大學出版社。

5. 陳愛文、于平（1979）並列式雙音詞的字序，北京：《中國語文》第2期。

6. 陳保亞（1993）《語言文化論》，昆明：雲南大學出版社。

7. 陳保亞（1994）《論語言接觸與語言聯盟》，北京大學博士學位論文。

8. 陳承澤（1992）《國文法草創》，北京：商務印書館，1957年。

9. 陳復華、何九盈（1987）《古韻通曉》，北京：中國社會科學出版社。

10. 陳光磊（1994）《漢語詞法論》，北京：學林出版社。

11. 陳寧萍（1987）現代漢語名詞類的擴大——現代漢語動詞和名詞分界線的考察，北京：《中國語文》第5期。

12. 陳平（1991）《現代語言學研究——理論・方法與事實》，重慶：重慶出版社。

13. 陳望道等（1958）《中國文法革新論叢》，《中國語文》雜誌社重編，北京：中華書局。

14. 程湘清（1981）先秦雙音詞研究，見《先秦漢語研究》，濟南：山東教育出版社，1994年。

15. 程湘清（1983）〈論衡〉複音詞研究，見《兩漢漢語研究》，濟南：山東教育出版社，1994年。

16. 程湘清（1988）〈世說新語〉複音詞研究，見《魏晉南北朝漢語研究》，濟南：山東教育出版社，1994 年。

17. 褚孝泉（1991）《語言哲學》，上海：三聯書店上海分店。

18. 戴浩一（1985）時間順序和漢語的語序，黃河譯，北京：《國外語言學》1988 年第 1 期。

19. 戴浩一（1989）以認知爲基礎的漢語功能語法芻議，葉蜚聲譯，北京：《國外語言學》1990 年第 4 期～1991 年第 1 期。

20. 戴震〔清〕，《戴震全集》，北京：清華大學出版社，1994 年。

21. 德・索緒爾〔瑞士〕（1916）《普通語言學教程》，高名凱譯，岑麒祥、葉蜚聲校，商務印書館，1980 年。

22. 段玉裁〔清〕，《說文解字注》，上海：上海古籍出版社，1981 年。

23. 恩斯特・卡西爾〔德〕（1944）《人論》，甘陽譯，上海：上海譯文出版社，1985 年。

24. 馮・洪堡特〔德〕（1830～1835）論人類語言結構的差異及其對人類精神發展的影響（節選），伍鐵平等譯，見胡明揚主編《西方語言學名著選讀》，北京：中國人民大學出版社，1988 年。

25. 馮友蘭（1948）《中國哲學簡史》，涂又光譯，北京：北京大學出版社，1985 年。

26. 符淮青（1985）《現代漢語詞彙》，北京：北京大學出版社。

27. 符淮青（1996）《詞義的分析和描寫》，北京：語文出版社。

28. 高本漢〔瑞典〕（1933）《漢語詞類》，張世祿譯，上海：商務印書館，1937 年。

29. 高名凱（1948）《漢語語法論》，北京：商務印書館，1986 年。

30. 高名凱（1963）《語言論》，北京：商務印書館，1995 年。

31. 葛本儀（1985）《漢語詞彙研究》，濟南：山東教育出版社。

32. 顧炎武〔清〕《日知錄》，黃汝成集釋，欒保群、呂宗力校點，石家莊：花山文藝出版社，1990 年。

33. 郭紹虞（1979）《語法修辭新探》，北京：商務印書館。

34. 郭小武（1993）試論疊韻連綿字的統諧規律，北京：《中國語文》第 3 期。

35. 郝懿行〔清〕，《爾雅義疏》，上海：上海古籍出版社，1984 年。

36. 何九盈（1995）《中國古代語言學史》，廣州：廣東教育出版社。

37. 何九盈、蔣紹愚（1980）《古漢語詞彙講話》，北京：北京出版社。

38. 黑格爾〔德〕（1817）《小邏輯》，賀麟譯，北京：商務印書館，1980 年。

39. 洪誠（1982）《中國歷代語言文字學文選》，南京：江蘇人民出版社。

40. 胡明揚（1988）《西方語言學名著選讀》，北京：中國人民大學出版社。

41. 胡適（1922）《先秦名學史》，北京：學林出版社，1983 年。

42. 胡壯麟等（1989）《系統功能語法概論》，長沙：湖南教育出版社。

43. 黃承吉〔清〕，《字詁義府合按》，北京：中華書局，1984 年。

44. 黃侃述，黃焯編（1983）《文字聲韻訓詁筆記》，上海：上海古籍出版社。

45. 黃汝成（1990）《日知錄集釋》，石家莊：花山文藝出版社。

46. 黃月圓（1995）複合詞研究，北京：《國外語言學》第 2 期。

47. 黃志強、楊劍橋（1990）論漢語詞彙雙音節化的原因，上海：《復旦學報》第 1 期。

48. 霍凱特〔美〕（1958）《現代語言學教程》，索振羽、葉蜚聲譯，北京：北京大學出版社，1987 年。

49. 賈彥德（1986）《語義學導論》，北京：北京大學出版社。

50. 賈彥德（1992）《漢語語義學》，北京：北京大學出版社。

51. 蔣禮鴻（1981）《敦煌變文字義通釋》，上海：上海古籍出版社。

52. 蔣紹愚（1989）《古漢語詞彙綱要》，北京：北京大學出版社。

53. 蔣紹愚（1994）《蔣紹愚自選集》，鄭州：河南教育出版社。

54. 傑弗里‧利奇〔英〕（1983）《語義學》，李瑞華等譯，上海：上海外語教育出版社，1984 年。

55. 克魯士.D.A.（1986）詞彙的組織，劉叔新譯，《語言研究論叢》第六輯，天津：天津教育出版社，1991 年。

56. 黎良軍（1995）《漢語詞彙語義學論稿》，南寧：廣西大學出版社。

57. 李方桂（1980）《上古音研究》，北京：商務印書館。

58. 李榮（1987）《文字問題》，北京：商務印書館。

59. 列維－布留爾〔法〕（1910）《原始思維》，丁由譯，北京：商務印書館，1995 年。

60. 列維－斯特勞斯〔法〕（1962）《野性的思維》，李幼蒸譯，北京：商務印書館，1987 年。

61. 劉寧生（1995）漢語偏正結構的認知基礎及其在語序類型學上的意義，《中國語文》第 2 期。

62. 劉叔新（1990）《漢語描寫的詞彙學》，北京：商務印書館。

63. 劉叔新（1990）《複合詞結構的詞彙屬性》，北京：《中國語文》第 4 期。

64. 劉又辛（1982）「右文說」說，見《文字訓詁論集》，北京：中華書局，1993 年。

65. 劉又辛（1984）論假借，見《文字訓詁論集》，北京：中華書局，1993 年。

66. 劉又辛（1985）漢語詞族研究的沿革、方法和意義，見《文字訓詁論集》，北京：中華書局，1993 年。

67. 劉英（1989）《上古漢語諧聲同族詞研究》，北京大學博士學位論文。

68. 陸國強（1983）《現代英語詞彙學》，上海：上海外語教育出版社。

69. 陸宗達（1981）《說文解字通論》，北京：北京出版社。

70. 陸宗達、王寧（1994）《訓詁與訓詁學》，太原：山西教育出版社。

71. 陸儉明（1994）《陸儉明自選集》，鄭州：河南教育出版社。

72. 陸志韋（1956）漢語的並立四字格，《語言研究》第 1 期，北京：中國社會科學院語言研究所。

73. 陸志韋（1957）《漢語的構詞法》，見《陸志韋語言學著作集》（三），中華書局，1990 年。

74. 羅傑瑞〔美〕（1988）《漢語概說》，張惠英譯，北京：語文出版社，1995 年。

75. 洛克〔英〕（1690）《人類理解論》，關文運譯，北京：商務印書館，1983 年。

76. 呂叔湘（1942～1944）《中國文法要略》，北京：商務印書館，1983 年。

77. 呂叔湘（1963）現代漢語單雙音節問題初探，北京：《中國語文》第 1 期。

78. 呂叔湘（1964）《語文常談》，北京：三聯書店，1980 年。

79. 呂叔湘（1979）《漢語語法分析問題》，北京：商務印書館。

80. 呂叔湘（1993）詞彙學新研究（代前言），見《詞彙學新研究》，北京：語文出版社，1995 年。

81. 馬建忠（1898）《馬氏文通》，北京：商務印書館，1986 年。

82. 馬林諾夫斯基〔英〕（1936）《文化論》，費孝通等譯，北京：中國民間文藝出版社，1987 年。

83. 馬眞（1980～1981）先秦複音詞初探，北京：《北京大學學報》1980 年第 5 期、1981 年第 1 期。

84. 末本剛博〔日〕（1968）《現代邏輯學問題》，杜岫石譯，北京：中國人民大學出版社，1983 年。

85. 帕默，F.〔英〕（1971）《語法》，趙世開譯，上海：上海譯文出版社，1982 年。

86. 潘允中（1989）《漢語詞彙史概要》，上海：上海古籍出版社。

87. 皮亞傑〔瑞士〕（1970）《發生認識論原理》，王憲鈿等譯，北京：商務印書館，1981 年。

88. 齊衝天（1981）漢語單音詞的構成問題，《語言學論叢》第八輯，北京：商務印書館。

89. 齊佩瑢（1984）《訓詁學概論》，北京：中華書局。

90. 錢鍾書（1979）《管錐編》，北京：中華書局。

91. 裘錫圭（1994）《裘錫圭自選集》，北京：河南教育出版社。

92. 任學良（1981）《漢語造詞法》，北京：中國社會科學出版社。

93. 蘇新春（1992）《漢語詞義學》，廣州：廣東教育出版社。

94. 蘇新春（1994）《漢語語言功能論》，南昌：江西教育出版社。

95. 孫雍長（1985）王念孫「義類說」箋識，長沙：《湖南師大學報》第 5 期。

96. 沈家煊（1993）句法的象似性問題，北京：《外語教學與研究》第 1 期。

97. 沈兼士（1933）右文說在訓詁學上之沿革及其推闡，見《沈兼士學術論文集》，北京：中華書局，1986 年。

98. 沈兼士（1935）〔鬼〕字原始意義之試探，見《沈兼士學術論文集》，北京：中華

書局，1986 年。

99. 沈兼士（1937）與丁聲樹論釋名滿字之義類書，見《沈兼學士論文集》，北京：中華書局，1986 年。

100. 石安石（1994）《語義研究》，北京：語文出版社。

101. 石毓智（1992）《肯定和否定的對稱與不對稱》，臺北：臺灣學生書局。

102. 石毓智（1995）論漢語的大音節結構，北京：《中國語文》第 3 期。

103. 太田辰夫〔日〕（1958）《中國語歷史文法》，蔣紹愚、徐昌華譯，北京：北京大學出版社，1987 年。

104. 涂紀亮（1992）《語言哲學名著選輯》，北京：三聯書店。

105. 王國維（1921a）與友人論詩書中成語書（一、二），見《觀堂集林》，北京：中華書局，1994 年。

106. 王國維（1921b）爾雅草木蟲魚鳥獸名釋例（上、下），見《觀堂集林》，北京：中華書局，1994 年。

107. 王洪君（1994）從字和字組看詞和短語，北京：《中國語文》第 2 期。

108. 王洪君（1994）漢語常用的兩種語音構詞法，武漢：《語言研究》第 1 期。

109. 王還等（1985）《現代漢語頻率詞典》，北京：北京語言學院出版社。

110. 王理嘉、侯學超（1979）怎樣確定同義詞，見《語言學論叢》第五輯，北京：商務印書館。

111. 王力（1937）雙聲疊韻的應用及其流弊，見《王力文集》第十九卷，濟南：山東教育出版社，1994 年。

112. 王力（1943）《中國現代語法》，見《王力文集》第二卷，濟南：山東教育出版社，1985 年。

113. 王力（1944～1945）《中國語法理論》，見《王力文集》第一卷，濟南：山東教育出版社，1984 年。

114. 王力（1980）《中國語言學史》，見《王力文集》第十二卷，濟南：山東教育出版社，1990 年。

115. 王力（1982）《同源字典》，見《王力文集》第八卷，濟南：山東教育出版社，1992 年。

116. 王力（1983）《漢語語法史》，見《王力文集》第十一卷，濟南：山東教育出版社，1990 年。

117. 王力（1984）《漢語詞彙史》，見《王力文集》第十一卷，濟南：山東教育出版社，1990 年。

118. 王念孫〔清〕，《廣雅疏證》，北京：中華書局，1985 年。

119. 王寧（1991）漢字的優化和簡化，北京：《中國社會科學》第 1 期。

120. 王寧（1993）訓詁學理論建設在語言學中的普遍意義，北京：《中國社會科學》，第 6 期。

121. 王寧（1995）漢語詞源的探求與闡釋，北京：《中國社會科學》第 2 期。

122. 王前、劉庚祥（1993）從中醫取「象」看中國傳統抽象思維，北京：《哲學研究》第 4 期。

123. 王先謙〔清〕，《釋名疏證補》，上海：上海古籍出版社，1984 年。

124. 魏建功（1935）《古音系研究》，北京：國立北京大學出版組。

125. 伍鐵平（1986）論反義詞同源和一詞兼有相反二義，北京：《外語教學與研究》第 2 期。

126. 伍鐵平（1990）《語言與思維關係新探》，上海：上海教育出版社。

127. 悉尼・蘭姆〔美〕（1969）《詞彙學和語義學》，葉蜚聲譯，未刊稿。

128. 向熹（1981）〈毛詩傳〉說，見《語言學論叢》第八輯，北京：商務印書館。

129. 謝信一（1991）漢語中的時間和意象，葉蜚聲譯，北京：《國外語言學》第 4 期。

130. 休謨〔英〕（1748）《人類理解研究》，關文運譯，北京：商務印書館，1957 年。

131. 徐德庵（1981）從中古訓詁資料中反映出的漢語早期構詞法──以〈爾雅〉〈方言〉同郭注的對照爲例，見《古代漢語論文集》，成都：巴蜀書社，1991 年。

132. 徐烈炯（1990）《語義學》，北京：語文出版社。

133. 徐世榮（1989）《古漢語反訓集釋》，合肥：安徽教育出版社。

134. 徐通鏘（1981）山西平定方言的「兒化」和晉中的所謂「嵌 1 詞」，北京：《中國語文》第 3 期。

135. 徐通鏘（1991a）《歷史語言學》，北京：商務印書館。

136. 徐通鏘（1991b）語義句法芻議，《語言教學與研究》第 3 期，修訂稿見《徐通鏘自選集》，鄭州：河南教育出版社，1993 年。

137. 徐通鏘（1993）《語言研究方法論》，聽課筆記。

138. 徐通鏘（1994a）「字」和漢語的句法結構，北京：《世界漢語教學》第 2 期。

139. 徐通鏘（1994b）「字」和漢語研究的方法論，北京：《世界漢語教學》第 3 期。

140. 徐朝華，1987，《爾雅今注》，天津：南開大學出版社。

141. 徐朝華（1988）論合訓，見《語言研究論叢》第五輯，天津：南開大學出版社。

142. 許慎〔漢〕，《說文解字》，北京：中華書局，1979 年。

143. 亞里士多德〔古希臘〕，《工具論》，李匡武譯，廣州：廣東人民出版社，1984 年。

144. 嚴學宭（1979）漢語同族詞內部屈折的變換模式，北京：《中國語文》第 2 期。

145. 楊成凱（1986）Fillmore 的格語法理論（上、中、下），北京：《國外語言學》第 1、2、3 期。

146. 楊樹達（1934a）形聲字聲中有義略證，見《積微居小學金石論叢》（增訂本），北京：中華書局，1983 年。

147. 楊樹達（1934b）說「馬」，見《積微居小學金石論叢》（增訂本），北京：中華書局，1983 年。

148. 楊樹達（1935）字義同緣於語源同例證，見《積微居小學金石論叢》（增訂本），

北京：中華書局，1983 年。

149. 楊樹達（1947）文字孳乳之一斑，見《積微居小學述林》，北京：中華書局，1983 年。

150. 楊樹達（1950）字義同緣於語源同續證，見《積微居小學述林》，北京：中華書局，1983 年。

151. 葉蜚聲、徐通鏘（1991）《語言學綱要》，北京：北京大學出版社。

152. 俞樾等（1956）《古書疑義舉例五種》，北京：中華書局。

153. 詹斯・奧爾伍德等〔瑞典〕（1971）《語言學中的邏輯》，王維賢等譯，石家莊：河北人民出版社，1984 年。

154. 張岱年（1989）《中國古典哲學概念範疇要論》，北京：中國社會科學出版社。

155. 張永言（1982）《詞彙學簡論》，武漢：華中工學院出版社。

156. 張永言（1984a）關於詞的「內部形式」，見《語文學論集》，北京：語文出版社，1992 年。

157. 張永言（1984b）上古漢語的「五色之名」，見《語文學論集》，北京：語文出版社，1992 年。

158. 趙元任（1968）《漢語口語語法》，呂叔湘譯，北京：商務印書館，1979 年。

159. 趙元任（1973）談談漢語這個符號系統，葉蜚聲譯，見袁毓林編《中國現代語言學的開拓和發展——趙元任語言學論文選》，北京：清華大學出版社，1993 年。

160. 趙元任（1975）漢語詞的概念及其結構和節奏，王洪君譯，見袁毓林編《中國現代語言學的開拓和發展——趙元任語言學論文選》，北京：清華大學出版社，1993 年。

161. 趙元任（1980）《語言問題》，北京：商務印書館。

162. 志村良治〔日〕（1984）《中國中世語法史研究》，江藍生、白維國譯，北京：中華書局，1995 年。

163. 周大璞（1984）《訓詁學要略》，武漢：湖北人民出版社。

164. 周法高（1962）《中國古代語法・構詞編》，臺灣：臺聯國風出版社。

165. 周薦（1991）複合詞詞素間的意義結構關係，見《語言研究論叢》第六輯，天津：天津教育出版社。

166. 周薦（1995）《漢語詞彙研究史綱》，北京：語文出版社。

167. 周祖謨（1993）《周祖謨學術論著自選集》，北京：北京師範學院出版社。

168. 朱德熙（1982）《語法講義》，北京：商務印書館。

169. 朱德熙（1984）潮陽話和北京重疊式象聲詞的構造，北京：《方言》第 3 期。

170. 朱德熙（1985）《語法答問》，北京：商務印書館。

171. 朱德熙（1991）詞義與詞類，見《語法研究與探索》（五），北京：語文出版社。

172. 祝敏徹（1981）從〈史記〉〈漢書〉〈論衡〉看漢代複音詞構詞法，見《語言學論叢》第八輯，北京：商務印書館。

173. Bolinger, D.（1977）*Meaning and form*, London: Longman.

174. Chafe, Wallace（1970）*Meaning and the Structure of Language*, Chicago University Press.

175. Chomsky, N.（1965）*Aspects of the Theory of Syntax*, MIT Press.

176. Chomsky, N.（1981）*Lectures on Government and Binding*, Foris, Dordrecht.

177. Fillmore, C.J.（1968）The Case for Case, In Bach and Harms eds. *Universals in Linguistic Theory*, Holt, Rinehart Winston, New York.

178. Haiman,J.（1980）The Iconisity of Grammar, *Language*, Vol.56,No.3.

179. Haiman,J.（1985）*Natural Syntax*, Cambridge University Press.

180. Halliday, M.A.K.（1970）Language Structure and Language Function. In Lyons（ed.）, *New Horizons in Linguistics*, Harmondsworth: Penguin.

181. Halliday, M.A.K.（1985）*Introduction to Functional Grammar*. London: Edward Arnold.

182. Jakobson, Roman and Halle, Morris（1956）*Fundamentals of Language*, The Hague.

183. Lakoff, G.and Johnson, M.（1980）*Metaphors We Live By*, Chicago University Press.

184. Lyons, John（1977）*Semantics*, Vols. I and II, Cambridge University Press.

185. Lyons, John（1967）*Introduction to Theoretical Linguistics*, Cambridge University Press Ullmann, S.（1957）*Principles of Semantics*, Oxford: Black well.

附錄一　諧聲字族和漢語雙字構詞的一項限制條件 [註1]

　　提要　本文從諧聲字族的角度觀察漢語雙字複合詞的構造，發現漢語雙字組配的一個限制條件：如果甲字和乙字同屬一個諧聲字族，那麼，甲字一般不能和乙字組配。本文從漢語編碼的角度初步解釋了這個限制條件存在的原因。

關鍵詞　漢語構詞規則　諧聲字族　複合構詞

〔註 1〕本文主要內容曾在 2010 年 1 月 20 日北京大學漢語言學研究中心舉辦的「漢語‧漢字音義形編碼的規律及演化」研討會上報告，承蒙王洪君、陸儉明、孫玉文、張猛、胡敕瑞、李娟、董秀芳、孫景濤等先生提出意見，謹致謝忱。

一、引 言

　　一般認爲，語言和文字是兩個獨立的並且相關聯的符號系統，應該分開加以研究。近幾十年來的研究傾向有所變化，不少學者認識到語言和文字的關係並沒有那麼簡單，特別是漢語和漢字的關係。在中國傳統小學中，漢字形音義的研究一直結合著漢語，段玉裁（1735～1815）所謂「同聲必同部」定律研究的既是諧聲字族的問題，同時又是漢語的問題，或者說是漢語和漢字的接口（interface）問題。有意思的是，比段玉裁稍晚一些的德國學者洪堡特（1767～1835）在論述漢語特性時指出：「漢字必定強烈地（至少是頻繁地）促使人們直接感覺到概念之間的關係，同時淡化了語音的印象……在中國，文字實際上是語言的一部分，它與中國人從自己的觀點出發看待一般語言問題的方式方法密切關聯。」

　　關於漢語複合詞的詞法問題，在中國傳統語言學研究中較少探討，現代的學者多從語素和句法結構關係來研究和整理漢語的構詞法。這種研究的優點是在一定程度上可以瞭解漢語詞法和句法的關聯和一致性，但缺點也是有的，即跟漢語的基本結構單位「字」沒有關係，也不能很好地描述複合詞內部構造的理據。漢語的「字」，跟理論上抽象單位「語素」（morpheme）在性質上有本質的差別。漢語的諧聲字和諧聲字族，反映了漢語編碼的一些最基本的原理，可以成爲我們觀察漢語複合詞構造的一個新的視角。

二、從諧聲字族看漢語雙字複合詞的構造

　　關於諧聲字族的研究，現代學者沈兼士（1933）和楊樹達（1934）都做出了重要貢獻。漢語複合詞的構造規則是漢語言學中一個沒有徹底解決的重要問題，以往的研究多從純粹語言的角度，考察不同「語素」複合成詞的規律，而較少從諧聲字族的角度研究這一問題。徐通鏘（2004）在描述近現代漢語雙字字組構造時引入了聲符和形符，如果用轉寫公式表述則是：字組→字1＋字2；字1＝形1＋聲（符）1；字2＝形2＋聲（符）2。這套公式對已存在的雙字組的構造理據的描寫和解釋是合適的，但如果用於雙字組的生成，規則過於強大，會生成出大量的不成立的的字組，需要擬出更多的次則加以細化或限制。徐通鏘（2008）更進一步明確了漢語早期編碼的三個發展

階段，形符、聲符的組合構成第二階段的基本結構單位「形聲字」，在第三個階段，上一階段的結構單位「形聲字」重新分析爲單一的成分，字和字組合構成新型結構單位「字組」。

從諧聲字族的角度研究漢語複合詞的構造，可以考察以下幾種情況：

（一）不同諧聲字兩兩組配，它們分別來自不同諧聲字族。這種情況最爲常見，例如：

江河　宇宙　溫暖　呼籲　惶恐　迫近　駒犢　描繪

沐浴　泥沙　忠誠　狂妄　清冽　清婉　清談　清淡

（二）不同主諧字兩兩組配，它們分別來自不同諧聲字族，例如：

士兵　泉水　皇上　日月　安寧　父母　聖人　上下

方正　平安　立言　火山　火石　力士　水牛　水手

（三）主諧字和諧聲字兩兩組配，它們分別來自不同諧聲字族，例如：

吉祥　苗圃　山路　裘皮　祈求　迂迴　優秀　防守

水稻　水酒　水餃　水珠　和美　清正　清風　清平

從諧聲字族的角度看，漢語的雙字組配需要考察兩種可能的情況，一種是族外組配，如上述第（一）（二）（三）種情況，顯然族外組配是常見的，例如「沐浴」中的兩個字分別來自不同的「木」字族和「谷字族」。那麼是否存在族內組配呢？下列兩種情況是否存在呢？即（四）主諧字和諧聲字兩兩組配，它們來自同一諧聲字族；（五）不同諧聲字兩兩組配，它們來自同一諧聲字族。

族外組配是諧聲字參與雙字組配的常態，是可以觀察到的一個典型的雙字組配傾向。從語義編碼上看，語義類別相同的可以組配，字形上即同義符的容易組配，即一個諧聲字族中的成員跟另一個諧聲字族中語義類別相同的成員可以組配。這種組配有兩種結果，一種情況是構成並列式複合詞，例如「欣愉、拘押、駒犢、耆耄」。另一種構成連綿字，內部結合緊密，這種情況在漢語史上早起，例如「鶬鶊、恐怖、恂慄、岣嶁、鼱鼩、蚰蜒、姁媮、鮈鮂、姁嫗、佝傻」。族外組配提示著不同諧聲字族兩兩之間存在關聯，這種關聯的性質既是語義上的，又是語音上的，後者在連綿字上表現得很明顯。

　　通過查閱大量的雙字組配實例，我們發現（四）和（五）這兩種族內組配一般是不成立的或者是少見的，於是我們擬出下面一條規則：

　　漢語雙字組配成詞的一個限制條件：

　　如果甲字和乙字屬於同一個諧聲字族，那麼，甲字一般不能和乙字組配。

　　推論：一個諧聲字族的成員只能跟其他諧聲字族的成員組配成複合詞，一般不能跟同一諧聲字族的其他成員組配成複合詞。

　　例如「古」字族包括「估、姑、居、故、沽、固、枯、苦、胡、怙」等常用諧聲字，從《漢語大詞典》查檢到約 1025 個複合詞均為族外組配，無一例族內組配，又例如「白」字族包括「帛、泊、伯、迫、怕、拍、帕、柏、魄、舶」等常用諧聲字，從《漢語大詞典》查檢到約 787 個複合詞，也無一例族內組配。

　　又例如，「句」諧聲字族（「句」為主諧字）

　　句、鉤、劬、瓠、舳、枸、軥、夠、絇、怐、邭、購、雊、拘、駒、眗、岣、跔、痀、稝、翑、苟、玽、狗、笱、詬、耇、豞、帩、訽、劬、陶、鴝、鮈、斫、朐、蚼、鼩、趉、的、屩、姁、欨、煦、齁、煦、煦、呴、牳、玁、昫、煦

在上述諧聲字族中，我們只找到一個例外，即「狗苟」。

三、進一步的驗證

　　我們一般難以找到同一諧聲字族的字相互組配的實例，但這只是一般的印象，為了進一步證明上述限制條件，還需要進一步查驗。《漢語大詞典》收複合詞大概 37.5 萬個，我們一時不可能把所有詞條都看一遍，但可以採取取樣的辦法加以證明。我們採取兩種方式，一是隨機抽查了 20 個諧聲字族的所屬字在《漢語大詞典》中參與複合構詞的情況，限於條件，我們只考察了做前字的情況。例如：

「斤」族：祈芹近沂听欣忻頎炘	未發現例外
「古」族：估姑居故沽固枯苦胡怙	同上
「吉」族：秸結詰拮桔劼	同上

「求」族：球裘俅球逑救	例外：「求救」
「苗」族：描貓喵	未發現例外
「足」族：促捉呢	同上
「才」族：財材存在豺	例外：「存在」
「牙」族：雅呀邪芽訝	未發現例外
「白」族：帛泊伯魄迫柏怕拍帕	同上
「秀」族：透莠誘螃	同上
「支」族：枝妓歧技	同上
「正」族：政証整	同上
「占」族：鈷店沾貼站苦黏	同上
「斗」族：抖蚪斜阧料斜斟	同上
「分」族：份粉貧頒盆芬氛忿	例外：「分頒」
「生」族：笙牲星性甥姓	例外：「生性」
「耳」族：洱茸餌珥弭	例外：「耳珥」、「弭耳」
「卞」族：汴抃忭狅笨	未發現例外
「青」族：蜻猜清晴倩精菁靖情箐	例外：「青精」、「青菁」、「青晴」、「猜情」
「寺」族：等待特持痔峙詩時侍	例外：「等待」、「等時」、「持時」、「特等」

　　從上面的查驗可以發現，大概 65% 的字族不存在例外，有 35% 的字族存在例外。以上例外 14 個，平均到 20 個字族，每個字族 0.7 例，而大大小小的有各級主諧字的所有諧聲字族的數目約 2600 個（參考沈兼士 1945），這樣估算下來，例外數可能會在 1820 個左右。但我們相信，如果查驗更多的樣本，例外的比例還會更小，所以 1820 例可以作爲例外數目的上限。同時上面的材料也顯示，有一批字族，例外數較多，如「青、寺」類字族，但哪一些字族有例外，或例外較多，現在看不出必然性。

　　另外一種抽樣的辦法是，我們分段隨機抽查了《漢語大詞典》400 餘頁，發現例外仍然很少，計有 10 個，即「仙山」（P483）、「伊尹」（P515）「屹仡」（P1781）、「存在」（P2225）「狗苟」（P2750）、「石拓」（P4484）「耆劃」（P4493）、「耆驕」（P4493）、「紅缸」（P5602）、「飫沃」（P7326）等，而且「屹仡」、「耆劃」和「耆驕」三例屬於連綿詞，不是複合詞。因此，可以推斷，在《漢語大詞典》正文 7757 頁中，　例外數量大概會有幾百例，在收錄的約 37.7 萬個詞裏，例外比例應該在千分之一左右。

　　通過上述考查，我們發現族內組配不是完全不可以，但的確少見，「漢語諧聲字族族內字一般不能相互組配」這個構詞限制條件是成立的。

四、原因和例外

　　沈兼士（1933）區分了諧聲字族內部音義形結合成字構成的不同層次，如果以非字族爲例，音符「非」表示的意義可以分爲：（1）本義，「分違義」；（2）借音，「飛揚義」、「肥義」、「赤義」、「交文之編織物」。這項研究提示著，在諧聲字族中，字有兩類，一類字是表本義的音義同源的同源諧聲字族，另一類是借音，也可以形成音義同源的諧聲字族。根據裘錫圭（1988，P180）的研究，本字和假借字是相對的兩個概念，「用來表示它的本義或引申義的字，對假借來表示這一意義的字而言就是本字」。本字和借音的判定在研究方法上存在著問題，能夠找到本字的，固然可以假定假借，如「非」字族的「飛揚義」本字假定爲「飛」，「肥義」本字假定爲「肥」（或跟「肥」同源）。而無本字的假借如「義」和「交文之編織物」，則需要進一步的研究。

　　從我們收集的「句」字族的材料看，諧聲字族的內部成分很複雜，有兩個層次，即同源的和非同源的，在兩個方面容易觀察出條理，一是音義同源，二是語音上的相同或相近。例如：

「句」表「曲」義同源諧聲字族

　　　句，曲也，從口丩聲，凡句之屬皆從句。

　　　笱，曲竹，捕魚笱也，從竹從句，句亦聲。

　　　鉤，曲也，從金從句，句亦聲。

　　　枸，曲木。

　　　痀，曲脊。

　　　朐，曲枝果也

　　　翑，曲羽。

「句」表「小」義同源諧聲字族

　　　駒，馬二歲，馬駒。

　　　犌，小牛也。

　　　鮈，鯦鮈，小鼠。

　　　狗，未成毫狗。

　　　豿，熊虎之子。

從音義同源角度上看，很多字一時還找不到依附，有的在意義上能找到聯繫，有的不能找到，究其原因，時代過於久遠，音義關聯的線索不容易重建。例如「句」族的下列字：

刨、瓰、舠、夠、絇、怐、邭、駒、軥、拘、昫、岣、跔、苟、珣、笱、罦、耈、帕、鉤、劬、鴝、斪、蚼、齁、趉、昀、屙、姁、欨、煦、韗、炰、煦、呴、昀、頝

初步分析，同一諧聲字族內部所有的字不能夠兩兩組配成詞的原因是可以解釋的。同源諧聲字族的語義編碼原理在一定程度上決定了漢語雙字組配的類型和邏輯。屬於同一個同源諧聲字族的單個諧聲字的語義編碼可以根據漢語語義編碼公式「1 個字義＝1 個語義特徵×1 個語義類」（葉文曦，1999）加以描述，我們可以用下例子說明：

「句」表「小」義同源諧聲字族的語義編碼描述

駒，馬二歲，馬駒。	小×馬
犃，小牛也。	小×牛
鼩，鼱鼩，小鼠。	小×鼠
狗，未成毫狗。	小×狗
豿，熊虎之子。	小×熊虎

同源諧聲字族的成員本身就是有共同的上級語義類別又有相同的語義特徵差別，而上級語義類別已有成員單字表示了，例如「馬」、「牛」、「鼠」、「狗」等，所以它們無法構成並列結構，另外，也無法構成偏正結構。即「*犃駒、*狗狗、*駒鼩等這樣的組配既不能構成並列關係，也不能構成限定關係，在語義上都是不適當的。並列和限定這兩種強勢組配反映了漢語雙字語義組配的本質和方向，而同一諧聲字族內部不同字之間的組配一般難以構成這兩種語義結構類型。屬於同一同源諧聲字族的字語義類別不相同，只是語義特徵相同。從並列關係看，漢語雙字組配需要兩個語義類別相同或意義相近的字組合在一起，例如「撕扯」、「游泳」、「疾病」「蚊蠅」「慈祥」等。從限定關係看，「*犃駒、*狗狗、*駒鼩」等也是不成立的，因為語義特徵相同，不能產生限定關係，而「馬駒、狼狗」等可以表達限定關係。從語義範疇層級上看（葉文曦，2004），同源諧聲字族內的諧聲字字義在語義範疇層級上都屬於

具體級（指古代最初編碼時的情況），它們相互組配不可能構成上位的基本級，也不可能越級構成抽象級語義範疇。

第二，語音方面的原因，同音字組配在漢語中同樣限制很大，多數情況下不便組配，例如「苟、珣、狗、笱、詬、耇、枸、岣、䉈、豿」等讀音都是「見厚開一，古厚切」。

有意思的是，許多強調文字與語言不同的學者，強調詞族既包括諧聲字符相同的，也包括諧聲字符不同的，可為什麼它們在構詞時會有這麼大的差別呢？這個問題需要留待以後研究解決。漢語同源關係有兩種不同的情況，一種是同源而且同諧聲的，這種情況一般不能組配成詞，例如，「句」族中的「句、笱、鉤、枸、痀、�、翑」屬於一組同源字，它們之間不能兩兩組配；另外一種情況是同源但不諧聲的，有一部分可以組配成詞，例如「家－居、呼－籲、雕－琢、造－就、開－啓、回－還、涕－淚」。而相當大的一部分同源不諧聲的也不能組配成詞，例如「聚－族、父－爸、母－媽、空－孔、吾－我」（以上同源實例參考王力，1982）。因為諧聲字後起，所以諧聲字族的同源關係是較晚出現或形成的。而非諧聲的同源關係，很多起源較早，不受諧聲字族限制，因此相關字可以相互組配。諧聲同源和非諧聲同源屬於兩個不同的音義同源層次，這是問題複雜難解的地方，需要進一步研究。

諧聲關係這個限制條件的強有力之處在於，不管是否同源，只要同屬於一個諧聲字族，一般都不可以相互組配。不但有同源關係的諧聲字不能相互組配，而且因為某些原因「混入」同一字族的那些諧聲字也不能相互組配。

關於存在的例外，雖然《漢語大詞典》收錄了，但仍然分為兩種情況，一種是現代漢語中較少使用的或淘汰了的，例如「等時、持時、猜情、青菁、紅缸、弭耳、耳珥」等；另一種是現代漢語常用的，如「等待、特等、求救、存在、生性」等，這一種前後兩字語音上已有差別或大的差別。

我們相信大多數例外是較晚起的，即不是在諧聲字族產生時就有的雙字組配，語音差別較大，所以在一定程度上不受限制，例如「等待」。據王力（1982），「待」在詞源上和「俟」、與「等」分別構成兩組同源字族，即「待：俟（定邪鄰紐，疊韻）」和「待：等（定端旁紐，之蒸對轉）」。「待」《廣韻》「徒亥切」，「等」《廣韻》本有「多改切」，與「待」音近，而「等」又有「多

肯切」，它表示「待」的意義乃至替代了「待」是中古以後的事情，例如唐路德延《小兒詩》「等鵲前籬畔，聽蚤伏砌邊」，之前它主要表示「等級」義。「等」和「待」組配成詞也是中古以後的事情，比較早的一個用例是元宮天挺《范張雞黍》楔子「哥哥，您兄弟在家殺雞炊黍，等待哥哥相會」。（以上兩個例句轉引自《漢語大詞典》）

五、餘　論

在語言早期編碼樣式上世界語言存在共性，洪堡特（1903，P84）在討論「語音和概念的配合」時提到，存在三種語音和意義的配置轉換模式，即，（1）直接模仿的或描繪的模式，即擬聲的模式；（2）間接模仿的或象徵的；（3）類比的。（3）也叫類推指稱方式，是在人類思維中廣泛使用的模式，根據這種指稱方式，概念和語音在各自的領域裏得到類推，從而取得兩者之間的和諧一致。我們研究的漢語諧聲字族內部的編碼樣式屬於此種，在此基礎上。漢語更高一級的編碼是通過二字組構造複合詞。因此這兩種編碼方式緊密相連，我們可以通過研究諧聲字族的內部構造來觀察漢語複合詞的內部結構方式。

諧聲字族對單字的組配功能和構詞能力存在強力制約，它在一定程度上規定了字的組配方向。在漢語研究中，有的時候需要把語言和文字分開研究，語言是語言，文字是文字，而有的時候則需要考慮文字和語言之間的交互關係和一致關係，充分利用保存在文字裏的語言信息來解決語言的問題。在漢語言學中，許多基本問題的研究不能離開漢語和漢字關係的探討，瞭解字和語素的差異對研究是有益處的。對於漢語雙字組配的規律的探索，本文做的只是從反面立出規則將一大部分不能成立的雙字組配先排除出去，至於成立的雙字組配實例還需要做大量的工作從正面加以描述和解釋。按洪堡特的說法，漢語重概念之間的聯繫，那麼在語音問題上是不是就「淡化了語音的印象」？情況也並非如此，漢語雙字組配仍然有語音方面的制約，只是這方面的研究才剛剛展開。

參考文獻

1. 《漢語大詞典》編輯委員會（1997）《漢語大詞典》（縮印本），上海：漢語大詞典出版社。

2. 埃米爾·本維尼斯特〔法〕（1969）語言符號學，《普通語言學問題》，王東亮等譯，北京：三聯書店，2008 年。

3. 董同龢（1948）《上古音韻表稿》，《歷史語言研究所集刊》第十八冊，南京：江蘇古籍出版社。

4. 段玉裁〔清〕，六書音均表，《說文解字注》，上海：上海古籍出版社，1988 年。

5. 洪堡特〔德〕（1826）論語法形式的通性以及漢語的特性，《洪堡特語言哲學論文集》，姚小平譯注，長沙：湖南教育出版社，2001 年。

6. 洪堡特〔德〕（1903）《論人類語言的結構差異及其對人類精神發展的影響》，姚小平譯，北京：商務印書館，1997 年。

7. 裘錫圭（1988）《文字學概要》，北京：商務印書館。

8. 沈兼士（1933／2004）右文說在訓詁學上之沿革及其推闡，《沈兼士學術論文集》，北京：中華書局。

9. 沈兼士主編（1945／2004）《廣韻聲系》，北京：中華書局。

10. 孫玉文（2002）先秦聯綿詞的聲調研究，《語言學論叢》第二十六輯，北京：商務印書館。

11. 王力（1982）《同源詞典》，北京：商務印書館。

12. 王洪君（2008）語言的層面與「字本位」的層面，北京：《語言教學與研究》第 3 期。

13. 徐通鏘（2004）編碼的理據性和漢語語義語法形態的歷史演變，《語言學論叢》第三十輯，北京：商務印書館。

14. 徐通鏘（2008）《漢語字本位語法導論》，濟南：山東教育出版社。

15. 楊樹達（1934）《形聲字聲中有義略證》，見《積微居小學金石論叢》（增訂本），北京：中華書局，1983 年。

16. 葉文曦（1999）漢語單字格局的語義構造，《語言學論叢》第二十二輯，北京：商務印書館。

17. 葉文曦（2004）漢語語義範疇的層級結構和構詞的語義問題，《語言學論叢》第二十九輯，北京：商務印書館。

18. 周祖謨，（2004）《廣韻校本》，北京：中華書局。

附錄：「句」諧聲字族字參與雙字組配實例，下列資料依據《漢語大詞典》、《廣韻聲系》和《廣韻校本》。

字	讀　音	釋　義	參與雙字組配實例
句	1《廣韻》見侯平開一，古侯切 2《廣韻》見遇去合三，九遇切 3《廣韻》見候去開一，古候切 4《廣韻》群虞平合三，其俱切	1 曲也；高句麗；句龍；姓。 2 章句。 3 句當；又姓，俗作勾。 4 冤句；縣名。	1 句曲、句弓、句倨、句星、句盾、句兵； 2 句讀、句逗、句律、句格； 3 句當；句結； 4 句枉

鉤	《廣韻》見侯平開一，古侯切	曲也；劍屬。	
刨	同上	說文：關西呼鐮爲刨也。	刨鐮
瓯	同上	瓯	
舶	同上	舶	舶艫
枸	同上。	曲木；木名。	
軥	同上。	車軥心木。	軥牛；軥輈、軥錄
夠	同上。	多也	夠本、夠味、夠格、夠勁、夠嗆
鴝	同上；又音	鴝鵒鳥	鴝鵒、鴝眼、鴝鸜
絇	《廣韻》見遇合三；九遇切	絲絇	絲絇
怐	同上。	恐怐	恐怐
郇	同上。	邑名	
購	《廣韻》見候開一，古候切	稟給	
雊	同上。	雉鳴	雊鳴、雊雉、雊鵒
軥	同上。	軥榬，輓車也。	軥榬
怐	同上，又苦候切	怐愁	絲絇
拘	《廣韻》見虞平合三，舉朱切	執也	拘押、拘囚、拘束、拘士、拘民
駒	同上。	馬駒	駒犢、駒馬、駒驢、駒光、駒隙
昫	同上。	左右視	
岣	同上。	岣嶁；衡山別名	岣嶁
跔	同上。	手足寒也。	
痀	同上。	曲脊。	痀瘻
枸	《廣韻》見虞合三，俱雨切	木名。枳椇	
椇	同上。	曲枝果也	積椇
翑	同上；又求俱切。	曲羽。	
苟	《廣韻》見厚開一；古厚切	苟且；姓。	苟且、苟安、苟進、苟隨、苟辭
珣	同上。	石似玉。	
狗	同上。	狗；犬。	狗馬、狗彘、狗門、狗蚤、狗苟
笱	同上。	笱扈，縣名；魚笱，取魚竹器。	笱梁、笱婦
罟	同上。	同上。	

耈	同上。	老壽也。	耈老、耈長、耈造、耈耋、耈德
枸	同上。	枸杞。	枸杞
岣	同上。	岣嶁，山巔。	岣嶁
敂	同上。	扣打也。	敂弦、敂關
豿	同上。	熊虎之子。	
𢱤	《廣韻》溪侯平開一；恪侯切。	指𢱤	
夠	同上。	多也。	
竘	1 《廣韻》溪麌合三；驅雨切。又音口 2 《廣韻》溪厚開一；驅甫切。	1 巧也。 2 健也。	竘然；竘醬（同蒟醬）
怐	《廣韻》溪候開一；苦候切。	怐愁，愚貌。	怐愁
劬	《廣韻》群虞平合三；其俱切	勞也。	劬力、劬心、劬劬、劬苦、劬學
軥	同上。	車軛。	
昫	同上	晡也；屈也；山名；姓。	
岣	同上	地名。	
鴝	同上。	鴝鵒	鴝鵒
鼩	同上。	鼸鼩，小鼠。	鼸鼩
斪	同上。	鉏屬。	斪斸
翑	同上。	同「翎」	
蚼	同上。	蚼犉；蚍蜉。	蚼蛆、蚼蠁
朐	同上。	龜屬	朐䵑
趄	同上。	同「趨」。	
呴	同上。	脯名。	
絇	同上。	履頭飾也。	絇履；絇屨
屨	同上。	同上	
姁	同上；又況羽切	姁然，樂也。	姁然
欨	《廣韻》曉虞合三；況於切；（又況宇切）。	吹欨；笑意。	吹欨
煦	《廣韻》曉虞合三；況於切	煦嘆，笑貌。	煦嘆
姁	同上。	姁媮，美態。	姁媮
齁	《廣韻》曉侯開一；呼侯切。	齁䶎，鼻息也。	齁嘍、齁䶎、齁睡
姁	《廣韻》曉麌上合三；況羽切。	姁姁然相樂也；嫗也。	姁姁；姁嫗

欧	同上。	吹也；笑貌。	欧欧；欧愉、欧懌；
呴	同上。	同「呴」，吹氣、吐出；「呴愉」，和悅；「呴呴」和悅貌；同「煦」，溫暖。	呴噓、呴諭；呴愉；呴煦；呴嫗、呴沫、呴濡
陶	同上。	鄉名。	
煦	同上，又香句切。	溫也；晨光；恩惠；和樂貌。	煦風、煦暖、煦寒、煦潤、煦煦；煦景；煦物、煦育、煦養；煦愉
呴	《廣韻》曉厚開一；呼后切。	亦同「吼」。	呴籲
牁	同上。	牛鳴；通「犓」小牛	犓牛
蚼	同上；又渠俱切。	蚍蜉名也。	
昫	《廣韻》曉遇合三；香句切。	溫暖；日出溫。	昫伏、昫嫗
呴	同上。	吐味。	呴沫、呴濡、呴噓
姁	同上。	姁嫗。	姁嫗
詬	《廣韻》曉候去開一；呼漏切。	豕聲。	豕詬
頊	同上。	勤作。	
詢	同上。	同「詬」。	詢詈、詢譁
佝	同上。	佝僂.	佝僂
怐	同上。	同上。	
詨	《廣韻》曉覺開二；許角切。	豕聲。	
詢	《廣韻》匣候開一；胡遘切。	罵詢.	罵詢

　　本文發表於《語言學論叢》第四十三輯，第 313～326 頁，北京：商務印書館，2011 年。

附錄二　從現代語義學看《爾雅》親屬詞釋義條例〔註1〕——附論語義生成的原則和方法

　　提要　從現代語義學的角度看，中國古老辭書《爾雅》整理和解釋詞語的方法對我們認識語義生成機制有很大的啓發。本文以《爾雅》對親屬詞的釋義爲例總結出了兩條語義編碼公式：Ⅰ，語義類別 A×1 個語義特徵→語義類別 B；Ⅱ，語義類別 A～語義類別 B→語義類別 C，並初步給出了一個語義生成框架。《爾雅》開闢和奠定了中國詞彙語義分析的一個重要傳統，而這個傳統是中國的，也是世界的。

關鍵詞　語義學　《爾雅》　親屬詞　語義生成　語義編碼

〔註 1〕本文曾在中國典籍與文化國際學術研討會（2010 年 3 月，北京大學）上報告過，發表得到了林嵩先生的幫助，這裡表示謝意。

一、引　言

中國古代重要文化典籍《爾雅》保存了大量的漢文化資料，可以從多方面多角度進行解讀，從現代語言學的角度看，其價值可以在詞彙學和語義學上做深入的探討和發掘。

關於《爾雅》的釋義條例，已有王國維先生（1921）以《爾雅》草木蟲魚鳥獸等名物的釋義條例爲例做出了如下歸納：

> 「凡俗名多取雅之共名而以其別別之。有別以地者，則曰山，曰海，曰河，曰澤，曰野。有別以形者，形之最著者曰大小，大謂之荏，亦謂之戎，亦謂之王；小者謂之叔，謂之女，謂之婦，婦謂之負；大者又謂之牛，謂之馬，謂之虎，謂之鹿；小者謂之羊，謂之狗，謂之菟、謂之鼠，謂之雀。有別以色者，則曰皤，曰白，曰赤，曰黑，曰黃；以他物譬其色，則曰蔍，曰烏。有別以味者，則曰苦，曰甘，曰酸。有別以實者，則草木之有實者曰母，無實者曰牡，實而不成者曰童。……此物名大略也。」

以上這段話可以看作是我們理解漢語詞彙單字格局和雙字格局語義構造及兩個格局之間關係的一個總綱，內容既涉及漢語詞彙演變，也涉及語義編碼問題。從詞彙語義編碼的角度看，雅名相當於單字格局層面，雅之共名表語義類，而雅之別表語義特徵。

俗名相當於雙字格局層面，要想說清雅名的語義編碼情況可由俗名入手，由俗名可知，雅名多奇，是綜合的，隱含語義特徵和語義類兩個方面，俗名可看作是雅名所含語義結構明確化的結果，是對雅名的具體分析，特徵和語義類都由具體的字表達出來，因此雅名多別，俗名多共，雅名多奇，俗名多偶。

下面我們用語義編碼公式即「一個語義特徵×一個語義類別」（參見葉文曦，1999）把一些相關事實表示出來並從《爾雅》中舉些實例：

a、地：例如〔山〕、〔海〕、〔河〕、〔澤〕、〔野〕

　　　　藿→〔山〕×〔韭〕　　　檉→〔河〕×〔柳〕

b、形：例如〔大〕、〔小〕

　　　　菣→〔小〕×〔蒿〕　　　蕍→〔戎（大）〕×〔葵〕

c、色：例如〔白〕、〔黑〕、〔黃〕

棫→〔白〕×〔桉〕　　　 鱏→〔白〕×〔魚〕

關於《爾雅》的釋義條例和方法還可以從現代語義學的角度加以闡述。生成的觀念和研究方法在當代語言學中已經取得了顯著的成就，特別是在句法學和音系學方面。在語義學和詞彙學兩個領域雖然已經出現了一些有關生成研究的呼聲和成果，但是研究仍然是初步的，公認的成功的範例也很少見。原因是多方面的，其中一個重要原因就是這兩個系統在語言裏是龐大而複雜，很難從生成的角度加以認識。本文主張研究採取的策略是先從典型的小的局部的子系統入手，觀察其中對研究具有普遍意義的語義生成機制，然後再加以推廣。本文選擇了一個語義研究的經典個案即親屬詞語義分析，以往的研究大多從語義場和語義特徵兩個方面進行分析，成果是得到若干語義特徵，以此為基礎對若干義位給以語義特徵上的描述和區分，這種方法的本質是結構的，但只是描寫的，未涉及生成。有意思的是，在我們研讀中國古老辭書《爾雅》時，發現它整理和解釋親屬詞的方法跟今天有很大的不同，脈絡清晰而自然，對我們認識語義生成機制有很大的啟發。因此，我們可以結合《爾雅》對親屬詞的釋義來觀察語義生成的過程和機制。

二、《爾雅》的對親屬詞釋義和親屬詞語義的生成

什麼是語義生成研究的原則和基礎？雖然還有大量的基礎性工作要做，但從一些語義資料的個例中還是能透露出一些關於語義生成原則和方法的信息。已有的語義場理論和語義特徵分析理論是一個基礎，可供探索語義生成研究的途徑和方法參考。下面我們以《爾雅》親屬詞釋義為例討論語義生成的理論和原則。為了表述的方便，我們約定四個符號，用{ }表示語義類別，用〔 〕表示語義特徵，用→表示語義派生，用～表示語義關聯。我們認為以下一些方面是語義生成機制所必需的：

語義生成框架

現實理據

初始的語義類別

派生的語義類別

顯現的語義類別

隱含的語義類別

初始語義場

語義關係

語義特徵

語義編碼公式

生成的次序

對立二分的方式

代入關係

語義生成都有實實在在的現實基礎，這就是語義生成的現實理據。親屬語義的現實理據是，人類在夫、妻生育基礎上的不斷繁衍，建立起血緣上有親疏遠近的社會關係。當然不同種族和社會可以有不同的社會關係模式和婚姻制度，但是每一個社會都有一些最基本的關係，這影響後繼的類別區分。另一方面，不同的社會制度和婚姻制度會對親屬語義的生成有限製作用。

雖然語義編碼要以理據作爲基礎，但是編碼有獨立的視角，《爾雅》的視角和今天的視角都從「己」或想像中的某個「己」出發的。這對編碼的次序有重大影響，按照自然的理據，從生育關係看，生成的次序應該是——王父——父——「己」，而實際派生的次序則是「己」——父——王父——，三者之間的關係不變，但語義和詞彙生成的次序正好相反。

初始的語義類別是相對較原始的語義類別，由它可以派生出其它的語義類別，它本身不由其它同級語義類別派生。例如《爾雅》親屬義場中的﹛父﹜﹛母﹜﹛子﹜﹛妻﹜﹛夫﹜﹛婦﹜等，「父之考爲王父」，由﹛父﹜派生出﹛王父﹜。

派生的語義類別是由相對初始的語義類別通過公式或規則派生出的語義類別。例如《爾雅》義場中的﹛王父﹜﹛王母﹜﹛世父﹜﹛叔父﹜﹛孫﹜﹛舅﹜﹛甥﹜等，「父之姊爲王母」，由﹛父﹜派生出﹛王母﹜。

在編碼時因爲語用的原因，可以使一些語義類別隱含著而不出現的具體的表述中，例如《爾雅》親屬義場中﹛己﹜就是一個隱含的語義類別，如果我們把這個隱含的類別也表述出來，那麼，「父之考爲王父」就變爲「（己）之父之考爲王父」。相對而言，表達出來的語義類別我們叫顯現的語義類別。

初始語義場是由若干初始語義類別構成的，如｛父｝｛母｝｛子｝｛妻｝｛夫｝｛婦｝等構成《爾雅》親屬初始義場，而大的較完整的親屬義場是由這個初始義場派生出來的。從這個意義上說，初始語義類別是語義場的核心。

在進行語義編碼時，因為效率的要求，不可能為每一種人或事物都指定一個基本級語義類別，而是使用若干語義特徵，依據語義編碼公式把它們指派到已有的初始類別上面，派生出後繼的語義類別。這些語義特徵在典型情況下都是二分對立的，對於親屬義場來說，〔男〕／〔女〕、〔先生〕／〔後生〕、〔長〕／〔幼〕、〔在〕／〔沒〕、〔嫡〕／〔庶〕、〔內〕／〔外〕、〔直〕／〔從〕等都是重要的語義特徵。

語義類別和語義特徵互相對立的觀念是重要的，在此基礎上我們引入語義編碼公式Ⅰ，即，語義類別 A×1 個語義特徵 → 語義類別 B（參見葉文曦1999），什麼樣的語義類別和什麼樣的語義特徵能夠互相搭配取決於現實關係的理據，取決於人們對現實現象認識的習慣及刻畫的方式、角度。特徵規定著語義類別存在的狀態和方式。從這個角度來看，語言對具體某一現實現象進行範疇化的辦法是把它歸入適當的語義類別，然後配上相應的特徵，而這一過程就是語義生成的過程。例如：

　　　｛父之晜弟｝×〔先生〕 → ｛世父｝

　　　｛父之晜弟｝×〔後生〕 → ｛叔父｝

　　　｛男子｝×〔先生〕 → ｛兄｝

　　　｛男子｝×〔後生〕 → ｛弟｝

　　　｛女子｝×〔先生〕 → ｛姊｝

　　　｛女子｝×〔後生〕 → ｛妹｝

　　　｛姑｝×〔在〕 → ｛君姑｝

　　　｛舅｝×〔在〕 → ｛君舅｝

　　　｛姑｝×〔沒〕 → ｛先姑｝

　　　｛舅｝×〔沒〕 → ｛先舅｝

上面是語義生成的第一種常見類型。

語義生成的第二種類型是給一個類別添加關係，讓它與另一個類別產生關聯，從而派生出一個新的語義類別，就親屬關係而言，這種生成建立在不可讓

渡的「之」關係之上。寫成語義編碼公式 II，即，語義類別 A〜語義類別 B→語義類別 C，例如：

{父}〜{考} → {王父}

{父}〜{妣} → {王母}

{妻}〜{父} → {外舅}

{妻}〜{母} → {外姑}

{夫}〜{兄} → {兄公}

{夫}〜{弟} → {叔}

{子}〜{子} → {孫}

{孫}〜{子} → {曾孫}

{曾孫}〜{子} → {玄孫}

{玄孫}〜{子} → {來孫}

{來孫}〜{子} → {昆孫}

{昆孫}〜{子} → {仍孫}

{仍孫}〜{子} → {雲孫}

{{父}〜{兄}}〜{妻} → {世母}

{{父}〜{弟}}〜{妻} → {叔母}

從現代語義學的角度看，《爾雅》把親屬詞語義場區分為四個子場，即宗族、母黨、妻黨和婚姻，釋義的排序是：宗族＞母黨＞妻黨＞婚姻。在「宗族」內部又區別出四個次一級的子場，排序為：宗族 1＞宗族 2＞宗族 3＞宗族 4。在每個子場內部具體條目的次序安排也是有條理的。上述區分和排序是大多是合理而嚴謹的，其道理在於，由此可知哪些語義類別是初始的或先生成的，哪些語義類別是派生的或後生成的，排序的順序在一定程度上反映語義生成的次序，由直系而旁系，由長輩而非長輩，由內而外，由近而遠，依次遞相生成。然而，並不是所有條目的安排都是有道理的，有的條目安排有一定的隨意性，不那麼嚴謹，這又兩個方面的原因，一是編排的角度在一個子場中並不一致，二是有些條目從生成的角度看關聯性較低。但無論何種原因，都說明條目編排的方法和次序是需要進一步討論的。

我們先討論「宗族＞母黨＞妻黨＞婚姻」的排序問題。對一個條目而言，

這裡區別它的關聯條目和非關聯條目。例如「35·母之考爲外王父，母之妣爲外王母。」和「36·母之王考爲外曾王父，母之王妣爲外曾王母。」就是兩個關聯條目，36 必須在 35 的基礎上生成。而相對 35、36 而言，條目 9「父之姊妹爲姑」則是一個非關聯條目，它跟 35、36 的生成關係不大。又例如以下的三組關聯條目：

  2·父之考爲王父，父之妣爲王母。（宗族）

  35·母之考爲外王父，母之妣爲外王母。（母黨）

  15·子之子爲孫，（宗族）

  44·女子子之子爲外孫。（妻黨）

  9·父之姊妹爲姑（宗族）

  37·母之晜弟爲舅，母之從父晜弟爲從舅。（母黨）

  40·姑之子爲甥，舅之子爲甥。妻之弟晜爲甥，姊妹之夫爲甥。（妻黨）

有些條目的次序安排似乎跟生成的次序相反，例如：

  5·父之世父、叔父爲從祖祖父，父之世母、叔母爲從祖祖母。（宗族1）

  6·父之晜弟，先生爲世父，後生爲叔父。（宗族2）

  29·父之兄妻爲世母，父之弟妻爲叔母。（宗族4）

  39·妻之父爲外舅，妻之母爲外姑。（妻黨）

  48·婦稱夫之父曰舅，稱夫之母曰姑，（婚姻）

  47·婦稱夫之父曰舅，稱夫之母曰姑，（婚姻）

  50·子之妻爲婦，長婦爲嫡婦，眾婦爲庶婦。（婚姻）

  在同一個子場中的的的相關條目的編排一般都嚴格遵循生成的次序，例

如：

宗族 1：

　　1・父爲考，母爲妣。

　　2・父之考爲王父，父之妣爲王母。

　　3・王父之考爲曾祖王父，王父之妣爲曾祖王母。

　　4・曾祖王父之考爲高祖王父，曾祖王父之妣爲高祖王母。

宗族 3：

　　15・子之子爲孫，

　　16・孫之子爲曾孫，

　　17・曾孫之子爲玄孫

　　18・玄孫之子爲來孫，

　　19・來孫之子爲晜孫，

　　20・晜孫之子爲仍孫

　　21・仍孫之子爲雲孫。

母黨：

　　35・母之考爲外王父，母之妣爲外王母。

　　36・母之王考爲外曾王父，母之王妣爲外曾王母。

輔助性説明的條目：

　　33・祖，王父也。

　　34・晜，兄也。

　　59・嬪，婦也。

個別不好安排的條目：

　　7・男子先生爲兄，後生爲弟。（宗族 2）

　　8・謂女子，先生爲姊，後生爲妹。（宗族 2）

　　40・姑之子爲甥，舅之子爲甥。妻之弟晜爲甥，姊妹之夫爲甥。

　　　　（妻黨）

　　44・女子子之子爲外孫。（妻黨）

　　51・子之妻爲婦，長婦爲嫡婦，眾婦爲庶婦。（婚姻）

59・嬪，婦也。（婚姻）

60・謂我舅者，吾謂之甥也。（婚姻）

三、對親屬詞語義生成問題的進一步討論

語義編碼角度是可以變換的，編碼的視角可以不再是「己」，這涉及語用的「指示」（deixis）問題。在實際語言運用中，親屬稱謂有所謂「面稱」、「引稱（背稱）」、「從兒稱」、「尊稱」等。例如，從釋義用語的條例看，有「爲」、「相謂」、「謂」、「稱」等，下面這些親屬詞多用作「引稱」。

Ⅰ宗族

ⅰ宗族 1

1・父爲考，母爲妣。

2・父之考爲王父，父之妣爲王母。

3・王父之考爲曾祖王父，王父之妣爲曾祖王母。

4・曾祖王父之考爲高祖王父，曾祖王父之妣爲高祖王母。

5・父之世父、叔父爲從祖祖父，父之世母、叔母爲從祖祖母。

ⅱ宗族 2

7・男子先生爲兄，後生爲弟。

8・謂女子，先生爲姊，後生爲妹。

12・族父之子相謂爲族晜弟。

13・族晜弟之子相謂爲親同姓。

14・兄之子、弟之子相謂爲從父晜弟。

Ⅲ妻黨

42・女子謂姊妹之夫爲私，男子謂姊妹之子爲出。

43・女子謂弟晜之子爲侄，謂出之子爲離孫，謂侄之子爲歸孫。

45・女子同出，謂先生爲姒，後生爲娣。

46・女子謂兄之妻爲嫂，弟之妻爲婦。

47・長婦謂稚婦爲娣婦，娣婦謂長婦爲姒婦。

Ⅳ婚姻

48．婦稱夫之父曰舅，稱夫之母曰姑，

50．謂夫之庶母爲少姑，夫之兄爲兄公，夫之弟爲叔，夫之姊
爲女公，夫之女弟爲女妹。

56．婦之父母、婿之父母相謂爲婚姻。

57．兩婿相謂爲亞。

60．謂我舅者，吾謂之甥也。。

關於「面稱」，例如「兄」、「弟」和「嫂」，今天可以用作面稱。不過，因
爲語料的局限，我們不知道這些「謂」和「稱」在上古先秦是否都可以用作面
稱，它們的具體使用情況還需要另外考查。

出現在多個條目中的「相謂」是指出現在同一「軸」上的相對關係，所指
稱的雙方輩分和地位平等。顯然，這種「相謂」也不一定用於「面稱」。

同一個人處於同一種關係中可以有不同的編碼視角。和說話人「自己」的
關係是最重要的一種編碼視角。指稱可以有不同的角度，說話人「自己」的角
度在言語交際中最重要。如果從編碼的經濟性來看，面稱和引稱所採取的詞彙
形式最好完全一致。但其實在很多情況下是不一致的，原理在於交際中有「親
近」和「客觀」的差別。關係「親近」採用面稱，沒有關係則常採用引稱。因
此在觀察親屬詞的語義結構的方法上有一個重要的的限制，即視角必須一致。
語義結構相同，但表示一定語義範疇的詞彙形式可以變化，這種變化往往會導
致產生詞語替換現象。

四、餘　論

關於詞彙語義編碼，根據西方當代語言學家 Lyons（1995）的分析，涉及
語義分解（meaning decomposition）和語義特徵分析理論，在西方的哲學和邏
輯分析傳統中也多從綜合和分析的角度加以探索。在《爾雅》親屬詞的釋義
中，我們可以很清晰地觀察到，古雅的詞彙在表意上是綜合的，而晚近的釋
義則是用分析的形式和手段把隱含的意義系統而準確地表達出來。

按照索緒爾的結構語言學理論，語言是形式，而不是實質，在語義結構
中關心的是重要的語義類別之間的對立關係，類別是抽象的，對立的結構關
係也是抽象的。相關的問題是詞語替換，語言發展史上詞語替換通常並不會

導致語義結構關係的變化。正因爲如此，也就給語言的演變和語言的接觸提供了很大的餘地。

《爾雅》開闢和奠定了中國詞彙語義分析的一個重要傳統，而這個傳統既有個性，是中國的，也有共性，也應當是世界的。《爾雅》的釋義條例對今天的語義學理論和漢語語義學有重要的啓發作用，價值重大，需要我們從現代的角度深入發掘它的理論內涵。

參考文獻

1. 〔清〕郝懿行撰《爾雅義疏》，北京：北京市中國書店，1982 年。
2. 何九盈（1985）《中國語言學史》，鄭州：河南人民出版社。
3. 石安石（1982） 親屬詞語義成分試析，《語言學論叢》第九輯，北京：商務印書館。
4. 賈彥德（1991）《漢語語義學》，北京：北京大學出版社。
5. 王國維（1994）〈爾雅〉草木蟲魚鳥獸名釋例（上、下），《觀堂集林》，北京：中華書局。
6. 徐朝華（1994）《爾雅今注》，天津：南開大學出版社。
7. 葉文曦（1999）漢語單字格局的語義構造，《語言學論叢》第二十二輯，北京：商務印書館。
8. Lyons, John（1995）*Linguistic Semantics,* Cambridge University Press.

附錄：《爾雅》「釋親」篇

Ⅰ 宗族

ⅰ 宗族 1

　　1・父爲考，母爲妣。

　　2・父之考爲王父，父之妣爲王母。

　　3・王父之考爲曾祖王父，王父之妣爲曾祖王母。

　　4・曾祖王父之考爲高祖王父，曾祖王父之妣爲高祖王母。

　　5・父之世父、叔父爲從祖祖父，父之世母、叔母爲從祖祖母。

ⅱ 宗族 2

　　6・父之晜弟，先生爲世父，後生爲叔父。

　　7・男子先生爲兄，後生爲弟。

8‧男子謂女子，先生爲姊，後生爲妹。

9‧父之姊妹爲姑，

10‧父之從父晜弟爲從祖父。

11‧父之從祖晜弟爲族父。

12‧族父之子相謂爲族晜弟。

13‧族晜弟之子相謂爲親同姓。

14‧兄之子、弟之子相謂爲從父晜弟。

iii 宗族 3

15‧子之子爲孫，

16‧孫之子爲曾孫，

17‧曾孫之子爲玄孫

18‧玄孫之子爲來孫，

19‧來孫之子爲晜孫，

20‧晜孫之子爲仍孫

21‧仍孫之子爲雲孫。

iv 宗族 4

22‧王父之姊妹爲王姑，

23‧曾祖王父之姊妹爲曾祖王姑，

24‧高祖王父之姊妹爲高祖王姑，

25‧父之從父姊妹爲從祖姑，

26‧父之從祖姊妹爲族祖姑，

27‧父之從父晜弟之母爲從祖王母，

28‧父之從祖晜弟之母爲族祖王母。

29‧父之兄妻爲世母，父之弟妻爲叔母。

30‧父之從父晜弟之妻爲從祖母，父之從祖晜弟之妻爲族祖
　　母。

31‧父之從祖祖父爲族曾王父，父之從祖祖母爲族曾王母。

32‧父之妾爲庶母。

33・祖，王父也。

34・晜，兄也。

Ⅱ母黨。

35・母之考爲外王父，母之妣爲外王母。

36・母之王考爲外曾王父，母之王妣爲外曾王母。

37・母之晜弟爲舅，母之從父晜弟爲從舅。

38・母之姊妹爲從母，從母之男子爲從母晜弟，其女子子爲從
母姊妹。

Ⅲ妻黨

39・妻之父爲外舅，妻之母爲外姑。

40・姑之子爲甥，舅之子爲甥。妻之弟晜爲甥，姊妹之夫爲
甥。

41・妻之姊妹同出爲姨。

42・女子謂姊妹之夫爲私，男子謂姊妹之子爲出。

43・女子謂弟晜之子爲姪，謂出之子爲離孫，謂姪之子爲歸
孫。

44・女子子之子爲外孫。

45・女子同出，謂先生爲姒，後生爲娣。

46・女子謂兄之妻爲嫂，弟之妻爲婦。

47・長婦謂稚婦爲娣婦，娣婦謂長婦爲姒婦。

Ⅳ婚姻

48・婦稱夫之父曰舅，稱夫之母曰姑，

49・姑舅在則曰：君舅、君姑，沒則曰：先舅、先姑。

50・謂夫之庶母爲少姑，夫之兄爲兄公，夫之弟爲叔，夫之姊
爲女公，夫之女弟爲女妹。

51・子之妻爲婦，長婦爲嫡婦，眾婦爲庶婦。

52・女子子之夫爲壻，壻之父爲姻。

53・婦之父爲婚。

54・父之黨爲宗族。

55・母與妻之黨爲兄弟。

56・婦之父母、壻之父母相謂爲婚姻。

57・兩壻相謂爲亞。

58・婦之黨爲婚兄弟，壻之黨爲姻兄弟。

59・嬪，婦也。

60・謂我舅者，吾謂之甥也。

　　本文發表於《北京大學中國古文獻研究中心集刊》第十一輯，第 189～199 頁，北京：北京大學出版社，2011 年。

附錄三　漢語語義範疇層級結構和構詞的語義問題[註1]

　　提要　以往的漢語構詞研究偏重於語法角度，本文從語義角度研究了漢語的並列式和偏正式兩種構詞方式，強調了語義構詞的系統性，結合漢語基本結構單位「字」的功能特性，提出了漢語語義範疇的層級結構模式，把漢語的語義範疇分為「基本級」、「抽象級」和「具體級」等三個級別，並在此基礎上討論了確定並列式的標準及其內部的語義組配條件。

關鍵詞　語義範疇　層級結構　構詞

〔註 1〕本文的主要內容曾在 1999 年 7 月北京大學中文系的一次語言學討論會上報告過，承蒙陸儉明、王洪君、白碩、沈陽、郭銳、詹衛東等先生提出重要的評論意見，在此謹致謝意。

一、漢語並列式構詞研究和語義構詞的系統性

關於並列式複合詞的研究，以往的研究以陸志韋（1957）和趙元任（1967）為代表。陸（1957）專闢一章論述「並列格」，角度雖是語法的，但參考了語義，陸認為：「構詞法上，一個詞的前後兩部分的並列關係相當於造句法上兩個詞或詞組的並列關係。造句的並列形式得憑意義來認識。」關於漢語並列式的特點，陸認為：「至少可以說，漢語的並列詞的絕大多數只包含兩個成分，並列詞的多而內容複雜，實在是漢語構詞法的一個特徵。從又一方面說，兩個單音成分假若真是並列起來的，差不多可以保證這結構是一個詞。」不過陸關心的中心問題是「兩個並列的成分合起來，究竟是不是詞」。從語義的角度看，陸的經典研究可供今天的語義構詞研究參考的有以下幾點：（一）並列格和偏正格、後補格一般容易或需要憑意義區別開來，但是在動詞性結構上，三者的區分有疑難。（二）陸留意了一種重要情形：「凡是甲：乙的結構，甲能聯上好些乙，因而甲和乙能交叉替代的，在現代漢語絕無僅有。……一看就知道甲和乙的聯繫都是語言上的遺產，跟一般的造句格絕不相同」。（三）從並列複合詞的構成成分的能否獨立看，可分三種情況，即有一個成分不能獨立，兩個成分都不能獨立，兩個成分都能獨立。與此相關的是，「甲和乙在意義上的關係有的比較緊湊，有的比較稀鬆」；（四）三個字以上的列舉事物的並列格和構詞格分別明顯；（五）討論了並列四字格。

趙元任（1968）參考陸志韋的研究，認為「並列複合詞是它的直接成分有並列關係的結構。除去少數例外，它跟並列詞組不同的地方是不能顛倒詞序，跟主從複合詞不同的地方，是每一個成分都是一個中心，而主從複合詞只有第二個成分才是中心。」趙分別從語法和語義兩個角度論述並列複合詞，趙「從意義看並列複合詞的成分」把並列式區分為以下（1）中 a、b、c 三類，另外趙還列出了以下（1）中 d 類「聚合詞」：

(1) a、同義複合詞（成分是同義詞的複合詞）：清楚、艱難、告示、
　　　聲音、意思、多餘

　　b、反義複合詞：大小、長短、高低、高矮、厚薄、粗細、軟
　　　硬、冷熱、鹹淡、濃淡，大小。

　　c、并聯關係複合詞（並聯複合詞的成分在文法上很相似，可以看成並列式，不是同義也不是反義）：山水、風水、手腳、薪水、錢糧、板眼、皮毛、風雨。

　　d、聚合詞：春夏秋冬、士農工商、東南西北、酒色財氣、亭臺樓閣、加減乘除、聲光化電、金銀銅鐵錫、金木水火土、天地君親師、唐宋元明清、甲乙丙丁戊巳庚辛壬癸。

　　在 1996 年（葉文曦，1996）的研究中，我們用「一個意義＝一個特徵×一個義類」這樣的語義編碼公式來解釋漢語單字格局和雙字格局的語義構造，考察了核心字，對兩個格局語義上的一致性和承繼性以及傳統構詞名目所概括的各種二字組構詞現象做出了統一的說明，在這項研究中，考察的重點是偏正式，雖然我們把並列式和偏正式一起納入「核心字」框架，用「互注」說來解釋並列式的語義結構，但是還不清楚並列式和偏正式在漢語語義構詞體系中處於怎樣的相互關係之中，也不清楚到底是怎樣的語義結構機制在起作用。因此我們猜測還有與語義編碼公式相關的更基本的語義機制在起作用。針對並列式構詞，至少有以下幾個重要問題需要解釋：（一）並列式構詞的語義功能是什麼？它和偏正式構詞的語義功能有什麼區別和聯繫？它在漢語語義結構中處於怎樣的地位？（二）確定並列式的標準是什麼？並列式內部字與字組配的語義條件是什麼？（三）為什麼相對印歐語，漢語有特別多的並列式構詞現象？

　　已有的語法構詞理論和語義理論無法對上述問題作出滿意的解釋，需要作一些新的理論探索。

二、漢語語義範疇層級結構和三級語義範疇

　　就複合構詞的研究方法而言，以往的研究主要是語法的，對語義的考慮是零散的，不成系統，這是以往研究的薄弱之處。其實，從語法角度看無關聯或不成系統的現象，從語義角度看則是有關聯或成系統的。語言中的構詞現象是語言對現實進行語義編碼的重要反映，對其中語義機制的探討可以從語義對現實的範疇化這一基本理論問題及相關事實入手。具體到漢語，我們注意到，由同一個字參與構成的偏正式和並列式在語義上存在著的差異和關聯，單字、並列二字組和偏正二字組各自既表達不同性質的語義範疇，又互相關聯構成一個

系統。例如下列（2）中的這樣簡單而常見的事實：

（2）a、店：書店、糧店、飯店、鞋店

　　　b、鋪：飯鋪、肉鋪、藥鋪、當鋪

　　　c、店＋鋪→店鋪：泛指商店。

　　上述事實引導我們去考慮並列組配成立背後的語義系統機制以及與此相配的漢語單位，需要討論在漢語語義範疇化過程中單字、並列式和偏正式各自起的不同作用。

　　關於範疇化和語義層級的一般理論，中國先秦名學有墨子和荀子的理論；西方的理論，古典的有亞里士多德（Aristotle），現代的有維特根斯坦（Wittgenstein）和羅什（Rosch）的理論。古典理論不重視事物分類層級（taxonomic hierarchy）中的中級，而羅什的範疇化原型理論（Rosch & Mervis 1996：442～460；Lakoff 1987：46～47）提出基本層次範疇，認為在認知心理上人類概念層級中最重要的不是較高層的範疇如「動物、傢具」，也不是較低層範疇的如「拾獵、搖椅」，而是位置居中的「狗、椅子」，由於這個層次的範疇在人類認知中的基本地位，它們被稱作基本層次範疇（basic-level categories）。羅什的範疇層級框架可以表示為：

（3）

TAXONOMIC（分類層級）	EXAMPLE（實例）	
SUPERORDINATE（上位級）	ANIMAL（動物）	FURNITURE（傢具）
BASIC LEVEL（基本級）	DOG（狗）	CHAIR（椅子）
SUBORDINATE（下位級）	RETRIEVER（拾獵）	ROCKER（搖椅）

　　羅什是從認知心理學的角度來研究範疇的性質的。這種理論可供我們研究語言語義範疇參考。在語義學領域裏，在研究方法上我們主張和語言單位結合起來以確定語義範疇及層級。這裡需要把語義特徵和語義範疇區別開來，以「馬」字為例，漢語的一個單字具有以下幾種基本語義功能：（一）單字詞，表示語義範疇；（二）做偏正式複合詞的後字，表示語義範疇；（三）做偏正式複合詞的前字，不表語義範疇，只表語義特徵；（四）參與並列式複合構詞，和其他字一起表示一個抽象級語義範疇；（五）其他。在漢語中利用字和字組我們可以很自然地把漢語的語義範疇層級結構確定為以下（4）：

（4）漢語語義範疇的的層級結構和語形實現

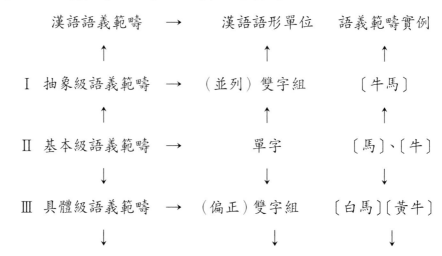

上述框架中的三種語義範疇就是三種自然的語義單位，我們用方括號〔　〕表示這種理論上的語義範疇或語義單位，例如〔馬〕、〔白馬〕和〔牛馬〕等。

基本級（basic level），也可稱原級，語形上由單字來表達，（4）中用→表示，其他兩個層級的語形實現也如此表示，後面不再贅述。基本級是漢語語義層級結構中的最重要的一級。這一級的識別問題我們可以根據單字及相關雙字組等語形來加以判別，一般說來，在現代漢語中常常單用，並且能參與構成多個偏正式和並列式雙字組的單字表示的就是一個典型的基本級語義範疇，例如〔馬〕、〔山〕、〔走〕、〔笑〕、〔新〕、〔美〕。不同的基本級語義範疇有重要和次要之分，越常單用，參與構成的字組越多，則該範疇越重要，反之，則比較次要。這也表明，同是單字，語義功能的強弱是不均衡的。（4）中基本級上面的箭頭↑表示基本級語義範疇參與構建抽象級語義範疇，下面的箭頭↓表示基本級語義範疇參與構建具體級語義範疇，語形單位「單字」、「並列雙字組」和「偏正雙字組」之間的關係及表示與此平行，後面不再贅述。

抽象級（abstract level），也可稱集合級，語形上由並列雙字組來表達。一個典型的抽象級語義範疇是由兩個基本級語義範疇平列組合而成的，它的指稱範圍不僅涵蓋參與組構的基本級範疇，而且在整體語義上具有抽象性，從這個意義上說，參與組構的兩個基本級語義範疇表示的是抽象級語義範疇中的兩個「原型」，例如〔牛馬〕、〔山河〕、〔行走〕、〔說笑〕、〔新舊〕、〔美好〕等。（4）

中的抽象級上面的箭頭↑表示，如有必要，還可以以此爲基礎構建更抽象的語義範疇。

　　具體級（concrete level），也可稱分類級，一個典型的具體級語義範疇是由一個基本級語義範疇加上一個語義特徵組合而成的。現有的偏正式雙字組反映的是對一個基本級語義範疇進一步分類的結果。例如〔白馬〕、〔戰馬〕、〔劣馬〕、〔野馬〕、〔名馬〕、〔牝馬〕等就是對〔馬〕的再分類。（4）中的具體級的箭頭↓表示，如有必要，還可以以此爲基礎構建更具體的語義範疇。

　　那麼爲什麼漢語用單字表示基本級範疇呢？按照羅什等學者的理論（Rosch & Mervis 1996：451～452；Lakoff 1987：46～47；張敏 1998：59～61），基本層次範疇之所以「基本」，有以下四個方面的原因：（一）感知方面，在這個層次上的範疇成員具有感知上相似的整體外形，能形成反映整個類別的單個心靈意象，人們能夠最快地辨認其類屬。（二）功能方面，它是人們能運用相似的運動行爲與範疇各成員互動的最高層次，換言之，屬於同一類別的成員可引發人們在行爲上大致相同的反應。（三）言語交際方面，這個層次上的範疇往往用較短、較簡單、比較常用、獨立於特定語境、比較中性的語詞表達，這些語詞較早進入詞庫，也是兒童在語言習得時掌握得最早的。（四）知識組織方面，人類的大部分知識都是在這個層次上組織起來的。

　　在漢語系統中，常用單字最符合上述四個條件，最適宜用來表示基本級語義範疇。而基本語義範疇在漢語語義系統中有兩個重要作用：（一）表示重要的、常用的、基本的語義；（二）能夠以其爲基礎派生出其他的語義。反過來說，漢語很少用雙字表示基本語義範疇，這跟漢語形式的長度和經濟性有關係。同一個基本級語義範疇可參與構建多個抽象級和具體級語義範疇。漢語如何解決字的多義性問題呢？上述語義範疇層級猶如一個語義校準器，進入則字義確定，漢語「字」的意義通過組配確定。

　　（4）和（3）貌似相同，其實存在著重大差異。（4）和（3）之間的深刻差異，首先歸因於漢語和印歐語在語言基本結構單位和語言結構上的分歧，漢語的「字」不同於印歐語的 word（詞）。在語義範疇層級結構這一領域內，漢語圍繞基本結構單位「字」建立語義系統，語形的自然關聯映照語義的自然關聯，而印歐語的基本結構單位 word（詞）不具備這樣的自然關聯，圍繞 word（詞）建立的語形關聯的價值表現在別的領域中，這裡就不贅述了。

　　（4）和（3）之間的差異還表現在語言語義知識和百科知識之間的差別。語言語義知識是指和語言單位、語言結構相關聯的語義知識。從框架（3）的角度看，漢語中像「傢具、餐具」等可以表示較上位的語義範疇，而在（4）中，它們都表示具體級語義範疇（相應的基本級和抽象級範疇分別由「具」和「器具」表達），「桌椅、碗筷」卻可以表示抽象級語義範疇。這反映的是語言語義知識和百科知識之間的差別，漢語的語義範疇層級結構對語義知識的表達具有一定的制約性。從這個角度看，以往語義分析中談論較多的所謂「事物分類層級」以及前面的框架（3）雖然和語言語義知識密切相關，其實都偏重於從百科知識的角度進行分類。中國先秦名學中的「大別名」、「大共名」以及《爾雅》中「親、宮、器、樂、天、地、丘、山、草、木、蟲、魚、鳥、獸、畜」等名目也都是百科分類。語言語義分類和百科分類都對語義分析有幫助，但各有各的價值和適用範圍。

　　在早期的較純粹的古漢語單字格局中，單字表示的只是具體級語義範疇，基本級和抽象級都是隱含的，都不能用單字表示。後來隨著社會文明的進步與思維的精密化和抽象化，基本級和抽象級逐漸外顯化，由單字或雙字組等語形來表示。我們認為，語言語義發展和思維水平發展同步，三級語義範疇產生的歷時次序可能是：具體級→基本級→抽象級。在漢語史上，先秦是漢語發展的重要階段，基本級開始大規模外顯化，由單字來表示，因此在先秦名學中有關於基本級語義範疇〔馬〕的深入討論。雙音複合詞大量產生也始於先秦，抽象級語義範疇也開始外顯化的進程。這個時期漢語處於劇烈變化當中，多層次語言現象相互混雜。同是單字，語義功能可以有很大的差異。很多單字最初只能表示具體級語義範疇，「馬」字也如此，按照《周禮·夏官》裏的記載，「馬」字本來表示「六尺以上的馬」，「馬八尺以上為龍，七尺以上為騋，六尺以上為馬」，這句話裏「馬」字同時表示具體級和基本級語義範疇，前一個「馬」表示基本級語義範疇，後一個「馬」表示具體級語義範疇。這是單字語義功能發展中的過渡現象。「馬」字的語義功能發展的時間層次應該是：（一）先表示具體級；（二）在表示具體級的同時，兼表基本級；（三）主要用來表示基本級，可以單用，或做偏正二字組的後字或前字，例如「良馬、馬力」，參與構建抽象級語義範疇，例如「牛馬、車馬」。

　　從古代漢語向現代漢語發展，三級語義範疇在歷時演變過程中可以隨相

關語形變化及功能的擴大和萎縮而上下浮動，這種動態演變的趨向在語義範疇層級結構中有以下幾個主要表現：（一）許多表基本級的單字例如「馬」可向上走也可向下走，組詞能力最強，也因此在現代漢語中的字頻最高。有些表基本級但意義較抽象的單字如「禽、獸、器、具」等雖然可以往上走構成如「牲畜、器具、禽獸」等，也可以向下走，構成如「家禽、家畜、盛器、傢具、野獸」等，但組詞能力相對較弱，因此在現代漢語中的字頻不高。因為基本級有常用單字佔據著，所以具體級既很難向上走，也很難再向下走，因此在現代漢語中字頻最低，例如「駿、鯉、槐」等。（二）雙音詞發展起來後，原來一些表具體級的單字被雙字組替代，許多單字現在只作偏正式裏的修飾成分，例如「駿（馬）、鯉（魚）、槐（樹）」等。（三）具體級、基本級、抽象級都是大的層級，在每一個層級內部存在著不平衡現象，即同級的不同語義範疇，語義概括能力有強有弱，例如同在抽象級，「事物、東西」比「器具」抽象，而「器具」比「桌椅」抽象。又例如同在具體級，「動物」比「野獸」抽象，而「野獸」比「山貓」抽象。因此，大層級中都還可以再區分出若干小的層級。隨著社會的發展，原來的抽象、具體級範疇不夠用了，需要大量補充。而新產生的雙音詞多是填補大層級裏面的較低的小層級。（四）對於社會新生事物，漢語沒有採用新造詞根（新的最小音義結合體）的方法，而是用原有的字複合的方法來補充。漢語傾向於把它們處理為原來某基本級範疇的下位具體級範疇，如「鋼筆、圓珠筆、簽字筆」，同時原來的基本級範疇也重新分析為具體級範疇，如「筆→毛筆」。

三、　抽象級語義範疇的鑒別標準和並列組配成立的語義條件

　　跟傳統的構詞理論相比，我們用漢語語義範疇層級結構的理論來解釋漢語構詞的要點在於：並列和偏正通過單字關聯在一起，並列和偏正不在一個語義平面上，兩者語義層次和語義價值不同。　與此相關，需要注意以下四種功能情況不同的單字：

（一）功能最活躍，常常單用，既可以參與並列式，又可以參與偏
　　　正式，例如：馬　牛　高　快　吃　看

（二）不能單用，可以參與並列式，也可以做偏正式的後字，例如：

器　具　士　勳　齒　婚

（三）不能單用，多參與並列式，而少參與偏正式或只能做偏正式
　　　的前字，例如：饉　愉　懼　淒　遜　偉　婪　逸　婉　陋

（四）不能單用，不參與或較少參與並列式，例如：駿　驄　駒　犢
　　　橄　踵

　　上面（一）類表示的語義範疇是典型的基本級語義範疇。（二）類也可以表示基本級語義範疇，但不典型。（三）類和（四）類在現代漢語中都不能表示基本級語義範疇，也不能表示抽象級和具體級語義範疇，在三級範疇結構中沒有獨立的位置。

　　在現代漢語中，抽象級語義範疇由並列式複合詞來表達。並列式複合詞的數量龐大，根據周薦（1991）的統計，在《現代漢語詞典》的全部雙音節複合詞 32346 個中有 8310 個並列式複合詞，占 25.7%。沈懷興（1998）從《現代漢語詞典補編》的 19423 個雙音詞中統計出 5029 個並列式複合詞，占 27.19%。兩個統計相加說明並列式複合詞的數目在 13000 個以上。那麼如何確定並列式複合詞呢？這裡需要明確鑒定並列式複合詞的標準，我們根據《現代漢語詞典》的釋義方式，總結出以下五條標準：

　　（一）釋義中用「和」、「而」、「並」、「或」，例如：

　　　　茶飯：茶和飯，泛指飲食。

　　　　塵芥：塵土和小草，比喻輕微的事物。

　　　　編遣：改編並遣散編餘人員。

　　　　詫愕：吃驚而發愣。

　　　　成敗：成功或失敗。

　　（二）用並列短語釋義或分別釋義，例如：

　　　　查究：調查追究。

　　　　查禁：檢查禁止。

　　　　超越：超出；越過。

　　　　撤離：撤退；離開。

　　（三）同義平行對稱繫聯，例如：

　　詫異：驚詫／驚異

　　憊倦：疲憊／疲倦

　　安恬：安靜／恬靜

　　綁紮：捆綁／捆紮

　　快慰：愉快／欣慰；歡愉／歡欣

　　壯闊：宏壯／廣闊；宏大／廣大

（四）可顛倒，例如：

　　酬應：應酬　　薄厚：厚薄　　別離：離別

（五）出現在固定格式中，例如：

　　眉清目秀（眉目／清秀）；呼風喚雨（呼喚／風雨）；開天闢地

　　（開闢／天地）；大街小巷（大小／街巷）

　　語義並列組配成立的必要條件是同級，即只有兩個或多個語義範疇屬於同一層級時，才有可能組配成抽象級語義範疇。同是用單字表示的語義範疇，也不一定在語義上同級。例如，〔牛〕和〔羊〕同級，屬於基本級語義範疇，而〔（羊）羔〕和〔（牛）犢〕同級，但不屬於基本級語義範疇，所以「牛」「羊」和「犢」「羔」的分別組配不是並列組配。

　　同級問題牽涉到共時因素和歷時因素之間的糾纏。並列式複合詞是漢語歷史發展的產物，在漢語史上許多原本可以自由單用的字，在現代漢語中已經變得不能自由單用了，例如「洗、浴、沐、盥、澡、漱」一組字曾經都可以單用，意思分別是「洗足、洗身、洗髮、洗手、洗口」，但在現代漢語中只有「洗」和「漱」可以單用，表示基本級語義範疇，「浴」和「澡」雖有一定的構詞能力，但不能單用，不是典型的基本級語義範疇。「沐」和「盥」構詞能力很弱，又不能單用，在現代漢語語義範疇層級結構中沒有獨立的位置，不能表示三級範疇中的任何一級範疇，只在構詞中起陪襯作用。上述幾個字所表示的語義範疇在歷史上某一時期曾同級，所以有「洗浴、洗沐、沐浴、盥洗、洗澡、洗漱」等並列組合。歷史上曾同級的一組語義範疇，發展到現代漢語變得不同級了。因此這裡「同級」嚴格說應該是「共時同級」。

　　同級只是並列組配的必要條件，組配完全成立還需要其他條件。這方面的問題現在還難以徹底解決，只能給出一個初步的解說。語義組配條件有二：

（一）現實理據聯想；（二）民族文化心理聯想的習慣。下面以一個近似的「動物」語義場爲例略作分析：

（5）動物〔龍 牛 馬 羊 驢 豬 狗 兔 貓／象 熊 獅
　　　虎 豹 狼 狐 猴 鹿 玃 蛇 鼠／雞 鴨 鵝 鴿／
　　　雀 鴉 鷹 燕 魚 蝦 蟹 龜 鼈 蛙 蟲 蠅 蜂
　　　蚊 蟻〕

上面義場中的各個語義範疇之間的關聯距離有近有疏，它們的並列組配關聯有以下幾種等級：

（一）一級關聯：〔牛馬〕、〔牛羊〕、〔魚蝦〕、〔蚊蠅〕等，語形表現爲並列二字組複合詞。

（二）二級關聯：〔龍馬〕、〔虎狼〕、〔貓鼠〕、〔豬狗〕、〔虎豹〕、〔鴉雀〕等，在四字格成語中可並列組配。

（三）三級關聯：〔豬〕／〔羊〕、〔雞〕／〔狗〕、〔貓〕／〔狗〕、〔狼〕／〔狗〕、〔龍〕／〔虎〕、〔蝦〕／〔蟹〕、〔虎〕／〔熊〕、〔虎〕／〔蛇〕、〔兔〕／〔狐〕、〔兔〕／〔狗〕、〔狐〕／〔虎〕等，在四字格成語中有關聯。

（四）特殊的關聯：〔鼠牛虎兔龍蛇馬羊猴雞狗豬〕構成十二屬相。

（五）無關聯：例如〔牛〕和〔魚〕、〔虎〕和〔蝦〕、〔羊〕和〔鼠〕。

以上（一）至（四）中的組配既有現實的理據，又符合漢民族文化心理的聯想習慣。一級關聯和二級關聯的結果都構成抽象級語義範疇。從能否參加並列組配這個角度看，語義場內部是不平衡的，有的語義範疇如〔馬〕、〔牛〕、〔羊〕、〔虎〕、〔狼〕是核心的，可以參加並列組配，在漢文化中佔有重要地位，符合漢民族文化心理的聯想習慣。而有的語義範疇如〔象〕、〔鹿〕、〔蟻〕、〔蛙〕則是邊緣的，在漢文化中占次要地位，不參與或較少參與並列組配。

其實上面義場裏的語義範疇之間的組配的結果還有另外一種典型情況，即偏正組配構成具體級語義範疇，例如〔狼狗〕、〔狗熊〕、〔馬鹿〕、〔狐猴〕、〔牛蛙〕等。關於動物義場內部語義範疇組配可參看王洪君（2003）的詳盡研究。

四、餘 論

語言是對現實進行編碼的體系，各種具體語言都需要用語言單位對現實進行範疇化，語言基本結構特徵和基本單位的不同決定了漢語和印歐語在範疇化上的差異。從語義角度可以把漢語構詞看成一個內在完備統一的系統，一個字可以同時參與並列式和偏正式兩種構詞格式，並列和偏正不但有區別而且有聯繫。漢語有以「字」為核心的基本語義關聯，而印歐語沒有。漢語具有大量的並列式複合詞，這跟「漢語詞根結構的整齊劃一」有密切關係。在英語中只有極少量的並列式複合詞，例如 bittersweet（白英），構詞法裏基本不講。據我們看到的資料，在西方語言裏，德語並列式較多，大概占全部複合詞的 4%。西班牙語中也有一些並列式複合詞。例如：

（6）德語：

süβ／sauer（酸甜）

naβ／kalt（濕冷）

taub／stumm（聾啞）

Hemd／hose（連衫褲）

（7）西班牙語：

agrio／dulce（酸甜）

corta／plumas（小刀）

va／i／ven（來去，動蕩）

我們猜測，印歐系語言缺乏或較少並列式複合詞有兩個原因：（一）詞根不整齊；（二）形態變化導致前後形式不均衡。不過德語和西班牙語的情況很需要進一步研究。

較早關注漢語並列式構詞現象的西方語言學家是洪保特，他在《論人類語言結構的差異及其對人類精神發展的影響》（洪堡特 1903：354～365）中論述道：

> 另一類雙要素的詞初看起來十分奇特，我指的是有些構自兩個對立
>
> 概念的詞，這兩個概念統一起來，卻表達了包納起二者的一般概念。
>
> 例如，哥哥和弟弟合起來構成兄弟的總稱，高山和小山合起來構成
>
> 山的總稱。在這類場合，歐洲語言是運用定冠詞表達概念的普遍性，

而在漢語裏，這樣的普遍性則無一例外地由兩個對立的概念極端直觀地予以表示。其實，這樣的複合詞也散見於所有其他的語言：在梵語裏，與之類似的是經常出現在哲學詩中的 sthawara-jangamam（不動－動，無生命－有生命）這種類型的詞。但漢語的情況還有一個特點：在某些場合，漢語沒有任何表示簡單的一般概念的詞，因此不得不採用上述迂迴表達方式；例如，年齡差別的意義是無法跟表示兄弟一義的詞分割開來的，只能說年長的兄弟（哥哥）和年少的兄弟（弟弟），卻不能直接表達相當於德語的 Bruder（兄弟）一詞的意思。這個特點可以歸因於較早時期的未開化狀態。那個時候，人們力圖用詞直觀的表述事物及其特性，缺乏抽象的思考方式，這就導致人們忽略了概括起若干差異的一般表達，導致個別的、感性的認識領先於知性的普遍認識。在美洲語言裏，這種現象也相當常見。此外，漢語還從另一完全不同的角度出發，通過人爲的知性方法而突出了上述復合構詞方式：人們把根據一定對立關係組合起來的概念所具有的對稱性看作高雅語體的優點和裝飾。這種看法顯然跟漢字的特性，即用一個書寫符號來表示一個概念有關。於是，人們在言語中往有意識地努力把對立的概念搭配成對；任何關係都比不上純粹的對立關係那樣明瞭確定。

洪堡特的論述很重要，值得我們參考。我們認爲，就結構而言，漢語語義範疇和語義結構的表達無法擺脫漢語語形結構格局（字和單音節）的強力制約。於是，一個字表達不了的語義範疇用兩個字表達，兩個字表達不了的語義範疇用多個字表達。漢語史上漢語從單字格局向雙字格局發展的趨勢也說明，用並列雙字組表示抽象級語義範疇是最佳方法，是漢語建立抽象級語義範疇的必由之路。

本文利用漢語事實建立的三級語義範疇模式是否也適用於其他語言？語義範疇的層級觀念是否有助於漢語短語、句子和篇章等層面的語義研究？我們將繼續探索。

參考文獻

1. 布龍菲爾德（1933）《語言論》，袁家驊、趙世開、甘世福 譯，北京：商務印書

館，1985年。

2. 陳越祖（1995）《德語構詞學》，北京：商務印書館。

3. 程湘清（1981）先秦雙音詞研究，見《先秦漢語研究》，濟南：山東教育出版社，1994年。

4. 崔希亮（1997）並列式雙音詞的結構模式，見《詞彙文字研究與對外漢語教學》，北京：北京語言文化大學出版社。

5. 高辟天（1997）根據現代漢語詞典詞條擬測漢字語義場，北京：《世界漢語教學》第1期。

6. 洪堡特〔德〕（1903）《論人類語言的結構差異及其對人類精神發展的影響》，姚小平譯，北京：商務印書館，1997年。

7. 胡適（1922）《先秦名學史》，北京：學林出版社，1996年。

8. 蔣紹愚（1994）《蔣紹愚自選集》，鄭州：河南教育出版社。

9. 林杏光（1999）《詞彙語義和計算語言學》，北京：語文出版社。

10. 劉叔新（1990）《漢語描寫詞彙學》，北京：商務印書館。

11. 陸志韋（1957）《漢語的構詞法》，見《陸志韋語言學著作集》，北京：中華書局，1990年。

12. 呂叔湘（1964）現代漢語單雙音節問題初探，北京：《中國語文》第1期。

13. 沈懷興（1998）漢語偏正式構詞探微，北京：《中國語文》第3期。

14. 蘇新春（1997）《漢語詞義學》，廣州：廣東教育出版社。

15. 王力（1944～1945）《中國語法理論》，見《王力文集》第一卷，濟南：山東教育出版社，1984年。

16. 王洪君（1994）漢語常用的兩種語音構詞法，武漢：《語言研究》第1期。

17. 王洪君（2003）動物、身體兩義場單字組構複合兩字組的同與異，即刊稿。

18. 王紹新（1980）甲骨刻辭時代的詞彙，見《先秦漢語研究》，濟南：山東教育出版社，1994年。

19. 徐通鏘（1997）《語言論》，長春：東北師範大學出版社。

20. 徐通鏘（2001）《基礎語言學教程》，北京：北京大學出版社。

21. 張敏（1998）《認知語言學與漢語名詞短語》，北京：中國社會科學出版社。

22. 張雄武（1978）《西班牙語語法》，北京：商務印書館。

23. 趙元任（1968）《中國話的文法》，《中國現代學術經典——趙元任卷》，石家莊：河北教育出版社，1996。

24. 周法高（1962）《中國古代語法·構詞編》，臺灣：國風出版社。

25. 周薦（1991）複合詞詞素間的意義結構關係，見《語言研究論叢》第六輯，天津：天津教育出版社。

26. 葉文曦（1996）《漢語字組的語義結構》，北京大學博士學位論文。

27. Lakoff, George（1987）*Women, fire, and Dangerous things: What Categories Reveal*

about the Mind. Chicago and London: The University of Chicago Press.

28. Rosch, Eleanor & Mervis, Carolyn B. （1996） Family Resemblances: Studies in the Internal Structure of Categories,in *Readings in language and mind.* PP.442-460, edited by Heimir Geirsson & Michael Losonsky, Oxford: Blackwell Publishers.

本文發表於《語言學論叢》第二十九輯，第 95～109 頁，北京：商務印書館，2004 年。

附錄四　語義範疇組配的基本層次和漢語單字的語義功能 [註1]

　　提要　本文在作者以往研究把漢語語義範疇分爲「基本級」、「具體級」和「抽象級」的基礎上，具體研究了作爲表示基本級語義範疇的單字的語義功能，探討了漢語在單字基礎上構建語義結構的機制和原理。語義組配可以區分爲三個層次，即配合式、融合式和組合式。配合式是漢語語義組配的一個基本層次，在這個層次上，由單字表達的基本級語義範疇起著決定性的作用，不同的語義範疇，重要性等級可能不同，等級的高低在一定程度上決定著語義組配的方式，等級越高，越容易參與配合式。語義組配的基本層次的語義組配公式寫作：語義範疇〔A〕×語義範疇〔B〕，其基本精神是語義範疇的一一組配，它對複雜字組內的語義組配同樣有重要的限製作用。

關鍵詞　語義範疇　語義範疇組配的基本層次　字組　構詞　漢語字本位

〔註 1〕本文曾在首屆漢語字本位理論專題研討會（中國海洋大學，青島，2004 年 12月）上宣讀過，汪鋒和宋春陽兩位先生提出了很好的意見，在此謹致謝意。

一、引　言

　　單雙音節問題及相關的構詞問題是漢語語言學研究中的兩個經典問題，也是兩個複雜難解的問題。眾所周知，在漢語發展史上存在著強烈的詞的雙音化傾向，雙字詞在現代漢語的詞的格局中數量上占主流，在語篇中出現的比例遠高於單字詞，而且在配合中單音節成分要比雙音節成分受到更多的限制。於是這種表面的現象左右了人們對單雙音節問題和構詞性質的探討。在近五十年的漢語研究中，並沒有很好地把漢語的單字詞和雙字詞區分開來研究，在句法和語義研究上沒有對單雙字詞語義功能差異的性質做出深入的探討，對單字語義功能的獨立研究有所忽略，這是以往研究的誤區，影響了對漢語基本結構單位和語義結構的認識。我們認為，在現代漢語詞的格局中，單字詞仍然是核心，單字詞和雙字詞無論在語義上還是句法上都分屬不同的層次，應該區別開來加以研究。本文的目的是想從「字本位」的角度說明漢語單字的語義功能，並對相關的語義組配規律做出初步的探索。

　　在 1999 年（葉文曦，2004）的研究中，我們借鑒當代認知語言學理論，從語義角度研究了漢語的並列式和偏正式兩種構詞方式，強調了語義構詞的系統性，配合漢語基本結構單位「字」的功能特性，提出了漢語語義範疇的層級結構模式，把漢語的語義範疇分為「基本級」、「抽象級」和「具體級」等三個級別，並在此基礎上討論了確定並列式的標準及其內部的語義組配條件。在這項研究中，我們把語義特徵和語義範疇區別開來，認為漢語的一個單字具有以下幾種基本語義功能：（一）單字詞，表示語義範疇；（二）做偏正式複合詞的後字，表示語義範疇；（三）做偏正式複合詞的前字，不表語義範疇，只表語義特徵；（四）參與並列式複合構詞，和其他字一起表示一個抽象級語義範疇；（五）其他。可以用方括號〔　〕表示這種理論上的語義範疇或語義單位，例如〔馬〕、〔白馬〕和〔牛馬〕等。基本級（basic level），也可稱原級，語形上由單字來表達，是漢語語義層級結構中的最重要的一級。這一級的識別問題我們可以根據單字及相關雙字組等語形來加以判別，一般說來，在現代漢語中常常單用，並且能參與構成多個偏正式和並列式雙字組的單字表示的就是一個典型的基本級語義範疇，也是漢語語義結構中一個重要義類，例如〔馬〕、〔山〕、〔走〕、〔笑〕、〔新〕、〔美〕等。其實由於同字關

聯及不同語義級別的關聯，在討論單字詞時，也不可避免地要涉及雙字詞。因此，在進一步的研究中，不但需要仔細探討表示基本級語義範疇的單字詞，還需要研究單字詞和雙字詞的區別和關聯。

　　光在構詞平面研究漢語單字的語義功能是遠遠不夠的，需要深入到詞組和句子層面。爲了理論表述的方便，我們區分語言系統和語言運用，把字和字組看作是漢語系統的組成部分，而把在語段中對字和字組的使用看作是漢語的運用問題，表示如下：

（1）漢語系統　　　　實現　　　　漢語運用
　　　字　　　　　　　→　　　　　單字詞
　　　黏著字組　　　　→　　　　　雙字詞
　　　自由字組　　　　→　　　　　詞組

這裡的「字」應理解爲是一個理論上的單位，允許在具體使用時產生各種可能的變體，字的形音義三個方面中的任何一個方面都可能在漢語運用和漢語演變中發生變化，變化有兩種結果，一種是變化沒有超出了一個字的範圍，這種情況不需要另立新字；另一種情況是變化超出了一個字的範圍，產生了分化，需要另立新字。因此有必要引入字位這個概念，我們用／　／來表示這種理論上的單位。從字位的角度看，像「買魚」和「吃魚」中的兩個「魚」屬於同一個字位／魚／，是它的兩個變體；同理，像「白紙」和「白卷」中的兩個「白」也可以屬於一個字位／白 1／，而「白吃飯」中的「白」則屬於另一個字位／白 2／。在後面的討論中，如果不涉及字位問題，一般仍稱「字」。

二、基本級語義範疇和語義組配的基本層次

　　不同字位在語段中參與各種各樣的組配，組配成立需要符合句法、語義和音韻等幾個方面的規則，本文討論的範圍主要限於語義，如有必要也會涉及句法和音韻。參照漢語語義範疇層級框架，我們從基本級語義範疇出發討論。從語義範疇的角度看，字位是表層的東西，而基本級語義範疇是深層的東西，深層可以轉換爲表層，也決定著表層。如果不考慮複雜的多義情況，爲了簡化分析，可以把一個單字的最基本的語義功能確定爲表示一個語義範疇，本文加〔　〕給以表示。常用的基本級語義範疇可以分爲以下 A、B、C

三大類：

（2）	A 動作	B 名物	C 性狀
	〔吃〕	〔飯〕	〔好〕
	〔喝〕	〔茶〕	〔濃〕
	〔看〕	〔書〕	〔大〕
	〔玩〕	〔球〕	〔小〕
	〔跑〕	〔狗〕	〔白〕
	〔養〕	〔花〕	〔紅〕

基本級語義範疇是語言語義結構中最重要的東西，它在性質上跟抽象級、具體級都有大的差別。上面的範疇實例雖然分屬不同的語義類型，但在語義層級上「同級」。「同級」意味著，這些範疇對上和對下具有大致相同的級別關係，例如〔吃〕－〔大吃〕〔吃喝〕、〔飯〕－〔米飯〕〔飯菜〕等；這些範疇之間的語義關聯也同樣是語義結構中最基本、最重要的關聯，它們在一定程度上蘊涵或決定著其他語義關聯，例如〔喝〕－〔茶〕和〔喝〕－〔花茶〕、〔綠茶〕、〔紅茶〕等。動作、名物、性狀三類基本級語義範疇之間的同級組配往往反映日常的、簡單的、重複的、一般的現實現象和人類活動，在語義上可以說是無標記的語義組配。這樣的組配在語言運用中常常實現爲詞組，例如「吃飯」「喝茶」「玩球」「好書」等等，在語段中大量反覆出現的這樣的詞組爲我們研究語言中不同基本語義範疇之間的關聯提供了必要的信息。

　　語義範疇來源於人類對現實現象的認知和概括，在概括這種語義編碼機制的作用下，在現實現象的切分和分類過程中，人們所著眼的是一類事物內部所具有的帶有普遍性和一般性的特徵，而把具體的一個一個的事物所具有的特殊性和個性忽略掉了。比方說，現實世界裏的馬沒有兩只是完全一樣的，它們可能在種類、顏色、形狀、大小、習性、野生還是家養等方面存在差別，而漢語統統用〔馬〕這個基本級語義範疇來概括表示。其他動作和性狀類型語義範疇的編碼也同此道理，例如〔騎〕、〔放〕、〔養〕、〔黑〕、〔白〕等等。只有一般性、概括性特點的語義範疇一進入語義組配，就得和具體的、特殊的現象相聯繫，又從一般回到個別。這時，在概括過程中曾經被捨棄的一些特徵就有可能重新

出現，扮演重要的角色。例如名物又顯示出在概括中被略去的性狀特徵以及相適應的動作；動作會選擇相適應的名物；性狀則會重新依附它所適應的名物或動作。從微觀上看，語義組配是具體的不同語義範疇之間發生關聯；而從宏觀上看則是具體語義範疇所屬的大的語義領域之間發生關聯。

以兩兩組配爲例，在組配中基本級語義範疇的命運會出現以下三種不同的情況：（一）有時兩個範疇直接組配後關係變得很緊密，但仍保持獨立，沒有融合成一個新的語義範疇，這叫做語義配合，它是語義組配最基本的一種情況，例如「喜歡看書」中〔看〕和〔書〕組配爲〔看書〕，又例如「縮小了距離」中〔縮〕和〔小〕組配爲〔縮小〕。（二）各自保持獨立，兩個範疇之間的界限清晰，互相之間依賴不是唯一的，各自都可以另行自由和其他範疇組配，我們把這種組配叫做語義組合，例如「喝了茶」中〔喝〕和〔茶〕之間的組配；（三）在組配後兩個範疇不再保持獨立，而是合成爲一個新的語義範疇，這就是語義融合，例如「喝了一杯沱茶」中，〔沱〕和〔茶〕的組配爲〔沱茶〕，又例如「漫長的道路」中〔道〕和〔路〕組配爲〔道路〕。

可以看出，在漢語的語義組配中存在兩個極端，一個是自由的力量或鬆的力量在起作用，這種作用凸顯語義範疇的獨立性；一種是融合的力量或緊的力量在起作用，這種作用強調的是相關語義範疇之間的可融合性，語句的語義結構就是這兩種力量平衡的結果。這種情況可以表示如下：

（3）漢語語義組配層次和語形實現

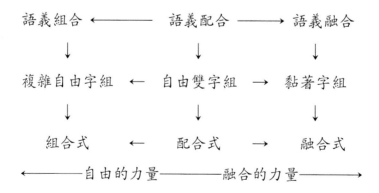

跟以往研究方法的不同在於，（1）把跟詞法相關的語義和跟句法相關的語義放在一個完整的語義連續統裏面加以探討，用這個連續統也比較容易解釋漢語詞法和句法部分重疊這樣的事實。在三個語義層次中，語義配合是語義組配的基本層次或核心層次。以往研究的問題在於，沒有充分考慮漢語詞法和句法的密

切關聯，也沒有考慮語義範疇的層級問題，從本文的角度看，漢語詞法和句法在語義上是一套，有內在的關聯。

　　那麼怎樣鑑別上述三種語義組配方式呢？標準可以沿用以往的老辦法（參見陸志韋，1956；1957），即使用替換、擴展等手段。爲了簡化分析，可以先鑑別語義配合（參見王洪君，1994）。以往的研究對語義配合所反映的句法語義現象在漢語系統裏的重要性認識不足，總把這種現象看作是漢語詞和詞組區分的難點，其實在性質上卻是不同基本級語義範疇直接相配的一種典型表現，在漢語語義結構中佔有最重要的地位。兩個基本級語義範疇直接相鄰組配的結果有兩種，一種爲語義配合，一種爲語義融合，而不是語義組合，原因是直接相鄰在語義組配上是非常敏感的，即只有關係緊密才能結伴，於是直接相鄰的兩個語義範疇容易發生配合或融合。例如〔喝〕－〔酒〕和〔燒〕－〔酒〕，前者是配合式，後者是融合式。配合和融合的區別在於，配合內部的語義關係是可以類推的，是不同範疇域之間的無標記關聯，而融合內部的語義關係不能類推或者較少能夠類推。能夠類推的語義關係是常見的，無標記的，詞典不必收錄相關字組，而不能夠類推的語義關係是少見的，是有標記的，詞典應該收錄相關字組（參見陳保亞，1999）。例如可以找出跟〔喝〕－〔酒〕、〔小〕－〔球〕、〔茶〕－〔壺〕平行的許多類推實例：

（4）　〔喝〕－〔酒〕　　　〔喝〕－〔酒〕

　　　　〔喝〕－〔茶〕　　　〔賣〕－〔酒〕

　　　　〔喝〕－〔水〕　　　〔買〕－〔酒〕

　　　　〔喝〕－〔湯〕　　　〔倒〕－〔酒〕

　　　　〔喝〕－〔粥〕　　　〔存〕－〔酒〕

　　　　　————　　　　　　　————

（5）　〔小〕－〔球〕　　　〔小〕－〔球〕

　　　　〔小〕－〔書〕　　　〔大〕－〔球〕

　　　　〔小〕－〔房〕　　　〔白〕－〔球〕

　　　　〔小〕－〔樹〕　　　〔黑〕－〔球〕

　　　　〔小〕－〔國〕　　　〔紅〕－〔球〕

　　　　　————　　　　　　　————

（6）　〔茶〕－〔壺〕　　　〔茶〕－〔壺〕

　　　〔茶〕－〔碗〕　　　〔水〕－〔壺〕

　　　〔茶〕－〔杯〕　　　〔酒〕－〔壺〕

　　　〔茶〕－〔缸〕　　　〔湯〕－〔壺〕

跟語義的自由組合相比較，這種在基本級語義範疇內組配還是有限的，語義聚合內常見的成員也是有限的，這爲語義的後續組配提供的重要的索引和信息，換言之，基本級語義範疇之間的這種組配是決定性的。上述語義編碼方式可以用下列語義公式表示：

（7）語義組配的基本層次的語義組配公式

　　語義範疇〔A〕×語義範疇〔B〕

　　上面（4）（5）（6）三例是範疇和範疇相遇而各自保持獨立的典型例子。以一個範疇如「茶」爲中心，它跟其他許多範疇相配有三種典型層次（以後字爲中心）：

（8）倒茶　喝茶　買茶／熱茶　涼茶1　濃茶

（9）泡茶　烹茶　沏茶　斟茶／釅茶／清茶　紅茶　綠茶／花茶

　　麵茶　油茶　奶茶／早茶

（10）沱茶　磚茶　芽茶　涼茶2

（8）屬於自由字組，替換率高；（9）處於半自由狀態，聚合成員較少；（10）不自由，沒有或極少聚合成員。

　　漢語爲什麼如此編碼？許多經常結伴同行的兩個範疇爲什麼不能融合爲一個新的語義範疇？這是由基本級語義範疇的特性決定的，這種以概括對概括，以基本對基本的一多語義組配方式能最大限度地提高語義編碼的效率。試對比〔釀〕－〔酒〕和〔酗〕－〔酒〕兩例，〔釀〕和〔酗〕都只能和〔酒〕一個語義範疇相配，都不是基本級語義範疇。

　　確定了語義配合這個語義組配基本層次，其他兩個層次就容易區分了。語義組合可看作是語義配合的擴展或變換，而不能擴展和沒有或較少平行類推實例的就是語義融合。因此我們說語義配合是漢語中最重要的語義組配關係，是

漢語語義結構的核心。

三、語義範疇的重要性等級和語義範疇的組配

　　語義組配基本層次的存在有其深刻的語義基礎。跟任何井然有序的其他系統一樣，語義系統的組織也是條理分明的。像〔吃〕－〔飯〕、〔喝〕－〔水〕、〔穿〕－〔衣〕、〔走〕－〔路〕、〔看〕－〔書〕、〔寫〕－〔信〕等都是再平常不過的配合，但就是在這樣簡單的事實中隱含著語義組配的一條原理，這就是基本級語義範疇組配的同級原則。這條原則可以表述爲，語義範疇之間最自然最重要的自由配合都是同級組配。我們可以從同一語義聚合中範疇的重要性等級差異入手來探討這個問題。

　　前面我們曾提到語義範疇可以分爲三個大的層級，即基本級、具體級和抽象級，在這個層級框架中，基本級對構建具體級和抽象級起著重要的作用。重要的是在基本級內部也是不平衡的，可以進一步分爲若干小的層級，它們對範疇之間的組配有重要影響。由於基本級範疇都是由一個單字表示的，所以可以根據一個單字做單字詞以及參與構詞的情況來判斷不同範疇的大小、寬窄和強弱。所謂「基本」，也是相對的，也有程度之分，有的範疇相對更基本更重要。這種不平衡有其明確的語義基礎，在現實和交際中重要的常見的的語義範疇或義類，人們就會經常使用，並且在語言運用中對它做較爲細緻的再切分，認知上相對容易，相反，不那麼重要的語義範疇，人們會較少使用，再切分也比較粗略，認知上也相對困難一些。這就造成了不同基本級範疇的重要性等級不同。具體說來，動作、名物、性狀的情況各有不同，對比著舉例一個表示動作的語義範疇的再分類有三種典型情況，以「看」爲例，一是著眼於動作的不同方式，例如「近看」、「遠看」和「偷看」，相應單字做字組的後字，二是著眼於動作所能涉及的對象，例如「看書」、「看報」、「看圖」等，相應單字做字組的前字，三是著眼於動作造成的效果，例如「看穿」、「看破」、「看透」等，相應單字做字組的前字。一個名物範疇的活力可從兩個方面觀察，以「書」爲例，一是看它的再分類情況，例如「新書」、「舊書」、「大書」、「厚書」等，相應單字做字組的前字，二是看它用於修飾限制其他名物範疇的能力，例如「書包」、「書店」、「書房」等，相應單字做字組的後字。一個性狀範疇的強弱可以看它所依附的名物或性狀的數量的多少，相應

單字做前字的情況比較典型。上述名物、動作、性狀內部都有同類範疇的組配情況，例如「新舊」、「書包」、「看見」等。當然，範疇的重要與否，自由程度大小與否都是相對的，那麼如何確認不同範疇的相對重要性呢？從大的傾向看，表示範疇的單字構詞能力大體可以反映出不同範疇的重要性的差異，而構詞能力大小可以從單字的構詞頻率（參見王還等，1985）上觀察。例如以下字的功能強弱等級反映了相應語義範疇重要性的四個等級：

（11）

序號	漢字	前字（詞首）	後字（詞末）	總計
4	心	88	143	231
17	手	52	99	151
23	動	31	102	134
57	開	87	13	100
76	好	49	33	82
87	熱	53	31	84
981	苗	4	11	15
1016	鳥	2	15	17
1021	搶	14	3	17
1062	掛	11	3	14
965	健	11	7	18
1020	穩	11	4	15
1853	傘	5	2	7
1890	棋	3	3	6
1905	遣	2	4	6
1929	捐	4	1	5
1988	驕	6	0	6
2002	矮	4	2	6
3133	蔬	1	1	2
3201	樺	1	1	2
3298	眯	0	1	1
3325	烹	2	0	2
3625	恢	1	0	1
4169	獷	0	1	1

不過我們需要再深究一步，不但常用語義範疇系統內部不平衡，更重要的是具體語義場內部也是不平衡的，那就是屬於同一語義場或同一語義聚合內部不同語義範疇也存在重要性等級。這裡以「動物」和「植物」兩個語義場內部的層級（參見王洪君，2003）爲例加以說明，確定層級的標準是綜合了構詞條數、做字組後字的條數以及單用情況：

（12）漢語「動物」義場語義範疇的重要性等級

Ⅰ〔鳥　獸　蟲　魚　畜〕

Ⅱ〔馬　牛　龍　豬　雞　狗　羊　鼠　虎　狼　雀　熊　鷹　猴　蛇　鴨　貓　鵝　猿　鯨　蝶　禽／燕　鴉　蝦　蟻　豺　兔　蝗　驢　蛙　蠅　蚊　蛾　龜　駒／騾　犀　雁　鹿　狐　豹　鶴　獅　犬　鯽　雛　鶯／鵲　蜎　鱷　鷗　鴿　犢　羔　蟹〕

Ⅲ〔蛐蛐〔註 2〕　虱　鬣　獺　螻蛄／蚌　鴻　貂　雉　螢　鼈　鷂　梟／蟋蟀　鵪鶉　蜻蜓　蚯蚓　蝙蝠　蝌蚪　鴛鴦　蚱蜢　鸚鵡　麒麟　螟蛉　鷓鴣／鯉　鳩　鰍　猹　鮭　鴰　鰻　蚤　羚　鮎　鱒　蠹　獾　獐　鱸　鰱〕

（13）漢語「植物」義場語義範疇的重要性等級

Ⅰ〔花　草　樹　木　果　菜　瓜　苗　葉〕

Ⅱ〔桃　稻　蔥　蓮　蘭　麥　梅　芽　栗　梨　楊　柳　橘　桑　杏　薯／藤　葵　棗　蕉　蒲　楓　柿　椿　桂／李　柏　樟　禾　槐　茄　蒜　椒　杉〕

Ⅲ〔蔗　菊　蘑菇　菠　榆　藕　檸檬／樺　豌　棠　卉　萵苣　桉　椰　橄欖　芋　榛／榕　稞　茉莉　苜蓿　楂　枇杷　荸薺　檳榔　稗　棕櫚　芫荽　芙蓉　茯苓〕

其他語義領域的情況也一樣。性狀域中不同性狀的顯著程度也有大小之分，性狀越顯著，等級越高，例如〔大〕和〔小〕就是最重要的兩個性狀範

〔註 2〕這裡連綿或重言形式表義功能上等同於一個單字。

疇，在顏色範疇領域中〔白　黑　紅　黃　藍　青　綠　灰　紫〕的等級高於〔赤　粉　棕　褐　赭〕。

動作也可以分重要性等級，例如上肢動作、下肢動作和頭部動作在動作域中等級較高，而在頭部動作中，顯然〔吃〕比〔咽　嚼　吮　叼　舔　咬　叮〕更重要，〔喝〕比〔飲　呷　啜　抿〕更概括，〔看〕比〔瞧　瞅　視〕更基本。

在每個語義領域中高級和中級都是最常用的級別，但性質有差別。高級比較概括，反映的是語言中最重要的事物大類，例如〔鳥　獸　蟲　魚　畜〕和〔花　草　樹　果　菜　瓜　苗　葉〕，本身既可以單獨參與認知中的互動，跟動作類語義範疇直接相配，也可以進一步分類，構成相當多的具體級語義範疇，又可以參與其他語義範疇的進一步分類。而語義領域裏最重要的語義範疇是中級，例如〔馬　牛　豬　雞　狗　貓　羊　鼠　虎　狼　雀　熊　鷹　猴　蛇　鴨　鵝〕和〔桃　稻　蔥　蓮　蘭　麥　梅　梨　楊　柳　橘　桑　杏〕等，在認知語義上這一類既概括，又比較具體，意象明確，識別方便，和動作、性狀類語義範疇的組配最為典型和活躍，因此是基本級語義範疇裏最重要的一類。從有無標記的角度看，等級越高，越傾向於無標記，相反，等級越低，越傾向於有標記。

明確了語義範疇的重要性等級這樣的觀念，就比較容易說明語義範疇組配的基本層次了。我們把基本層次上發生的組配叫做無標記組配。例如漢語「顏色」義場語義範疇的重要性等級大致可以分為高級〔白　黑　紅　黃　藍　青　綠　灰　紫　赤　粉　棕　褐　赭〕和低級〔皓　銀　雪／烏　皂　黔　緇　墨　玄／朱　丹　彤　火／蒼／碧　翠／金〕兩級，顏色義場和動物義場有正常的語義關聯，在級別較高的層次上發生的組配是常見的，無標記的，易於認知理解的，而在級別較低的層次上發生的組配則是少見的，有標記的，不易認知理解的，需要特別凸顯的。例如：

（14）顏色語義場和動物語義場的關聯等級

　　　Ⅰ〔白鳥　黑鳥　黃鳥　紅鳥　藍鳥　綠鳥／白熊　黑熊

　　　　灰熊　棕熊／白貓　黑貓／黃牛／黑鼠　白鼠　黃鼠

　　　　／黑魚　黃魚／白蛇　黑蛇　青蛇／白狐　紅狐　赤狐〕

　　　Ⅱ〔青蛙／黑貂　紫貂／白鹿／玄鳥／白鶴／朱雀／白鱇／

　　　　白蟻／蒼蠅／粉蝶／紅蜘蛛／金魚／烏龜〕

　　Ⅲ〔銀鼠／玄狐　銀狐／蒼鳥　蒼鷹　／白鰻／烏魚　墨魚

　　　　銀魚　／金龜／白蛉／火蜘蛛〕

（14）中有許多細節值得討論，這裡暫不展開。同一個範疇在使用顏色分類時會有重要性等級之分，例如「狐」系列〔白狐　紅狐〕〔赤狐　銀狐　玄狐〕。有的範疇容易和顏色發生關聯，組配傾向於無標記，例如鳥類和熊類；而有的範疇不易和顏色發生關聯，如果發生組配，則傾向於有標記，例如蟻類和蜘蛛類。等級比較高的範疇容易和顏色場發生關聯，而等級比較低的範疇如〔蛐蛐　虱　鱉　獺　螻蛄／蚌　鴻　貂　雉　蛩　鱉　鶊　梟　／蟋蟀　鵪鶉　蚯蚓　蝙蝠　蝌蚪　鴛鴦　蚱蜢　鸚鵡　麒麟　螟蛉　鷓鴣　／鳩　鰍　猹　鮭　鴣　鰻　蚤　羚　鮎　鱒　蠹　獾　獐　鱸　〕較少和顏色場發生關聯。

　　語義的有標記組配反映的是兩個語義範疇或兩個類之間特別的依賴的關係。例如〔墨魚〕得名的理據只依賴墨色，所以〔墨〕和〔魚〕的組配是有標記組配。再例如〔酸　甜　甘　苦　辣〕等味道類範疇和植物類範疇相配時，〔酸　甜〕和相應的範疇組配傾向於無標記，而〔甘　苦　辣〕和相應的範疇組配時則傾向於有標記，只有〔甘草〕〔甘薯〕〔甘蔗〕〔苦瓜〕〔苦荬〕〔辣椒〕等少數組配實例。

　　又例如〔放〕〔牧〕都可以和家畜發生關聯，〔放〕比〔牧〕重要，可以和〔馬　牛　豬　羊〕組配，因此傾向於無標記，而〔牧〕只和〔羊　馬〕發生關聯，有特別的依賴，因此傾向於有標記。又例如〔捕　捉　釣　打〕都可以和〔魚〕組配，但〔捕〕、〔捉〕、〔釣〕也可以和許多其他動物類範疇相配，因此和〔魚〕的相配是無標記的，而〔打〕除了適用於〔鳥〕以外，只適用於〔魚〕，它們之間的組配也是有標記的。

　　上面都是非並列組配的實例，那麼兩個語義範疇的並列組配又該如何解釋呢？它們是同一個語義域內部的關聯。葉文曦（2004）的研究曾指出漢語並列式字組內部組配成立的條件是「同級」，並列的兩個範疇結合在一起構成抽象級語義範疇。這裡「同級」可以說得更明確一些了，即如果兩個語義範疇在重要性等級上同級，那麼它們之間容易構成並列關係，並列關係也較為顯豁，例如〔牛羊　花草　貓狗　大小　高低　黑白　愛恨　推拉　坐立〕。

從名物域的情況看，等級越高，越容易並列，相反，等級越低，越不容易並列。需要關注的是組配後兩個語義範疇的界限是否清晰，區分以下一些情況：（一）兩個等級高的相配，配合後兩個語義範疇界限依然清晰，例如〔飯菜〕〔厚薄〕〔來去〕；（二）兩個等級高的相配，配合後兩個語義範疇界限變得模糊，意義區別不明顯，例如〔道路〕〔痛苦〕〔打擊〕；（三）兩個等級高的相配，組配後，兩個語義範疇一個意義保持實在，另一個意義變虛，只起陪襯作用，例如〔動靜〕〔窗戶〕〔書信〕；（四）兩個等級高的相配，組配後兩個語義範疇合成一個整體，但意義發生轉移，例如〔東西〕〔手腳〕〔江湖〕；（五）一個等級高的配一個等級低的，組配後兩個語義範疇界限模糊，合成為一個整體，〔人民〕〔飢餓〕〔修長〕；（六）兩個等級低的相配，組配後兩個語義範疇界限模糊，合成為一個整體，例如〔痊癒〕〔巢穴〕〔迅捷〕。從（一）到（六）也顯示出抽象級語義範疇內部也有等級之分，（一）代表的層次是典型的語義組配的基本層次。

從上述考察中，可以看出語義範疇兩兩相配後的兩種趨向，一是兩個範疇保持一定的獨立性，相應的字組中間容易插入其他成分進行擴展，例如「白貓」擴展為「白的貓」，「飯菜」擴展為「飯和菜」，「放羊」擴展為「放了一群羊」，這種情況叫做配合式，性質上是語義的無標記組配，它維持語義範疇個體的自由存在；二是兩個範疇趨向於融合為一個不可分割的整體，相應的字組中間不能插入其他成分進行擴展，例如「人民」不能擴展為「人」和「民」，「蒼鷹」不能擴展為「蒼的鷹」，「牧羊」不能擴展為「牧一次羊」，這種情況叫做融合式，性質上是語義的有標記組配，它強調的是兩個範疇可以化合為一個整體，反映的是範疇個體之間的緊密依賴關係。

雖然在形式上可以使用兩條比較嚴格的標準把語義配合式和融合式完全區別開來，即看是否能夠擴展和是否存在一個可供替換的語義聚合，但是仍然不能否認兩種語義組配方式之間存在過渡，同屬於一個連續統。根據以上的研究，可以確立以下兩條原則：

（15）語義組配原則一：語義範疇重要性等級越高，組配就越自由，

越傾向於無標記，也容易單用，相關字組容易擴展變換，容

易形成配合式；相反，語義範疇重要性等級越低，組配就越

不自由，越傾向於有標記，不易單用，相關字組也越不容易擴展變換，容易形成融合式。

（16）語義組配原則二：兩個語義域之間如果存在正常關聯，那麼來自兩個語義域的相關範疇的組配傾向於無標記，相關字組容易擴展和替換，從而容易形成配合式；反之，如果兩個語義域之間的關聯是非正常關聯或偶然關聯，那麼來自兩個語義域的相關範疇的組配傾向於有標記，相關字組不容易擴展替換，從而容易形成融合式。

按照上述兩條原則來檢討，原來屬於複合詞的很多實例包括可以有限擴展的都應該歸入配合式這個語義組配的基本層次，陸志韋（1957）舉的絕大部分完全不能擴展的複合詞的例子其實才是典型的「詞」，我們歸入融合式。

四、相關問題的進一步討論

在更複雜的語義組配中，我們同樣會看到基本級語義範疇和語義組配的基本層次所起的關鍵作用。從語義配合式中表現出的語義組配的實質是兩個基本級語義範疇之間的清晰的一一組配，其中蘊涵著語義組配的一條基本限制，那就是，一個範疇不能同時和兩個或兩個以上的其他範疇直接相配。這條限制的存在有兩個方面的理由，一是在語義認知上方便加工處理；二是在語形結構上容易安排。簡單的語義組配如〔喝〕—〔茶〕遵守上述限制，複雜的語義組配如〔喝〕—〔紅茶〕也同樣要遵守這條限制。組配對象的範疇層級是可以改變的，但一一組配的原則是不變的。就「喝紅茶」這個例子來說，其中反映的語義範疇的組配模式不是〔喝〕—〔紅〕—〔茶〕三個語義範疇的直接相配，而是一個基本級語義範疇〔喝〕和一個具體級語義範疇〔紅茶〕之間的直接相配。又例如「小紅球」是〔小〕和〔紅球〕之間的直接相配。

在複雜字組的語義組配中，有兩股相反的力量起作用，一股是融合的力量，它順應語義上關聯密切的兩範疇之間的化合為一體的傾向，例如〔紅〕和〔茶〕之間融合傾向，這股力量會把兩個獨立的範疇融合成一個範疇；另一股力量是自由的和抗拒融合的力量，它順應漢語一個字表示一個語義範疇這樣的語形和語義的基本關聯趨向，維持不同語義範疇之間的界限和各自的

獨立性，例如「紅球」和「紅的球」之間的區別，插入「的」後，更強調「紅」和「球」表示的是兩個獨立的範疇。這兩股力量的實現都需要利用一定的語形手段，漢語主要利用位置、次序、虛字、音變和加詞綴等語形手段。

有的語義範疇在某個組配位置上對語義融合是相當敏感的，例如在現代漢語形容詞研究（朱德熙，1956；呂叔湘，1964）中著名的「單音節形容詞做定語不自由」說。在一個名物語義範疇前面的位置上，名物類、動作類和性狀類等三類語義範疇都可以出現，表現卻是不平衡的，動作類不容易參與融合，名物類次之，而性狀類的大部分範疇都容易和後面的範疇緊密結合。同樣是等級高的性狀範疇容易保持自由抗拒融合，如〔大〕〔小〕〔新〕〔舊〕〔好〕〔壞〕〔眞〕〔假〕等。

語義範疇不但有靜態的一面，也有動態的一面，在具體的組配中時常會發生一個範疇在融合中和它的意義常態發生偏離，有時這種偏離還會帶來語形的改變。例如下列組配中後一個字在北京話中讀輕聲（見陸志韋，1957）

（17）福氣　柴火　裏頭　良心　火燒　先生　破費　尋思　顧慮

得罪　性命　情景　尺寸　奸細　賢惠　利落　彆扭　拘泥

勢利　招呼

語義融合有不同的深度，有的整體範疇是清楚的明顯的，有的是不清楚的不明顯的，或者發生轉類的情況，例如「月亮」、「丁香」、「無賴」等裏面的範疇不清楚　只能作爲整體考慮。還有過度融合的情況，即合二爲一，例如「甭」。

語義融合對後續的語義組配有重要影響，因爲語義範疇的一一組配原則要求，不管語形上表現爲一個字還是兩個字，進入組配環境都要求是一個而不是兩個範疇參加組配。這個要求對具體級語義範疇來說相對簡單，而對抽象級語義範疇來說，情況則比較複雜。雖然單字只要字形不同，表示的意義一般就有差別，然而不同的並列二字組兩個字的意義上融合程度不同。這影響後續組配，例如：

（18）模樣俊美　道路平坦　煙霧渺茫　修改規則

構思靈巧　態度謙和　國家強盛　歌聲美妙

官兵關係　彼此愛護　風雨交加　強弱對比

從合的方面看，〔AB〕作爲一個整體的抽象級語義範疇側重整體和相關語

義範疇的適合，而忽略個體範疇的不適合。下列三種情況值得注意：

（一）適合整體，和兩個個體都不適合。例如：

（19）心情愉快　*心情愉　*心情快

　　　生活寬裕　*生活寬　*生活裕

（二）適合整體，但和一個個體也適合，和另一個個體不適合。例如

（20）燈光微弱　*燈光微　燈光弱

　　　道理高深　*道理高　道理深

（三）適合整體，和兩個個體也都適合。例如：

（21）大小事情　大事情　小事情

　　　買賣糧食　買糧食　賣糧食

　　上述性質對漢語的語義組配有重大影響。呂叔湘（1964）和馮勝利（1997）都研究了下列現代漢語的一件著名事實：

（22）a、打掃街道　掃街　掃街道　*打掃街

　　　b、保護森林　護林　保森林　*保護林

　　　c、編寫劇本　編劇　編劇本　*編寫劇

對上述事實，以往的研究多從音節的單雙角度解釋，而對其中的語義問題多有忽視。其實單音節詞和雙音節詞不能組配也有強烈的語義上的原因（參看王燦龍，2001），王燦龍的解釋是，「動賓結構對音節的要求首先是單音節動詞與單音節名詞、雙音節動詞和雙音節名詞的組合，這是由相鄰原則和相似原則以及單雙音節的認知語義共同決定的，這兩種結構類型是無標記形式，也是動賓結構的基本形式。與這兩種類型相對的是單音節動詞與雙音節名詞、雙音節動詞與單音節名詞的組合，它們是標記形式。」我們認為，一是從配合和融合的角度看，兩個語義範疇沒有在一個基本級語義範疇的前後融合為一個範疇，不符合一一相配限制原則，因此需要分別表達；二是從基本級語義範疇的角度看，它不能和兩個語義範疇同時相配，原因是指稱不清楚，語義不夠清晰，不是好的語義組配。王燦龍觀察到的第三種重要情況「洗衣服」和「觀察貓」是典型的融合式抽象級語義範疇的組配實例，即只有完全融合為一個語義範疇才具有和一個基本級語義範疇組配的條件。因此這裡問題的實質恐怕不是音節的單雙

問題，而是需要符合更深層的語義限制條件，即——組配原則。

和融合的力量背道而馳，在語句的語義結構中還存在著自由的獨立的力量，這種力量強大到甚至可以把已經融合在一起的兩個範疇利用一定的語形手段讓它們重新獲得獨立，以往受到很大關注的所謂「離合詞」現象就屬於這種情況（參看趙淑華、張寶林1996／1997）。例如：

（23）畢業 勞駕 示威 值勤

（24）酗酒 錄音 發言 游泳

（25）簽名 滑冰 開會 請假

上述（23）和（24）都屬於融合式，而（25）則屬於配合式，（23）和（24）的擴展更典型一些，例如「酗酒」擴展為「酗了一次酒」，「酗」好像成了一個獨立的動作語義範疇，這雖然屬於語言運用中臨時的一種安排，但反映的是漢語一個字表示一個清晰的語義範疇這樣的潛在要求。

語義範疇特別是基本級語義範疇在語句中的獨立自由表現需要依靠位置、次序、虛字以及擴展、變換這些語形手段。相對於組合式而言，前面我們對語義組配基本層次的描述其實暗含著把配合式看作是基式，而把組合式看作是派生式，或者把配合式看作是語義的一種靜態存在，而把組合式看作是語義的一種動態存在。例如：配合式「看書」可以變換為組合式「看了書」、「書看了」等，從一個語義範疇的角度看，上述三例中配合式中的〔書〕是語義範疇的靜態或常態，而後兩例組合式中的〔書〕是語義範疇的動態，靜態和動態之間的關係很複雜。有的語義範疇組配的情況只能表現為組合式，反映的不同範疇之間臨時的而非恒定的關聯，例如「*髒糖 *厚雪 是不能成立的配合式或融合式，但這並不意味著兩個範疇沒有組合式這種組配方式（參見朱德熙，1978；張敏1998），例如可以說「髒的糖」、「厚的雪」。這需要另外研究。

漢語有一些字以特殊的方式保持自由，它們不能或極少和其他字構成融合式（參見王還等，1985），只能參與配合式或組合式，不過這樣的字數量很少。

（26）很 呸 唄

（27）您 倆 仨 廿 卅

（28）掀 盯 踩 趴 拴 揍 捂 掐 攥 拄 掄 撺 踮

$$蹪\quad煨\quad剜\quad搏\quad諉$$
$$（29）氡\quad釺\quad蛊\quad鉬\quad鉍\quad笙\quad氘\quad釷\quad鍺\quad鐳$$

是虛詞，一般單用，在語義上不容易和其他字融合。（27）本來就是融合式，而且是合二爲一，所以就不再參與融合，（29）語義上表示特殊的化學元素，不像「金銀銅鐵」等是一般交際常涉及的，所以在日常語言中沒有進一步和其他的字融合。（28）雖然多表日常動作，但在語義上沒有進一步分類或和其他範疇並列的必要，不過這一類字還需要特別研究。

五、結　語

　　以上我們從基本級語義範疇和語義組配的基本層次這樣的角度考察了漢語單字的語義功能以及相關的語義組配問題。語義組配可以區分爲三個層次，即配合式、融合式和組合式，我們認爲配合式是漢語語義組配的一個核心層次，在這個層次上，由單字表達的基本級語義範疇起著決定性的作用，它和融合式的區別在於語義基礎的不同，不同的語義範疇，重要性等級也不同，等級的高低在一定程度上決定著語義組配的方式，等級越高，越容易參與配合式，越容易出現在語義組配的基本層次上。不同語義域之間的關聯方式也對語義組配有重要影響，正常的無標記的關聯傾向於造成配合式，而偶然的有標記的關聯傾向於造成融合式。語義組配的基本層次的語義組配公式可以寫作：語義範疇〔A〕×語義範疇〔B〕，其基本精神是語義範疇的一一組配，這是一條原則，也是一條重要限制，它對複雜字組內的語義組配同樣有重要的限製作用，可以用於解釋漢語中所謂單雙音節詞之間組配的一些重要事實。

　　本文從單字的語義功能的角度出發對漢語語義組配的描述是嘗試性的，這種方法和以往以詞和語素爲出發點的方法有原則性的差別，在「字本位」的理論中，一個單字表示一個語義範疇，它是漢語結構內部語義和語形的一種最基本的關聯，字和字的組配也就反映著不同語義範疇之間的組配，而由此雙字字組內部的語義組配就成爲透視漢語語義結構全局的一個重要窗口，或者說它對決定著漢語其他層次的語義組配方式。不過要完整透徹地說明這一機制，還需要更深入的研究。

參考文獻

1. 陳保亞（1999）《20 世紀中國語言學方法論》，濟南：山東教育出版社。

2. 董秀芳（2002）《詞彙化：漢語雙音詞的衍生及發展》，成都：四川民族出版社。

3. 馮勝利（1997）《漢語的韻律、詞法與句法》，北京：北京大學出版社。

4. 洪堡特〔德〕（1826）論漢語的語法結構，《洪堡特語言哲學論文集》，姚小平譯，長沙：湖南教育出版社，2001 年。

5. 洪堡特〔德〕（1826）論語法形式的通性以及漢語的特性，《洪堡特語言哲學論文集》，姚小平譯，長沙：湖南教育出版社，2001 年。

6. 季羨林（1997）《中國現代語言學叢書》序，《中國現代語言學叢書》，長春：東北師範大學出版社。

7. 陸志韋（1957／1990）《漢語的構詞法》，見《陸志韋語言學著作集》，北京：中華書局。

8. 陸志韋（1956／1990）《北京話單音詞詞彙》，見《陸志韋語言學著作集》，北京：中華書局。

9. 呂叔湘（1962）《說「自由」和「黏著」》，北京：《中國語文》第 1 期。

10. 呂叔湘（1964）《現代漢語單雙音節問題初探》，北京：《中國語文》第 1 期。

11. 呂叔湘（1982）《單音節形容詞用法研究》，北京：《中國語文》第 2 期。

12. 薩丕爾〔美〕（1921）《語言論》，陸卓元譯，北京：商務印書館，1985 年。

13. 王燦龍（2001）句法配合中單雙音節選擇的認知解釋，《語法研究與探索》（十一），中國語文雜誌社 編，北京：商務印書館。

14. 王還等，1985，《現代漢語頻率詞典》，北京：北京語言學院出版社。

15. 王洪君（1994）從字和字組看詞和短語，北京：《中國語文》第 2 期。

16. 王洪君（2001）音節單雙、音域展斂（重音）與語法結構類型和成分次序，北京：《當代語言學》第 4 期。

17. 王洪君（2005）動物、身體兩義場單字及兩字組轉義模式比較，太原：《語文研究》第 1 期。

18. 王力（1944～1945／1984）《中國語法理論》，見《王力文集》第一卷，濟南：山東教育出版社。

19. 徐通鏘（1997）《語言論》，長春：東北師範大學出版社。

20. 徐通鏘（2004）思維方式與語法研究的方法論，北京：《北京大學學報》（哲學社會科學版）第 41 卷第 1 期。

21. 葉文曦（2004）漢語語義範疇的層級結構和構詞的語義問題，《語言學論叢》第二十九輯，北京：商務印書館。

22. 張國憲（1989）「動+名」結構中單雙音節動作動詞功能差異初探，北京：《中國語文》第 3 期。

23. 張國憲（1996）單雙音節形容詞的選擇性差異，延邊：《漢語學習》第 3 期。

24. 張敏（1998）《認知語言學與漢語名詞短語》，北京：中國社會科學出版社。

25. 張壽康、林杏光主編（1996）《現代漢語實詞搭配詞典》，北京：商務印書館。

26. 趙元任（1968／1996）《中國話的文法》，《中國現代學術經典──趙元任卷》，石家莊：河北教育出版社。

27. 趙淑華、張寶林（1996／1997）離合詞的鑒定標準和性質，《詞彙、文字研究與對外漢語教學》，崔永華主編，北京：北京語言文化大學出版社。

28. 朱德熙（1956）現代漢語形容詞研究，《現代漢語語法研究》，北京：商務印書館，1985 年。

29. 朱德熙（1978）《語法講義》，北京：商務印書館，1985 年。

30. Lakoff, George（1987）*Women, fire, and Dangerous things: What Categories Reveal about the Mind.* Chicago and London: The University of Chicago Press.

31. Lyons, John（1977）*Semantics*, Vols. I and II, Cambridge : Cambridge University Press.

本文發表於《北大中文學刊》（2009）北京大學中文系編，第 659～673 頁，北京：北京大學出版社，2009 年。

附錄五　漢語複合詞理解難易度的計算

〔註1〕

　　提要　本文依據字的使用頻率和字的構詞頻率給出了語義範疇重要性層級的劃分標準，考察了複合詞整體所表語義範疇在相關語義場中的位置及重要性等級，列出了語義場關聯模式的優先度列表。在上述工作的基礎上，最後給出了複合詞理解難易度的計算公式及名詞性複合詞語義模式的計算方法。本項研究有助於語言教學中的詞表編製和句子理解難易度的計算。本文的研究方法和成果還有助於加深對語義場內部結構以及複合詞內部語義結構的認識。

關鍵詞　詞彙語義學　複合構詞　語義場　語義理解難易度　計算語言學

〔註1〕本文使用了董振東先生開發的知網 2000 版和北京大學計算語言學研究所開發的人民日報標注語料庫，在此謹致謝意。本文在第七屆漢語詞彙語義學討論會（2006 年 5 月，臺灣新竹交通大學）上宣讀。本項研究得到了北京市教育委員會科技發展計劃面上項目（No.KM200600006002）的資助。感謝匿名審稿人提出重要的修改意見。

一、引　言

漢語中的複合詞是一個有爭議的概念，有時被視為與單純詞相對應的範疇，有時則又可以涵蓋所有的黏著式名詞短語，本文的複合詞包括兩者在內，是詞與詞組之間的交叉地帶。目前語言學界對於複合詞的研究主要集中於複合詞的語法地位，自然語言處理學界則主要從新詞識別的角度進行考察。事實上，複合詞作為一個交叉地帶，有著承上啟下的重要地位。通過考察複合詞，既可以瞭解詞語的構造方式，又可以瞭解短語的構造方式。當前對於短語的研究都是在一個句子的範圍內進行，把短語看成句子的一部分，所看到的短語都是很複雜的，因而面臨許多無法迴避的難題。通過考察複合詞，事實上也就是在考察最簡單的短語，在一定程度上可以將研究對象簡化，從而可以更方便地抓住短語研究中最本質的東西。

本文的研究受到鄭錦全（2005）研究的啟發，句子難易度的計算與複合詞難易度的計算是密切相關的。在句子當中，單字詞難易度與複合詞的難易度在一定程度上也影響著句子理解的難易度。

對複合詞的研究可以從多個角度進行，本文的研究目的主要是為應用服務的。在語言學教學過程中，需要判斷哪些複合詞具有相同的理解模式，具有相同理解模式的複合詞中，又需要區別哪些容易理解，哪些較難理解，等等，從而可以科學地制定分級詞表。在計算機信息處理過程中，計算機發現一個新詞之後，為了進一步進行語法和語義分析，則需要判斷複合詞的整體功能進而推知其語義。在所有的複合詞中，名詞佔有最重要的地位，新生詞語中也多數屬於名詞。因此，本文在語義範疇重要性等級和語義場關聯分析的基礎上，嘗試對漢語中的名詞性複合詞理解的模式及難易度進行計算。

本文使用的資源主要包括：北京大學計算語言學研究所人民日報（2000 年上半年）標注語料庫和董振東先生的知網（2000 版）。人民日報標注語料庫主要進行了詞語切分和詞性標注兩項工作，其中的切分單位即包括嚴格的語言學意義上的詞，也包括一些固定短語。我們所使用的人民日報標注語料庫文本為2000 年上半年人民日報，計 1400 餘萬字。從中可以統計出單字的字頻和構詞頻率，並取得一個實際的詞表。知網 2000 版則對六萬多個詞語進行了語義描

述，從中可以獲知單字詞的語義類別和部分雙字詞的語義類別，在此基礎上，可以通過一定的規則推斷出語料庫詞表中所有名詞的語義類別。

在標注語料庫和知網的基礎上，首先進行以下準備工作：獲取所有單字詞的構詞頻率，並藉此劃分各語義場中單字詞的語義範疇重要性等級。語料庫中的詞，有一些已為語義詞典所描述，還有一些則未得到描述。已描述詞語的語義類可直接繼承，未描述詞語的語義類則需要通過詞性及構成成分的語法功能和語義類別來計算。在這一步驟中，將會總結出名詞性複合詞語義關聯模式的計算方法。

二、複合詞理解難易度的語義基礎和語義範疇重要性層級的劃分標準

關於理解難易度的計算沒有現成的的語義理論可供參考，只有在研究問題的過程中加以總結和闡釋。什麼是語義理解？這是研究複合詞理解難易度首先要回答的一個基本問題。僅就複合詞而言，語義理解就是瞭解和懂得複合詞所具有的意義，它的所指和它的內涵。語義理解的目的是通過弄清複合詞內部的語義結構，尋求和現實所指進行掛鈎，這是最基本的，還有就是瞭解複合詞意義的內涵，雖然存在基本的內涵意義，但在不同場合內涵會有多有少，有深有淺。例如「海魚」這一複合詞的意義是「生活在海洋裏的魚」，它的意義可從以下三個方面來認識：空間＋動物，海＋魚；語義類別，〔魚〕；語義內涵，〔海〕提示基本內涵意義「生活在海洋裏」。

複合詞的理解，難有難的原因，容易有容易的原因，都是可以解釋的。

複合詞理解難易度跟人們對現實事物的認識、掌握的程度以及熟悉的程度密切相關，例如：「海魚、海龜」和「海獺、海蜇」，前一組較常見，後一組相對生僻。事物常見必然導致相關詞語常見，事物冷僻必然導致相關詞語冷僻，最終會在單字和詞語的使用頻率上有所表現。

複合詞理解難易度還跟人們對編碼理據的熟悉程度密切相關。所謂理據是指語言社團人們熟知的現實中存在的不同事物之間的真實關聯，例如顏色和動物的關聯、空間和動物的關聯、質料和衣物的關聯等等。常見的關聯人們在理解時容易進行類推，相應地，理解就相對容易；相反，不常見的關聯或罕見的關聯人們理解起來就不容易進行類推，理解就相對困難。

複合詞的內部語義結構反映現實理據，語義的認知理解也遵循一定的軌道。例如可以通過認識與「馬」組配的其他字所表示的語義範疇所在的語義場

來考察「馬」要從哪些維度對它進行認知，形狀、體積、顏色、性質、速度、耐力、性情、功用、空間、舉止和動作是認知「馬」所用的必要的若干維度。上述設定的對「馬」的描述框架似乎帶來有先驗、主觀的色彩，其實不然，它是多少年來漢人形成的關於「馬」的經驗框架，具有極強的慣性，其他動物也大致可以從相同的角度進行認知和描述。爲了計算的方便，我們可以把上述問題轉化爲語義場跟語義場之間的關聯模式，例如形狀、顏色、功用、空間、舉止等語義場分別和動物語義場存在關聯。

複合詞理解難易度還跟複合詞理據的透明不透明有關係。理據越透明就越容易理解，相反理據越不透明就越不容易理解。關鍵問題是，複合詞前後成分能否直接提示編碼的現實理據，在這一點上不同複合詞有不同表現，例如「戰馬」和「丁香」，前者理據透明，容易理解，後者理據不透明，難於理解。理據不透明的複合詞對人來說，有時需要依賴常識來理解，例如，我們知道「丁香」屬於「花」或「植物」，而計算機則需要依賴現成的分類詞彙集來理解。

近些年來，認知語言學在分析語義結構時多使用「語義範疇」（semantic category）這一概念，語義範疇就是語義類別，是對現實事物進行概括反映所得到的類別，例如〔人〕〔馬〕〔魚〕〔吃〕〔聽〕〔看〕〔紅〕〔綠〕〔大〕等都是語常見的語義範疇。從更廣泛的角度考慮，我們可以把複合詞前後兩個成分的關係看作是兩個語義範疇之間的關係。因此我們可以從雙字各自所表示的語義範疇的性質入手來探討判定一個雙字複合詞的語義理解難易度。

在以往的研究中（葉文曦，2004a，2004b），我們發現不同的語義範疇進行組配有三種不同的情況，即配合式、融合式跟組合式，如下圖所示：

漢語語義組配層次和語形實現

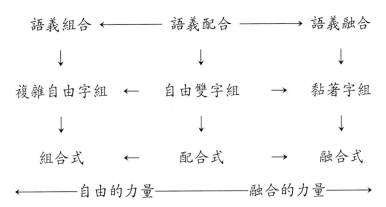

　　兩個基本級語義範疇直接相鄰組配的結果有兩種，一種爲語義配合，一種爲語義融合，原因是直接相鄰在語義組配上是非常敏感的，直接相鄰的兩個語義範疇容易發生配合或融合。例如〔騎〕—〔馬〕和〔駿〕—〔馬〕，前者是配合式，後者是融合式。配合和融合的區別在於，配合內部的語義關係是可以類推的，是不同語義域之間的無標記關聯，而融合內部的語義關係不能類推或者較少能夠類推。能夠類推的語義關係是常見的，無標記的，詞典不必收錄相關字組，而不能夠類推的語義關係是少見的，是有標記的，詞典應該收錄相關字組。

　　具體語義場內部是不平衡的，即屬於同一語義場內部不同語義範疇存在重要性等級。這裡以「動物」和「植物」兩個語義場內部的層級爲例加以說明，確定層級的標準是綜合了構詞條數、做字組後字的條數以及單用情況：

漢語「動物」義場語義範疇的重要性等級

Ⅰ〔鳥　獸　蟲　魚　畜〕

Ⅱ〔馬　牛　龍　豬　雞　狗　羊　鼠　虎　狼　崔　熊　鷹　猴　蛇　鴨　貓　鵝　猿　鯨　蝶　禽　燕　鴉　蝦　蟻　豺　兔　蝗　驢　蛙　蠅　蚊　蛾　龜　駒　騾　犀　雁　鹿　狐　豹　鶴　獅　犬　鯽　雛　鶯／鵲　蜎　鱷　鷗　鴿　犢　羔　蟹〕

Ⅲ〔蚰蜒　虯　鸒　獺　螻蛄　蚌　鴻　貂　雉　螯　鼈　鵁　梟　蟋蟀　鵪鶉　蜻蜓　蚯蚓　蝙蝠　蝌蚪　鴛鴦　蚱蜢　鸚鵡　麒麟　螟蛉　鷓鴣　鯉　鳩　鰍　猹　鮭　鴰　鰻　蚤　羚　鮎　鱒　蠱　玃　獐　鱸　鰱〕

漢語「植物」義場語義範疇的重要性等級

Ⅰ〔花　草　樹　木　果　菜　瓜　苗　葉〕

Ⅱ〔桃　稻　蔥　蓮　蘭　麥　梅　芽　栗　梨　楊　柳　橘　桑　杏　薯　藤　葵　棗　蕉　蒲　楓　柿　椿　桂　李　柏　樟　禾　槐　茄　蒜　椒　杉〕

III〔蔗　菊　蘑菇　菠　榆　藕　檸檬　樺　豌　苔蘚　棠

卉　萵苣　桉　椰　橄欖　芋　榛　榕　稞　茉莉　苜

蓿　楂　枇杷　荸薺　檳榔　稗　棕櫚　芫荽　芙蓉

茯苓〕

在每個語義場中高級和中級都是最常用的級別，但性質有差別。高級比較概括，反映的是語言中最重要的事物大類，例如〔鳥　獸　蟲　魚　畜〕和〔花　草　樹　果　菜　瓜　苗　葉〕。而語義場裏最重要的語義範疇是中級，例如〔馬　牛　豬　雞　狗　貓　羊　鼠　虎　狼　雀　熊　鷹　猴　蛇　鴨　鵝〕和〔桃　稻　蔥　蓮　蘭　麥　梅　梨　楊　柳　橘　桑　杏〕等，在認知語義上這一類既概括，又比較具體，意象明確，識別方便，理解容易，和動作、性狀類語義範疇的組配最為典型和活躍，因此是基本級語義範疇裏最重要的一類。從有無標記的角度看，等級越高，越傾向於無標記，越容易認知理解，相反，等級越低，越傾向於有標記，越不容易認知理解。

依據字頻和構詞頻率可以定性並定量地給出語義範疇重要性層級的劃分標準。字頻和構詞頻率能夠反映出同一語義場的不同語義範疇之間重要性的不同。單字反映的語義範疇重要性層級的難度系數可以設定為 0、1、2、3 四級，數目越大，越容易理解，數目越小，越不容易理解。在語料庫中未出現的為 0 級，出現過的依照構詞頻率由高到低分別為 3、2、1 級。作為示例，下面給出「走獸」語義場的語義範疇重要性層級列表。

表格 1　語義範疇重要性層級示例

字	共計	等級	字	共計	等級	字	共計	等級
蹯	0	0	羆	1	1	猿	12	2
貙	0	0	獐	1	1	蛙	13	2
貉	0	0	貂	2	1	狐	14	2
貀	0	0	獾	2	1	猴	16	2
麇	0	0	麞	2	1	豹	19	2
貊	0	0	猩	2	1	蹄	19	3
羷	0	0	豺	3	1	駝	21	3
貔	0	0	麂	3	1	仔	27	3
鼉	0	0	虯	3	1	彪	28	3

蝟	0	0	獺	3	1	鼠	29	3
鼯	0	0	蜥	3	1	狼	30	3
鼴	0	0	蟾	4	2	蛇	32	3
魍	0	0	狸	4	2	獸	32	3
狨	0	0	鼇	4	2	麟	34	3
貂	0	0	麒	4	2	獅	39	3
獒	0	0	犀	4	2	熊	42	3
螭	1	1	鱷	6	2	鹿	44	3
蝠	1	1	鯨	7	2	象	102	3
獏	1	1	蛟	8	2	虎	132	3
魘	1	1	蟒	8	2	龍	555	3
麝	1	1	羚	10	2			

　　雙字複合詞整體所表示的語義範疇在不同語義場中也存在重要性等級問題，使用頻率越高，越容易理解，重要性等級也越高；相反，使用頻率越低，越不容易理解，重要性等級也越低。下面給出「走獸」類雙字複合詞整體在語義場中重要性層級的表現作為示例。

表格 2 複合詞整體重要性層級示例

詞	整體語義場	前字語義場	後字語義場	詞　頻	等　級
猛虎	走獸	舉止	走獸	16	3
海豹	走獸	水域	走獸	15	3
青蛙	走獸	顏色	走獸	11	3
野獸	走獸	舉止	走獸	10	3
海龍	走獸	水域	走獸	8	3
狐狸	走獸	走獸	走獸	5	3
蛟龍	走獸	走獸	走獸	5	2
猩猩	走獸	走獸	走獸	4	2
麒麟	走獸	走獸	走獸	4	2
猛獸	走獸	舉止	走獸	4	2
蟒蛇	走獸	走獸	走獸	3	2
虯龍	走獸	走獸	走獸	2	2
水獺	走獸	水域	走獸	2	1
牛蛙	走獸	舉止	走獸	2	1

毒蛇	走獸	舉止	走獸	2	1
豺狼	走獸	走獸	走獸	1	1
白狐	走獸	顏色	走獸	1	1
黑熊	走獸	顏色	走獸	1	1
麝鼠	走獸	走獸	走獸		0
駝鹿	走獸	走獸	走獸		0
鼫鼠	走獸	走獸	走獸		0
鼮鼠	走獸	走獸	走獸		0
貂熊	走獸	走獸	走獸		0
鼪鼠	走獸	走獸	走獸		0
猿猴	走獸	走獸	走獸		0
狼獾	走獸	走獸	走獸		0
鼯鼠	走獸	走獸	走獸		0
龍虎	走獸	走獸	走獸		0
貔狖	走獸	走獸	走獸		0
麋鹿	走獸	走獸	走獸		0
貔虎	走獸	走獸	走獸		0
貀獾	走獸	走獸	走獸		0
紫貂	走獸	顏色	走獸		0
紅狐	走獸	顏色	走獸		0
黃鼠	走獸	顏色	走獸		0

三、語義場關聯度的計算

　　從微觀上看，語義組配是具體的不同語義範疇之間發生關聯；而從宏觀上看則是具體語義範疇所屬的大的語義領域之間發生關聯。通過統計考察範圍內的複合詞的語義關聯模式，可以給出語義關聯模式的優先性列表，從而可以確定哪些語義場之間經常關聯，哪些語義場之間很少關聯，哪些語義場基本上沒有關聯。我們可以將優先性高的關聯稱爲正常關聯，將優先性低的關聯稱爲異常關聯，並參照語義範疇重要性等級的劃分方法，給出語義場關聯模式的優先性等級。

　　語料庫中的詞，有一些已爲語義詞典所描述，還有一些則未得到描述。已描述詞語的語義類可直接繼承，未描述詞語的語義類則需要通過詞性及構成成

分的語法功能和語義類別來計算。在這一步驟中，將會總結出名詞性複合詞語義關聯模式的計算方法。複合詞的構成模式其實也就是複合詞的理解模式，比如「赤狐」是「顏色」語義場與「走獸」語義場組合而成的。通過統計複合詞的構成模式可以計算語義場之間的關聯度，經常在一起構造複合詞的兩個語義場之間的關聯度高，反之則低。

知網中的每一個詞均標注了語義類，比如「蒼白、赤紅、白、藍」爲顏色類，「豺、狼、豹、豺狼」爲走獸類，我們將各詞的語義類作爲語義場。我們的計算基於以下假設：（1）雙字詞各成分的語義場必然屬於知網所描述的語義場中的一個，比如「後」（簡體字）在知網中屬於四個語義場，即「次序、時間、位置、人」，則「後漢」中「後」的語義場必然是這四個語義場中的一個；（2）同一語義場內的兩個雙字詞，作爲其成分的單字詞可能分別屬於多個語義場，如果兩者的前後字分別屬於一個相同的語義場，則這一相同的語義場即應該是這一雙字詞的語義場關聯模式。比如「紅狐、黑熊」均屬於走獸語義場，其中的「紅、黑」均屬於多個語義場，但它們有一個共同的語義場爲「顏色」，則「紅、黑」在兩詞中的語義場應該是「顏色」。

按照這一處理方法，從知網中可以得到 1101 個語義場。「走獸」語義場做後字時最常見的關聯模式爲「走獸|顏色|水域|舉止+走獸」。

語義場關聯度的計算涉及到一些複雜的問題，比如如何判斷一個新詞或未登錄詞內部的語義場關聯模式，我們將另文討論。

基於上述假設，我們計算出下列模式爲常見的語義場關聯模式：

表格 3　常見語義場關聯模式

雙字詞語義場	前字語義場	後字語義場	詞　頻
人	人	人	388
時間	時間	時間	225
用具	用具	用具	149
動物	動物	動物	143
地方	地方	地方	119
人	舉止	人	100
人	地方	人	82

材料	材料	材料	55
人	時間	人	44
設施	設施	設施	41
時間	數量值	時間	41
人	數量值	人	40
時間	舉止	時間	40
人	年齡	人	39
用具	舉止	用具	38
動物	動物	物形	36
人	場所	人	35
事情	舉止	事情	35
材料	舉止	材料	35
用具	材料	用具	34
地方	人	地方	34
事務	事務	事務	32
魚	魚	魚	32
陸地	陸地	陸地	32
衣物	衣物	衣物	31
事情	事情	事情	29
用具	動物	用具	29
疾病	動物	疾病	29
設施	人	設施	28
事情	時間	事情	28
位置	位置	位置	28
土石	土石	土石	28
語文	語文	語文	26
用具	用具	物形	26
樹	樹	樹	24
境況	境況	境況	24
人	人	動物	23
情感	情感	情感	23
設施	舉止	設施	22

人	用具	人	22
牲畜	人	牲畜	22
團體	人	團體	22
衣物	時間	衣物	22
衣物	舉止	衣物	22
用具	用具	動物	22
語言	地方	語言	22
地方	數量值	地方	22
時間	人	時間	21
情感	舉止	情感	21
人	位置	人	21
走獸	走獸	走獸	21
動物	人	動物	20
場所	時間	場所	20

四、複合詞理解難易度的計算

在上述工作的基礎上計算複合詞理解的難易度，可以綜合考慮以下三個方面的因素：

（1）單字表示的語義範疇重要性等級。同一語義場的詞所表示的語義範疇可以依據其重要性劃分爲不同層級，這主要通過構詞頻率來體現。

（2）語義場關聯度。複合詞的構成模式其實也就是複合詞的理解模式，比如「赤狐」是「顏色」語義場與「走獸」語義場組合而成的。通過統計複合詞的構成模式可以計算語義場之間的關聯度，經常在一起構造複合詞的兩個語義場之間的關聯度高，反之則低。

（3）雙字複合詞整體所表語義範疇在相關語義場中的位置及重要性等級。如果該詞在語料庫中未出現，說明該詞不常見，設其等級係數爲0。

以上三個係數，各分四個層級，依次爲0、1、2、3，難易度係數值域爲0～9，值越大越容易理解。這一係數是相對的，在一個連續數值域中分段可粗可細，本文主要考慮在同一個語義場範圍內的各詞之間理解難易度的區別。如果在不同語義場成員之間進行比較的話，則可以此爲基礎，進一步考慮不同語義場之間的區別。

以「銀狐」為例，「銀」和「狐」單字語義範疇重要性等級系數分別為2、2；其語義場聯模式為「顏色＋走獸」，等級系數為 3；「銀狐」在語料庫中未出現，整體的重要性等級系數為 0。則其難易度系數為（2+2）／2+3+0。

三個系數事實上是不平衡的，對於理解而言，最重要的還是語義場關聯繫數，這是語義理解的核心。

根據以上研究可以把複合詞難易度的計算公式確定如下：

$$（X1+X2）／2+Y+Z。$$

以上公式中，X1 表示前字所表語義範疇重要性等級系數；X2 表示後字所表語義範疇重要性等級系數；Y 表示語義場關聯模式的等級系數；Z 表示複合詞整體的重要性等級系數。得分高的表示較容易理解，得分低的表示較難於理解。下面給出動物義場複合詞難易度計算的一組實例：

表格4　複合詞理解難易度示例

詞　語	語義場關聯模式	計　算	得分和分級
青蛙	顏色＋走獸	（3+2）／2+3+3	8.5
狐狸	走獸＋走獸	（2+2）／2+3+3	8
蛟龍	走獸＋走獸	（2+3）／2+3+2	7.5
蟒蛇	走獸＋走獸	（2+3）／2+3+2	7.5
黑熊	顏色＋走獸	（3+3）／2+3+1	7
水獺	水域＋走獸	（3+1）／2+3+1	6
貂熊	走獸＋走獸	（1+3）／2+3+0	5
麋鹿	走獸＋走獸	（0+3）／2+3+0	4.5
鼬獾	走獸＋走獸	（0+1）／2+3+0	3.5
貔貅	走獸＋走獸	（0+0）／2+3+0	3

顯然，上述例子顯現出的難易度分級是初步的、粗略的，也是相對的，隨著研究的進展還有一定的調整的必要。

五、結語：問題、應用價值和理論價值

跟問題的高度複雜性相比較，本文對漢語複合詞難易度的計算無疑是初步的，雖然複雜問題得到了一定程度的簡化，但是遺留的問題還有不少，有些問題給計算帶來了很大的麻煩。例如，「后」（簡體字）表示不同意義，但

對計算機來說形式上一樣的，在計算時必須考慮怎麼樣將它們區分開來。又例如，一個字出現在複合詞的前後位置時語義功能可以有大的差別，如「狐」在「狐媚」和「銀狐」中有不同的意義。有時還會遇到同一個字所表示的各種意義有很大差別的情況，例如「商」所表示的意義分屬人、音樂和時間三個不同的語義場。上述幾種情況是比較多見的，要進行準確歸類和計算還需要依賴基礎材料的整理，但現在整理還是很粗略的。

還有兩類給計算帶來困難的問題是跟複合詞相關的意義的轉化問題和意義的比喻引申問題，這兩方面的問題在基礎理論研究上才剛剛起步，計算還一時難以處理。例如：在後字位置上由性狀類轉化為名物的，如「幼兒」和「老幼」。又例如兩個屬於身體語義場的單字並列表示人的抽象隸屬物的實例（見王洪君 2005），如「肺腑、肝膽、血汗、臉面、嘴臉」等。要確定此類複合詞的難度系數會困難一些。

如何判斷一個新詞或未登錄詞內部的語義場關聯模式，例如知網中沒有的新出現的複合詞，如「說吧、哭吧、貼吧」等，也是一個需要仔細研究的問題，這需要另文討論。

語料選擇的偏差會影響頻率和語義範疇重要性等級的確定，比如本項研究選擇的是人民日報語料，屬於書面語料，範圍較狹窄，種類較單一，局限是明顯的。以後的研究還需要進一步擴大語料庫的規模和語料的種類，以取得必要的平衡。

本文主要依據字頻和構詞頻率定性並定量地給出語義範疇重要性層級的劃分標準，還考察了雙字複合詞整體在語義場中的重要性層級，在此基礎上統計出了語義場關聯模式的優先度列表。最後給出了複合詞理解難易度的計算公式及名詞性複合詞語義模式的計算方法。本項研究對句子難易度的計算會有一定幫助，在句子當中，單字詞難易度與複合詞的難易度在一定程度上也影響著句子理解的難易度。研究成果對自然語言信息處理中的詞義消歧研究也有一定的參考價值，通過確定新詞或未登錄詞內部的語義場關聯模式，有助於理解其意義。研究成果還可以為語言教學中編寫有用的較為科學的詞表提供必要的參考。在理論上，本項研究有助於加深對語義場內部結構以及不同語義場之間關聯模式的認識，最終會有助於加深對漢語複合構詞機制的認識。本項研究工作還需要進一步充實和改進，有不少重要問題值得繼續討論。

參考文獻

1. 北京大學計算語言學研究所，《人民日報》（2000 年上半年）標注語料庫。

2. 陳保亞（1999）《20 世紀中國語言學方法論》，濟南：山東教育出版社。

3. 董振東、董強，知網，2000 版。

4. 梅家駒等編（1984）《同義詞詞林》，上海：上海辭書出版社。

5. 邱立坤（2005）現代漢語動名語串結構關係的判定，《第六屆漢語詞彙語義學研討會論文集》，廈門大學。

6. 王洪君（2005）動物、身體兩義場單字及兩字組轉義模式比較，太原：《語文研究》第 1 期。

7. 王還等（1985）《現代漢語頻率詞典》，北京：北京語言學院出版社。

8. 葉文曦（2004a）漢語語義範疇的層級結構和構詞的語義問題，《語言學論叢》第二十九輯，北京：商務印書館。

9. 葉文曦（2004b）語義範疇的重要性等級和漢語單字的語義功能，即刊稿。

10. 俞士汶、黃居仁主編（2005）《計算語言學前瞻》，北京：商務印書館。

11. 鄭錦全（2005）詞彙語義與句子閱讀難易度計算，《第六屆漢語詞彙語義學研討會論文集》，廈門大學。

12. Lakoff, G.and Johnson, M.（1980）*Metaphors We Live By*, Chicago University Press.

13. Lakoff, George（1987）*Women, fire, and Dangerous things: What Categories Reveal about the Mind*, Chicago and London: The University of Chicago Press.

14. Lyons, John,（1977）*Semantics*, Vols. I and II, Cambridge University Press.

15. Ullmann, S.（1957）*Principles of Semantics*, Oxford: Black well.

本文與邱立坤先生合作，發表於 Language and Linguistics(《語言暨語言學》) 9.2: 435～447，臺北：Institute of Linguistics, Academia Sinica, 2008 年。

附錄六　「手持」類動詞的語義演變和「把」字的語法化[註1]

　　提要　本文以「把」字語法化爲例探討語法化的語義基礎及語義演變的基本理論問題。說明了「手持」義和「掌控」義在概念結構上的對立和關聯，進而對「掌控」義的隱喻構建方式進行了描述，分析了「把」字語法化的語義條件，解釋了「把」字語法化的必然性。本文認爲，古漢語中「持」、「取」、「用」是既判然有別又互相關聯的三個語義類，「手持」義和「掌控」義之間的隱喻關聯是「把」字語法化的語義基礎。「把」字的語法意義可以界定爲，參與處置式或致使式表示對事物或事件的掌控，用於明確施受關係。「把」字語義的發展歷程是，由對個體的簡單手持、簡單掌控發展到對整個事件的掌控。作爲缺乏形態變化的漢語，和印歐語比較有著不同的語法化途徑，一個重要表現是，字的語義功能的複雜交替。

關鍵詞　「手持」類動詞　「把」字句　「掌控」義　「處置」　「致使」
　　　　　語義演變　語法化　隱喻

〔註 1〕本文曾在第三屆漢語語法化問題國際學術討論會（洛陽解放軍外國語學院，2005.10）上宣讀過。和楊榮祥先生多有討論，匿名審稿人提出了重要的修改意見，這裡謹致謝意。

一、引　言

　　跟語言演變研究其他層面面臨的問題一樣，在語義研究領域裏也要解答語義演變的原因、條件、過程、方式、目的等基本問題。傳統的語義演變研究的一個局限是，研究視野比較狹窄，多集中於詞義的引申、詞源義的考訂等方面，而較少和句法及句法的演變發生關聯。新近的語義演變研究由於認知語言學和語法化理論的興起和進展而能夠得以改進，我們可以把新的理論跟傳統的語義知識和語義引申理論結合起來，重新審視語義演變的一般理論和相關的具體個案問題的研究。本文打算以漢語著名的「把」字語法化爲例討論語義演變問題。

　　語法化討論比較多地涉及語義學知識的研究有以下幾家：沈家煊（2002）從主觀性和主觀化理論的視角討論了「把」字句的主觀性。吳福祥（1996；2003）比較全面地討論了處置式的來源及若干相關句式內部的語義結構。李宗江（2004）以「完成」類動詞的語義差別及其演變方向爲例說明了動詞語義特徵對語法化方向的制約作用，主張語法化研究應該更加關注語義問題。邢志群（2003）提出了漢語語法化機制的一個簡明的框架，以「把／將」的語義演變爲例說明了下列從（1）到（3）的語法化過程，即（1）語法源義，隱喻換喻和泛化引申；（2）語法義；（3）語法義強化，語法源義消失。張博（2003）討論了漢語實詞相應虛化的語義條件，認爲，「同義」、「反義」和「類義」這些義位層面上的語義類聚關係不足以涵蓋相應虛化的語義條件，相應虛化的條件有三，即（1）義位相同；（2）義素相同；（3）義位組合內部的語義關係相同。關於「義位相同」條件張博區分了兩種情況，即「一級相應虛化」和「多級相應虛化」，認爲「一級相應虛化」指一組同義詞在一個方向上相應虛化，形成一個語法意義和語法功能一致的虛詞類聚，例如，「將、把、捉、取、拿」都有手握、持、拿義，相應虛化爲介詞，引進所處置的對象，相當於現代漢語把字句中的「把」。上述研究無論在一般理論上，還是具體實例分析上都爲我們進一步探索打下了良好基礎。

　　就「把」字語法化這個研究個案而言，目前的探索只是初步的，還有不少難解的問題需要研究。比如說，比如說除了「將、把、捉、取、拿」外，還有很多動詞例如「持、執、秉、操、握」等同樣具有「手持」義，可是在

後來的漢語發展中它們並沒有發生語法化，出身相同，但爲什麼各自的命運不同？又如「手持」義在語義演變過程中是直接簡單地在使用中就虛化出介詞義，還是經歷一個較爲複雜的過程？另外「把」類字的語義演變不是孤立的，作爲詞的使用是爲一定句式服務的，所以它們的虛化一定跟句式的語義結構或語義編碼方式關聯在一起，其中的關聯是什麼？再則，討論「把」類字的語法化對於重新認識「把」字的語法意義會有什麼益處？等等。以上問題很值得我們努力探索。

二、「把」字語法化的語義基礎：「持」類、「取」類、「用」類的對立和關聯

（一）從什麼語義層面入手探討語義演變問題？不同學者會有不同的切入點。本文借鑒以往的語義編碼研究經驗（葉文曦 1999；2004），從基本語義類入手進行探討。所謂基本語義類是指語言中存在的常見的語義類別，從範疇層級的角度看就是基本級語義範疇，它也是一個語言社團的成員最容易感知的語義單位，其存在也有明確可靠的現實基礎。從上古訓詁材料看，「把／將」類字的語源義都是「手持」，這提示我們首先考慮「持」這個語義類。「持」是人類最常見的動作之一，有各種各樣的「持」法，這是「持」作爲一個大的語義類存在的現實理據。「持」類的存在也有大量的訓詁釋義材料支持，例如（1）中的《漢語大字典》幾十個「手」部字都有「持」義：

（1）「持」類

> 手、扌、扶、扼、折、抓、扮、把、挈、挩、拈、抱、挈、拿、
> 持、拱、挎、挟、捉、挵、揭、掌、搭、掉、撚、接、提、揭、
> 揣、援、揔、搭、握、搏、搊、搎、捌、搦、摯、摟、摻、擎、
> 戠、撲、撮、揮、撫、撰、操、擁、攏、攝、攜、攬、摸、攪、
> 撢、揩、攢、擎、擘、挐、摼

又例如《廣雅》中有「持也」條：

（2）《廣雅疏證》卷三下「釋詁」「持也」條：

> 秉、握、攬、捉、把、撮、搤、擁、操、捨、搞、拈、捫、挱、
> 舊、扣、攢、接、撫、齎、奉，持也。

現實現象之間是互相關聯的，反映在語言意義上，不同語義類也是互相自

然關聯著的，從訓詁釋義材料上看，跟「持」類較近的類有「取」類和「用」類，從認知的角度看，這很容易理解，它們在語義上是一種換喻關係。它們同樣是兩個重要而獨立的語義類：

（3）「取」類（《漢語大字典》）

手、打、扱、扠、扨、抔、找、抄、拚、折、（拿）、拓、拔、抽、拊、拘、拿、掛、批、挺、拾、挑、掙、挖、捕、挾、捉、挬、挫、捐、抒、捃、揑、掩、捷、掀、掄、採、撚、掏、掬、掠、捥、探、提、揄、搴、摸、搏、搯、搪、摯、撫、摳、摟、搷、摭、攊、摘、撮、撉、攄、擂、擢、攀、攈、攫、攬

（4）《廣雅疏證》卷一上「釋詁」「取也」條：

龕、岑、資、敓、採、綴、搴、摭、芼、集、摡、投、挖、摘、府、擥、索、撈、撟、穌、賴、摣、攃、撩、挨、抯、收、斂、捕、撫、沒、有、撤、挺、摻、銛、拚、攬、掩、竊、略、剝、剿、搗、拎，取也。

（5）「用」類

《廣雅疏證》卷四下「釋詁」：庸、資、由、以，用也。

上述材料證明在古漢語中「持」、「取」、「用」是判然有別的三個語義類。例（5）中「庸、資、由、以」等字除了表「用」義外，還可以表其他意義，不過此條目的存在可以說明「用」是古漢語中的一個獨立的語義類。

（二）一個字特別是常用字功能往往很複雜，它可以參與多個語義類的表達，同時又表明了多個語義類之間的關聯。可以區別字的兩種功能，一種是它的主要功能，一種是它的次要功能，例如「取」字的主要功能表示「拿來」義，但也可表示「憑藉」義；「將」主要表示「持拿義」，但也可以表示意義較虛的「用、把」義。下列是語義功能交錯現象一些重要實例（見《漢語大字典》相關條目，數字為義項序號，後文中的義項序號都取自《漢語大字典》）：

（6）將

1. 扶持，扶助；2. 護持，護衛；15. 持，取，拿；22. 介詞：在，於；以，用；把；與，同。《荀子‧成相》：「君教出，行

有律，吏謹將之無鈹滑。」楊倞注： 將，持也。北魏楊衒之
《洛陽伽藍記・平等寺》「將筆來，朕自作之。」唐李白《將
進酒》「五花馬，千金裘，呼兒將出換美酒。」

（7）取

1. 割下左耳；2. 捕捉；3. 獲得，接受；4. 收取；7. 拿來，
拿出；11. 憑藉，借助，《玉篇・又部》：取，資也。

（8）以

1. 用，使用，《玉篇・人部》：以，用也；2. 使，令；7. 憑藉；
8. 率領，帶領；15. 介詞：處置；方式，依憑。

（9）用

《說文》：「用，可施行也。」1. 施行；3. 使用；7. 主宰，處
理；8. 處理，處置；17. 介詞：表示行為動作賴以進行的憑藉，
相當於「以」。

（10）捉

1. 持，握；2. 撿；拾取；3. 抓，捕捉；4. 趁，乘；5. 把握；
7. 操持；10. 介詞「把」

（11）拿

3. 持拿，執取；4. 捉拿，拘捕。

不過，更讓我們感興趣的是類和類之間的整體的密切關聯，例如「持」類與「取
「類、「用」類、「助」類之間的關聯：

（12）「持」類和「取」類

	「持」類	「取」類
將	15. 持，	取，拿；
取	7. 拿，拿出	3. 獲得，接受；4. 收取
拿	3. 持拿，	執取；
捉	1. 持，握；	2. 撿；拾取
攬	1. 持，把持	2. 採摘，摘取
拈	1. 用手夾、捏取物；	2. 持，拿
搏	2. 執持，握持	3. 拾取；攫取

摯	1. 握持	2. 攫取
挾	7. 攜，帶領	（二）夾取
摟	（二）抱持	6. 探取
撮	（四）握持	3. 摘取；攝取
搛	1. 扶持	2. 取
攝	持也6. 保持；鞏固	7. 攝取，吸引
撚	1. 捏；握持；（二）4. 領；	（三）拈，取
手	3. 拿著；	4. 取；6. 受束縛，桎梏。
折	18. 握持	16. 摘取，掐取
抓	3. 握住，掌握；	5. 倉皇尋取

（13）持」類和「用」類

	「持」類	「用」類
將	15.持，取，拿；	22.介詞：以，用
執	3.拿著；握	4.用，憑
拿	2.握在手裏；	7.用；介詞：用

（14）「持」類和「助」類

	「持」類	「助」類
扶	2. 扶持，攙扶；6. 拄持	1. 佐助，幫助；
援	6. 執持	1. 助，援助
掖	1. 挾持；攙扶；	2. 扶助，提攜

　　上述關聯往往有單向性，反映出語義引申的不對稱性：即「持」〉「取」是成立的，而*「取」〉「持」少見。「持」〉「用」是常見的，而*「用」〉「持」、*「用」〉「捉」、*「用」〉「取」少見。

　　需要特別強調的是，在漢語發展過程中，雖然「持」類、「取」類、「用」類 存在著關聯，但它們各自有著自己不同的引申方向，三個類的對立一直是非常顯豁的。這對後來的相關語法化現象的發生發展有著重要的制約作用。

　　字的功能和所屬語義類的關係是，如果表示的是大類，只允許臨時的非主流的「客串」。不論如何演變，語義類的對立不變，但字的功能會發生變化。陳初生（1983）討論的「以」字處置式，曹廣順、遇笑容（2000）討論的中古譯經中的「取」字處置式，朱冠明（2004）討論的中古譯經「持」字處置式，都屬於這種情況。「以」、「取」和「持」都是重要語義類的代表字，它們

的表義功能受到限制，不容易發展出新的重要表義功能，這可以解釋爲什麼後來漢語的發展沒有採用「以」、「取」、「持」來表示處置語義的原因。

（三）對於一個大的語義類來說，內部所屬字的表義功能強弱不同，可以分出不同的等級，例如：

（15）「持」類的次級分類：

Ⅰ、「持」的次級大的語義類（在該意義上相關字使用頻率較高，「持」義較寬泛）

把、將、執、持、秉、操、握、拿

Ⅱ、本身是大的語義類，但兼有「持」義（在該意義上相關字使用頻率較低，「持」 義較特殊）

手、捉、扶、扼、折、抓、挈、抱、拱、挎、挾、掌、掉、撚、接、提、揭、揣、援、搏、摟、摻、擎、撲、撮、撣、撫、擁、攏、攝、攜、攬、奉、扣

例如：

掌：1. 手心；手掌。3. 手拿；執持。

扶：1. 佐助，幫助。2. 扶持，攙扶。3. 拄持。

挎：1. 用手指鉤著。《集韻 模韻》：「挎，持也。」（二）1. 胳膊彎起來掛住或鉤住東西。

撮：（一）1. 用三個指頭或爪子抓取。（二）2. 握持。

Ⅲ、層次最低，本身是小的語義類，同時兼有「持」義的次級小的語義類（在該意義上相關字使用頻率極低，「持」義較特殊）

扪、扮、㧌、拈、挈、挐、挮、搯、搰、惣、搭、搛、（扼）、捌、搦、摰、撢、摺、摵、㩧、撰、攛、攪（把）、捡、搞

例如：

扮：1. 握持。2. 合併。

拈：1. 用手指夾，捏取物。2. 持，拿。

摵：1. 擊刺。3. 抓住，握持。

上述分級隱含著語法化的條件，語法化一般在較高層次的語義類上進行。上述三個層級只有級Ⅰ容易發生符合「持類」引申方向的語法化，級Ⅱ和級Ⅲ不容易發生語法化。關於這一點，劉堅、曹廣順、吳福祥（1995）和李宗江（2004）都有所論及。

三、隱喻關聯：從「手持」義到「掌控」義

（一）傳統語義演變研究在闡明語義演變的動因時注意到了以下兩點，一是經濟性，二是現實現象之間的關聯。借鑒認知語義學的理論精神，這裡我們強調抽象語義類的隱喻構建是語義演變的一個重要動因。

祝敏徹（1957）的研究是傳統語義虛化研究的代表作。祝在論述「將」的虛化過程時寫道：「作為非中心動詞，「將」只是一種輔助性動作。這種在句子語義表達中的輔助詞地位，促使「將」字的詞義進一步虛化，這是因為「語言中的某一成分所表示的意義（這裡指的是行為）如果不甚顯著的話（因句中另一行為表示的意義更為顯著），那它所表示的意義就容易在人們的印象中逐漸消失掉……。」「虛化」論在漢語介詞產生研究中取得了很大成效。這種分析方法的局限是語義分析過於簡單，忽略了具體語義類與抽象語義類之間的整體關聯。

（二）在進行語義編碼時，現實理據越是清楚直接，編碼就越直接，越早，越容易。因此語義內容內部可以分出一些層次來。具體義和抽象義只是相對的兩個層次。研究語料和相關釋義時我們發現「手持」義有向「掌控」義普遍的引申。這是一種典型的隱喻語義構建，即從「手持」語義域向「掌控」語義域的投射。其中的認知原因很容易理解，「手裏拿著就是掌握控制」，這在物理上非常直觀。例如：

（16）「手持」義和「掌控」義的關聯引申：「手持」義〉「掌控」義

	「手持」義	「掌控」義
把	1. 執，握持	2. 控制，把持；3. 看守，把守；5. 掌管
持	1. 握著；7. 支持，支撐；9. 扶持；扶助	2. 掌握，掌管；6. 守，保持；9. 控制，約束；10. 轄制，要挾
執	1. 逮捕，捉拿 3. 拿著，握	6. 處，處置；7. 主持，操縱
握	1. 握持；執持	4. 掌握，控制
操	1. 握持	2. 掌握；3. 操作，駕馭，駕駛

捉	1. 持，握	5. 把握；6. 扼守，鎮守；7. 操持；10. 介詞：把
掌	3. 手拿，執持	4. 職掌，主管
控	1. 拉開弓弦	2. 操縱，控制
提	1. 懸持 2. 控持；執持 5. 扶持	7. 率領，管領
擁	4. 持，執持	4. 控制，掌握
攝	持也	3. 管轄，統領；牽制，控制
扼	1. 把握，握住	3. 據守，控制
挾	1. 夾持；5. 持，握持	2. 要挾，挾制
接	7. 持	7. 掌握
將	15. 持，取，拿	22. 介詞「把」

關於「掌控」義，引用《漢語大字典》所舉相關實例如下：

（17）擇郡中豪敢往吏十餘人為爪牙，皆把其陰重罪，而縱使督盜賊。(《漢書·酷吏傳·王溫舒》)

（18）這也是自己素來的學問涵養，看得穿，把得定。(《兒女英雄傳》第十二回)

（19）下營依遁甲，分帥把河隍。(唐貫休《古塞下曲七首》之一)

（20）將引本部軍馬，把住平峪縣口。(《水滸全傳》第八十四回)

（21）嫂嫂把得家定，我哥哥煩惱做甚麼？(《水滸全傳》第二十四回)

（22）君後三歲而入將相，持國秉。(《論衡·骨相》)

（23）健婦持門戶，一勝一丈夫。(《樂府詩集·相和歌辭十二·隴西行》)

（24）勝非其難者也，持之其難者也。(《呂氏春秋·慎大》)

（25）權重難持久，位高勢易窮。(唐白居易《凶宅》)

（26）憶昔嬌小姿，春心亦自持。(唐李白《江夏行》)

（27）致產數千金，為任俠，持吏長短，出從數十騎。(《史記·酷吏列傳》)

（28）吾處身也，若厥株拘；吾執臂也，若槁木之枝。(《莊子·達生》)

（29）卿歷代酋渠，**執**心忠肅，遙申誠款，克修職貢。（唐玄宗《冊
　　　勃律國王文》）

（30）於是乎大蒐以示之禮，作**執**秩以正其官。（《左傳·僖公二十
　　　七年》）

（31）故法律度量者，人主之所以**執**下。釋之而不用，是猶無轡銜
　　　而馳也。（《淮南子·主術》）

（32）茫茫元化中，誰**執**如此權。（唐白居易《孔戡》）

（33）乃能**操**正以正奇，**握**一以知多。（《馬王堆漢墓帛書·十六經·
　　　成法》）

（34）旦**握**權則爲卿相，夕失勢則爲匹夫。（漢揚雄《解嘲》）

（35）率邪以御眾，**握**亂以治天下。（唐皮日休《元化》）

（36）**操**民之命，朝不可以無政。（《管子·權修》）

（37）將能**執**兵之權，**操**兵之要勢，而臨群下。（三國諸葛亮《將
　　　苑·兵權》）

（38）津人**操**舟若神。（《莊子·達生》）

（39）置之釣臺**捺**不住，寫之雲臺**捉**不定。（宋陳亮《朱晦庵畫像
　　　贊》）

（40）原來楊志吃得酒少，便醒得快，爬將起來，兀自**捉**腳不住。
　　　（《水滸全傳》第十六回）

（41）凌人**掌**冰。（《周禮·天官·凌人》）

（42）其深沉奧密者，則赤熛**掌**火，招拒司金。（唐李白《明堂賦》）

（43）抑磬**控**忌，抑縱送忌。（毛傳，止馬曰控。）（《詩經·鄭風·
　　　大叔于田》）

（44）諸侯**持**節鉞，千里**控**山河。（唐錢起《送王使君赴太原行營》）

（45）沉醉東風裏，**控**驕馬，鞭嫋蘆花。（金董解元《西廂記諸宮
　　　調》）

（46）有**提**十萬之眾，而天下莫當者誰？曰，桓公也。（《尉繚子·

制談》）

（47）玄德自提一軍攻打西門。（《三國演義》第六十四回）

（48）將軍履上將之位，食膏腴之都，任周、召之職，擁天下之樞，可謂富貴之極。（《漢書·谷永傳》）

（49）若下攝上與上攝下，周旋不動，以違心目，其反爲物用也，何事能治？（《國語·晉語》）

（50）請於州鎮之間更築一城，以相控攝。（隋書·郭榮傳）

（51）密遣田布伏精騎溝下，扼其歸。（《新唐書·李光進傳》）

（52）挾天子以令天下，天下莫敢不聽。（《戰國策·秦策一》）

（53）若是如此來挾我，只是逼宋江性命，我自不如死了。（《水滸全傳》第三十六回）

（54）舉以爲天子，與接天下之政，治天下之民。（《墨子·尚賢中》）

對比之下，「取」類和「用」類少有向「掌控」義的引申。從施事對受事的掌控強度看，應該是：持類〉取類〉用類。如何解釋詞彙語義範疇向句法功能範疇的轉變的原因？演變的中間階段很重要，它決定著我們應該怎麼解釋相關詞語的語法意義。

（三）從概念結構理論的角度看，經過隱喻投射產生的抽象語義類的概念結構的組成要素和原來的相應具體語義類有較大的差別。

（55）〔手持〕和掌控〕的概念結構比較

	〔手持〕	〔掌控〕
施事	有生；明確；現實的	有生／無生；明確／不明確；現實的／想像的
受事	無生（有生？）；具體；簡單；個體事物	無生／有生；具體／抽象；簡單／複雜；個體事物／事件
連帶動作	簡單	簡單／複雜（處置；致使）
主觀性	較弱	較強，可表達相關施事主體的意圖
動作特點	他動	他動／和使動的結合
動作始發點	手	手／動力整體

下面以「把」字句爲例略作說明：

（56）又陳常車，周公把大鉞，召公把小鉞，以夾王。（《逸周書・卷四克殷解》）

（57）然則後世孰將把齊國？（《晏子春秋・內篇諫下》）

（58）王、劉共在杭南，酣宴於桓子野家。謝鎮西往尚書墓還，葬後三日反哭。諸人欲要之，初遣一信，猶未許，然已停車；重要，便回駕。諸人門外迎之，把臂便下。裁得脫幘著帽。酣宴半坐，乃覺未脫衰。（《世說新語・任誕第二十三》）

（59）不堪星斗柄，猶把歲寒量。（《全唐詩・秋思》高蟾）

（60）莫言魯國書生懦，莫把杭州刺史欺。（《全唐詩・戲醉客》白居易）

（61）所謂「鴛鴦繡出從君看，莫把金針度與人」，他禪家自愛如此。（《朱子語類》卷一百零四）

（62）我們昨日不曾使神行法，今日須要趕程途，你先把包裹拴得牢了，我與你做法，行八百里便住。（《水滸全傳》第五十三回）

（63）眾人把門推開，看裏面時，黑洞洞地，——（《水滸全傳》第一回）

（64）鶯兒便賭氣將花柳皆擲於河中，自回房去。這裡把個婆子心疼的只念佛，又罵：「促狹小蹄子！糟塌了花兒，雷也是要打的。」自己且掐花與各房送去不提。（《紅樓夢》第五十九回）

（65）襲人等都不在房裏，只有幾個老婆子看屋子，見他來了，都喜的眉開眼笑，說：「阿彌陀佛，可來了！把花姑娘急瘋了！上頭正坐席呢，二爺快去罷。」（《紅樓夢》第四十三回）

（66）湘蓮道：「我把你瞎了眼的，你認認柳大爺是誰！你不說哀求，你還傷我！我打死你也無益，只給你個利害罷。」說著，便取了馬鞭過來，從背至脛，打了三四十下。薛蟠酒已醒了大半，覺得疼痛難禁，不禁有「噯喲」之聲。（《紅樓夢》第四十七回）

以上（56）～（58）例中「把」字用法表示簡單的「手持」義，特徵符合表中

所列各項。比較之下，（59）～（66）例「把」字用法表示複雜的「掌控」義，不同句子中的「把」特徵選項也各有不同特別是最後三例，特徵較爲複雜。

（四）從前面的分析我們可以看到，掌控可以分爲兩種情況，一種簡單掌控，一種是複雜掌控。掌控與操縱、使成有直接的自然關聯。Lakoff 論述了直接操縱是使成（causation）的原型，這項分析參考如下：

（67）直接使成的原型的或範例的情況的若干特徵：（Lakoff & Johnson，1980）

施事有一個目標，即受事中要發生某種狀態變化；

狀態變化是物理的；

施事有一個實現這個目標的計劃；

計劃要求施事實施一個發動節目；

施事位於對發動節目的控制之中；

施事對實現這個計劃負主要責任；

施事是能量來源（即施事把它的能量指向受事），而且受事是能量目標（即受事的變化歸因於外來的能源）；

施事或者用身體或者用工具觸及受事（即在施事所做的和受事的變化之間存在一個時空的重疊）；

施事成功地實施了這個計劃；

受事的變化是可感知的；

施事通過感覺感知來監視受事的變化；

存在一個單一特定的施事和一個單一特定的受事。

上述分析對我們研究施受關係有啓發，在典型的施受關係中，施事和受事都是有定的，而且它們之間的關係是明確的；施事有一個意圖，即讓受事發生某種狀態變化；施事觸及受事的方式有兩種，一是身體，二是工具，客體是可以操縱的或是易於操縱的；施事對受事要有影響，使受事發生變化。因此可以說簡單的手持或簡單的掌控都不是典型的施受關係，但手持或掌控卻是完成施受關係的前提。

爲了更好地瞭解複雜掌控和「把」類字語法化的關係，我們先比較一下簡單掌控和複雜掌控：

（68）簡單掌控和複雜掌控的比較

	簡 單 掌 控	複 雜 掌 控
施事	有生／無生；明確；現實的	有生／無生；明確／不明確；現實的／想像的
受事	無生；較具體；簡單；個體事物	無生／有生；較抽象；簡單／複雜；事件
連帶動作	簡單	複雜（處置；致使）／簡單
主觀性	弱	強
動作特點	他動	和使動的結合／他動削弱
動作始發點	手	手／其他工具

　　需要強調的是，簡單掌控和複雜掌控的共同點都是掌控。區別在於，因為複雜掌控掌控的是事件，反映在語義編碼上就必須跟更高層面的語義內容進行整合，這裡考慮「掌控」和「使動」（王力，1990）之間的語義接合和整合。語義整合跟句法整合同步，漢語史上動結式的產生跟「自動」「使動」等語義結構關係外顯化有密切關係。

　　對「手持」類動詞而言，並不是所有的動詞都可以用來表示複雜掌控，有以下幾種情況：

　　（一）「將、把」，經常用來表示複雜掌控。

　　（二）「持、取」，較少用來表示複雜掌控。

　　（三）「捉」，較少用來表示複雜掌控。

　　（四）「執、握、操」，沒有發現用於表示複雜掌控。

　　（五）從簡單掌控過渡到複雜掌控過程中的語義問題需要詳細分析，這方面的研究可參看錢學烈（1992），吳福祥（1996；2003）和楊平（2002）描寫的一些關鍵句式。我們認為以下九個方面是關鍵：

1、參與並列式雙音詞，產生抽象的語義類，例如：

　　（69）把持：諸有鋒刃之器，所以能斬斷割削者，手能把持之也，力能推引之也。（《論衡》卷第十三）

　　（70）把握：微而不可得把握也。（《淮南子・原道訓》）

　　（71）把捉：曹孟德本領一有蹺蹊，便把捉天地不定，成敗相尋，

更無著手處。（宋陳亮《與朱元晦書》）

（72）把捉不定，便是失。（《朱子語類》卷第四十二）

2、「手持」類字互相對舉，例如：

（73）左手持蟹螯，右手執丹經。（《全唐詩・贈張旭》李頎）

（74）將炙啖朱亥，持觴勸侯嬴。（《全唐詩・雜曲歌辭・俠客行》李白）

（75）持鹽把酒但飲之，莫學夷齊事高潔。（《全唐詩・梁園吟》李白）

（76）諸侯持節鉞，千里控山河。（《全唐詩・送王使君赴太原行營》錢起）

3、出現在特定連動式中。

（77）覺也是仁裏面物事，只是便把做仁不得。（《朱子語類》卷第二十）

（78）便是把博愛做仁了，終不同。（《朱子語類》卷第二十）

4、直接出現在動結式及相關句式中。

（79）如非禮勿視聽言動，便是把定處。（《朱子語類》卷第六）

（80）此心未能把得定，如何？（《朱子語類》卷第二十）

（81）如顏閔之徒自把得住，自是好，不可以一律看。（《朱子語類》卷第十三）

（82）今人在靜處非是此心要馳騖，但把捉他不住。（《朱子語類》卷第十六）

5、掌控對象由無生過渡到無生有生均可。

（83）若堯當時把天下與丹朱，舜把天下與商均——（《朱子語類》卷第十六）

（84）都把文義說錯了。（《朱子語類》卷第五十九）

（85）是他玩世，不把人做人看。（《朱子語類》卷第五十三）

（86）高太尉干人把林沖押到府前，跪在階下。（《水滸全傳》第八

回）

6、對掌控對象施加簡單動作，句法上進入一個關鍵的句法結構位置。

（87）不知夢逐青鸞去，猶把花枝蓋面歸。（《全唐詩‧豔歌》無名氏）

（88）憶來惟把舊書看，幾時攜手入長安。（《全唐詩‧浣溪沙》韋莊）

（89）數數頻將業剪除，時時好把心調伏。（《敦煌變文集新書》卷二）

7、動作始發點由手過渡到施動整體。

（90）因思盧嶽彌天客，手把金書倚石屏。（《全唐詩‧陪馮使君遊六首‧登干霄亭》貫休）

（91）洛陽才子多情思，橫把金鞭約馬頭。（《全唐詩‧柳》翁承贊）

（92）莫把壺中秘訣，輕傳塵裏遊人。（《全唐詩‧寄楊先生》李中）

（93）劉唐把刀遞與宋江。（《水滸傳》第三十六回）

（94）雷橫把馬步弓手都擺在前後，幫護著縣尉。（《水滸全傳》第十八回）

8、掌控對象由具體過渡到具體、抽象均可。

（95）師把杖拋下，撮手而去，指古人迹頌曰：……（《祖堂集》卷第十九）

（96）近日來、陡把狂心牽繫。（宋柳永《平調‧長壽樂》）

（97）若把君臣做父子，父子做君臣，便不是禮。（《朱子語類》卷第四十一）

（98）佛經所謂「色即是空」處，他把色、受、想、行、識五個對一個「空」字說，故曰……（《朱子語類》卷第一百二十六）

9、施動主體由情境中的現實存在擴展到想像中的某種外力。

（99）將軍破了單于陣，更把兵書仔細看。（《全唐詩‧寄大府兄侍史》沈傳師）

（100）若將明月爲儔侶，應把清風遺子孫。（《全唐詩·李侍御上虞
　　　別業》方干）

（101）遠近村。高低澗。把人我是非遮斷。（《元散曲·沉醉東風·
　　　隱居歎》張養浩）

（102）湘雲笑道：「『偕誰隱』，『爲底遲』，眞個把個菊花問的無言可
　　　對。」李紈笑道：「你的『科頭坐』，『抱膝吟』，竟一時也不
　　　能別開，菊花有知，也必膩煩了。」（《紅樓夢》第三十八回）

這種演變的過程是涉及概念結構諸要素的多項的擴展和演變，最終語義演變的結
果是，表達對掌控對象施加複雜動作，完成對複雜事件的掌控。相應地，句法上
完成與動結式的整合。語言共性研究也證明（吳福祥，2005），「執持義動詞〉工
具格標記〉賓格標記〉使成標記」這樣的演變鏈條在許多語言中也發生過。

　　主觀化是語法化的一個重要機制。主觀化指的是「意義變得越來越植根
於說話人對命題內容的主觀信念和態度」這樣的一種語義、語用的演變過程。
施事對受事的影響程度和主觀化有密切關係。主觀化的層級是：掌控、處置、
致使〉工具；憑藉。限於篇幅，這個問題我們另文探討。

四、表「手持」義若干字的功能分配

　　（一）從演變的結果看，「手持」類的若干字中只有「將」和「把」留下來
參與處置式表示掌控義。爲什麼選「將」、「把」表示複雜掌控？爲什麼「秉 執
持 握 操」等 不能？這是一個複雜難解的問題。這裡只能做初步的探索。需要
考慮兩個方面的原因，一是「手持」字各自最初的語義理據，二是後來發展中
複雜的功能分配。「手持」字各自最初的語義理據情況如（103）所示：

　　（103）「把執，持，秉，操，握」最初的語義特點（參考郭錫良等
　　　　編《古代漢語》888～890）

	用手拿	掌控事物	拿緊	拿著把兒	拿得穩	拿住	拿小的東西
把（晚起）	＋	＋		＋			
秉	＋	＋		＋			
執	＋	＋	＋				
持	＋	＋				＋	
握	＋	＋					＋
操	＋	＋			＋		

現在還沒有條件對「把」字充當介詞的必然性進行充分的解釋，只能暫時做一下猜測，「把（秉／柄）」易於操縱掌控；把兒是掌控的要點，如車把、把住、把柄等等。而意義上有特殊搭配和特殊引申的不易語法化。「操　執　秉　捉」等在功能格局中有特殊分工不易語法化。「持」的功能特點是做類名，表示一類動作，極常用，也不容易語法化。請看（104）：

（104）〔辨〕執，持，秉，操，握。（王力《王力古漢語字典》，157～158）

　　　「持」是總名，凡拿著任何東西都叫「持」；

　　　「執」常有「抓」的意思，所以引申爲堅持，固執；

　　　「秉」除一般意義外，常帶莊重的意味（如「秉彝」、「秉常」）；

　　　「操」是把持，有緊握的意思，所以引申爲操守；

　　　「握」是拿住不放，《說文》云：「握，扼持也」。「握」字與「執、持、秉、操」的意義相差較遠。

（二）字的功能在漢語史上的複雜交替是漢語語法化研究的一個重要問題。西方語法化理論認爲，「一個語法化的候選者相對於其他參與競爭的候選者使用頻率越高，那麼它發生語法化的可能性就越大」。這種說法很值得商榷。下面（105）反映的情況促使我們重新思考上述理論：

（105）「手持」類字的分佈頻率和歷史演變

	《左傳》	《史記》	《世說新語》	《全唐詩》	《敦煌變文集》	《祖堂集》	《朱子語類》	《紅樓夢》
把	0	8	3	868	102	72	564	1071
持	5	189	12	1145	258	138	460	37
執	236	149	16	312	72	43	467	84
握	2	8	2	210	10	5	12	18
操	3	32	9	251	10	6	212	75
秉	0	16	3	110	4	0	42	22
拿	0	0	0	47	0	0	14	1026

（注：《朱子語類》中的「曹操」中「操」出現若干次；「拿」作爲後起字。）

　　數字反映的是功能的高度不平衡：一、「持、執」先秦極多；二、「把」的表現奇怪，隋唐前各種用例都很少，可能是典型的俗語詞；三、「秉」唐詩中也極多；四、俗字「拿」隋唐五代前沒有。

　　語義類之間的競爭和對立會影響相關字的功能演變，它們往往交織在一起，演變結果是新的對立代替舊的對立，如（106）（107）所示：

（106）跟「持」類、「以」類、「取類」相關功能字的演變

上古漢語　　　　中古漢語　　　　　近代漢語　　現代漢語

以 ───→　　　以；用　　　───→ 「用」───→「用」

　　　　　↘

將、持──→將；把；持；取；以──→「將」「把」──→「拿」

　　　　　↗

取 ───→　　　　取　　　　───→ 「取」───→「取」

（107）「把」類字、「用」類字及「取」、「捉」、「拿」等語義演變情
　　　　況的比較

年　代／《說文》釋義	先　秦	兩　漢	魏晉南北朝	唐五代	宋元明清
把　握也	執，握持	控制，把持	從	看守，把守；介詞「處置」義／拿，用	掌管；介詞「致使」義／給
將　帥也	統率／扶持／持／用			介詞「把」	
持　握也	握住／守／支持／扶持	挾制／攜帶／掌握，掌管	處置義？	控制，約束	
執　捕罪人也	捉拿／握／用／主持，操縱／守，保持／固執				
握　搤持也	握持，執持	掌握，控制			
操　把持也	握持／掌握／操作／從事／操行			操練	
秉　禾束也，从又，持禾	禾束，禾把／執持／執掌／柄／權柄	保持，堅持			

擎（拿）牽引也		持拿，執取		牽引／捉拿	握／用／介詞「用」／介詞「把」
捉　搤也／握也	持，握		拾取／捕捉／扼守／操持	介詞「把」／趁，乘／把握	
取　捕取也	割下左耳／捕捉／收取／索取／選取／拿，拿出／憑藉，借助		處置義？		
以　用也	用／使／憑藉／做／率領／／介詞表處置，相當於「用／拿／把」；介詞，按／依／憑				
用　可施行也	施行／使用／主宰，治理／處理；處置／介詞「以」；介詞「因」				
庸　用也	採用／使用／由，從				
憑　依倚也	倚，靠著	憑藉		依賴；倚仗／佔據	
資　貨也	給予／幫助／取用（取也）／利用				
由	經也／用也／輔也／介詞「自」「從」				

上面（107）年代下每個字的義項（絕大部分取自《漢語大字典》）是指該義項出現的最早的時間。存在爭議的我們標出「？」。「把」類字、及「取」、「捉」、「拿」等屬於一類，功能活躍，歷史上意義引申頻繁；而「用」類字的大多數用法在先秦已經產生，後來意義引申較少。

（四）「持」的演變很有意思。歷史上涉及兩種對立，即「持／把」與「持／拿」。「持」的演變始終沒有發展處出介詞意義。其中原因需要進一步研究。從《全唐詩》共檢得含「持」1145 個句子，「持」的用法比較重要的類型有下列（108）～（116）九種：

（108）左手持蟹螯，右手執丹經。（《全唐詩·贈張旭》李頎）

　　　手持蓮花經，目送飛鳥餘。（《全唐詩·送綦毋三謁房給事》

李頎）

（109）列營百萬眾，持國十八年。（《全唐詩・謁漢世祖廟》劉希夷）

但**持**冰潔心，不識風霜冷。（《全唐詩・廬山女贈朱樸》佚名）

（110）綽約多逸態，輕盈不自持。（《全唐詩・雜曲歌辭・妾薄命》武平一）

（111）持杯收水水已覆，徙薪避火火更燔。（《全唐詩・雜曲歌辭・漢宮少年行》李益）

毛義**持書去**，張儀轀轒行。（《全唐詩・檄》李嶠）

蘇秦六百步，持此說韓王。（《全唐詩・弩》李嶠）

閨婦**持刀坐**，自憐裁剪新。（《全唐詩・人日剪綵》徐延壽）

（112）執籥持羽初終曲，朱干玉戚始分行。（《全唐詩・郊廟歌辭・五郊樂章・舒和》魏徵）

操刀嘗願割，**持斧**竟稱雄。（《全唐詩・酬趙二侍御使西軍贈兩省舊僚之作》張九齡）

持鹽把酒但飲之，莫學夷齊事高潔。（《全唐詩・梁園吟》李白）

諸侯**持節**鉞，千里控山河。（《全唐詩・送王使君赴太原行營》錢起）

操持北斗柄，開閉天門路。（《全唐詩・李甘詩》杜牧）

（113）兔子死蘭彈，持來掛竹竿。（《全唐詩・詠死兔》蘇頲）

風車雨馬不**持去**，蠟燭啼紅怨天曙。（《全唐詩・燕臺四首》李商隱）

（114）以此江南物，持贈隴西人。（《全唐詩・相和歌辭・江南曲八首》劉希夷）

自憐碧玉親教舞，不惜珊瑚**持與人**。（《全唐詩・洛陽女兒行》王維）

（115）臨岐欲有贈，持以握中蘭。（《全唐詩・送張秘書充劉相公通

汴河判官便赴江外觀省》岑參）

掇之稱遠士，**持以**奉明王。（《全唐詩‧省試方士進恒春草》
（梁鍠）

（116）脫略磻溪釣，**操持**郢匠斤。（《全唐詩‧奉贈鮮于京兆二十
韻‧鮮于仲通》杜甫）

扶持千載聖，瀟灑一聲蟬。（《全唐詩‧和韋相公見示閒臥》
貫休）

五、結語：「把」字的語法意義的「掌控」說

（一）上述研究可以幫助我們重新認識「把」字的語法意義。傳統對「把」
的界定，強調了介詞功能，而沒有意義上的界定。如《現代漢語八百詞》（1981，
49～52）的解釋是：〔介〕，跟名詞組合，用在動詞前。「把」後的名詞多半是
後邊動詞的賓語，由「把」提到動詞前。（1）表示處置。名詞是後面及物動
詞的受動者。（2）表示致使，後面的動詞多為動結式。（3）表示動作的處所
和範圍。（4）表示發生不如意的事情，後面的名詞指當事者。（5）拿；對。
根據本文的研究，我們認為，「把」字的語法意義可以界定為，參與處置式或
致使式表示對事物或事件的掌控，用於明確施受關係。

（二）這裡我們區分句式的意義和虛詞本身的意義。我們認為，不帶「把」
的句子照樣表示處置意義或致使意義，只是隱含著，沒有外顯化。上古漢語
有自動和使動的對立，「使動」本身就隱含著「掌控」、「處置」和「致使」，
這種語義編碼方式不可能是從中古突然出現的。從上古漢語到近代漢語，句
法結構上從單動式、連動式、工具式、廣義處置式，直到狹義處置式，一步
一步地把這種語義編碼內容用明確的句法方式顯現了出來。

（三）上面我們探討了「手持」類動詞的語義演變，嘗試著把「把」字語
法化現象放在相關係列詞的語義演變中加以考察，發現了從「手持」義向「掌
控」義引申演變的大勢。這對重新認識「把」字的語法化進程和語法意義有一
定作用。作為語義演變研究的一個個案，從「手持」類動詞的語義演變中我們
看到，語義類別之間的對立和關聯對相關動詞的語義功能演變起著制約作用，
影響著語義演變的方向。抽象語義類別的構建是語義演變的一個重要動因，建

立具體語義類別和抽象語義類別之間的系統關聯是語義演變的一個重要目的，而演變的途徑是通過系統的隱喻投射。語義演變的過程涉及複雜的語義整合和句法整合。比較而言，我們反對孤立的原子主義的語義演變研究傾向。本文對「手持」類動詞的語義演變的探索是初步的，還有不少問題值得進一步討論。

參考文獻

1. 北京大學漢語言學研究中心（2005）北京大學漢語言學研究中心漢語語料庫。

2. 貝羅貝（1989）早期把字句的幾個問題，太原：《語文研究》第 1 期，1～10 頁。

3. 陳初生（1983）早期處置式略論，北京：《中國語文》第 3 期，201～206 頁。

4. 曹廣順、遇笑容（2000）中古譯經中的處置式，北京：《中國語文》第 6 期，555～563 頁。

5. 曹廣順、龍國富（2005）再談中古漢語處置式，北京：《中國語文》第 4 期，320～332 頁。

6. 郭銳（2003）「把」字句的語義構造和論元結構，《語言學論叢》第二十八輯，北京，商務印書館，152～181 頁。

7. 郭錫良等編（1992）《古代漢語》（修訂本），天津：天津教育出版社。

8. 《漢語大字典》編輯委員會（1993）《漢語大字典》，成都：四川／湖北辭書出版社。

9. 李榮（1980／1985）漢字演變的幾個趨勢，《語文論衡》，北京：商務印書館，118～136 頁。

10. 李宗江（1999）《漢語常用詞演變研究》，上海：漢語大詞典出版社。

11. 李宗江（2004）「完成」類動詞的語義差別及其演變方向，《語言學論叢》第三十輯，北京：商務印書館，147～168 頁。

12. 劉堅、曹廣順、吳福祥（1995）論誘發漢語詞彙語法化的若干因素，北京：《中國語文》第 1 期。

13. 梅祖麟（1990）唐宋處置式的來源，北京：《中國語文》第 3 期，191～206 頁。

14. 江藍生（2001）《近代漢語探源》，北京：商務印書館。

15. 蔣紹愚（1999）元曲中的把字句，《漢語詞彙語法史論文集》，北京：商務印書館，2000，222～239 頁。

16. 劉子瑜（2002）再談唐宋處置式的來源，《語言學論叢》第二十五輯，北京：商務印書館，206～231 頁。

17. 呂叔湘（1948／1995）把字用法的研究，《呂叔湘文集》第二卷，北京：商務印書館，176～199 頁。

18. 呂叔湘主編（1981）《現代漢語八百詞》，北京：商務印書館。

19. 錢學烈（1992）試論全唐詩中的把字句，《紀念王力先生九十誕辰文集》，濟南：

山東教育出版社，349～363 頁。

20. 沈家煊（2002）如何處置「處置式」——試論「把」字句的主觀性，北京：《中國語文》第 5 期，387～399 頁。

21. 石毓智、李訥（2001）《漢語語法化的歷程》，北京：北京大學出版社。

22. 王靜、王洪君（1995）動詞的配價與被字句，《現代漢語配價語法研究》第一輯，北京：北京大學出版社，90～118 頁。

23. 王力（1990）《漢語語法史》，《王力文集》，濟南：山東教育出版社。

24. 王力（1990）《中國語法理論》，《王力文集》，濟南：山東教育出版社。

25. 王力 主編（2000）《王力古漢語字典》，北京：中華書局。

26. 王念孫（清）《廣雅疏證》，北京：中華書局，1982 年。

27. 吳福祥（1996）《敦煌變文語法研究》，長沙：嶽麓書社。

28. 吳福祥（2003）再論處置式的來源，武漢：《語言研究》第 3 期，1～14 頁。

29. 吳福祥（2005）語法化演變的共相與殊相，《語法化與語法研究》（二），沈家煊等主編，北京：商務印書館，267～306 頁。

30. 邢志群（2003）漢語動詞語法化的機制，《語言學論叢》第二十八輯，北京：商務印書館，93～113 頁。

31. 徐通鏘（1998／2004）自動和使動，《漢語研究方法論初探》，北京：商務印書館，355～377 頁。

32. 楊平（2002）《朱子語類》的「將」字句和「把」字句，《漢語史論文集》，宋紹年等編，武漢：武漢出版社，56～78 頁。

33. 葉文曦（1999）漢語單字格局的語義構造，《語言學論叢》第二十二輯，北京：商務印書館，226～253 頁。

34. 葉文曦（2004）語義範疇的層級結構和漢語構詞的語義問題，《語言學論叢》第二十九輯，北京：商務印書館，95～109 頁。

35. 張博（2003）漢語實詞相應虛化的語義條件，《中國語言學報》第十一期，北京：商務印書館，230～241 頁。

36. 朱冠明（2004）中古譯經處置式補例，北京：《中國語文》第 4 期，第 335 頁。

37. 祝敏徹（1957）論初期處置式，《語言學論叢》第一輯，上海：新知識出版社，17～33 頁。

38. Hopper, P.J & Traugott, E.C.（2005）*Grammaticalization.* Peking University Press.

39. Jackendoff, R.（1990）*Semantic Structures.* The MIT Press.

40. Lakoff, G. and Johnson, M.（1980）*Metaphors We Live By.* Chicago University Press.

41. Langacker, R.（1987）*Foundations of Cognitive Grammar.* Stanford University Press.

42. Lyons, J.（2000）*Linguistic Semantics.* 北京：外語教學與研究出版社／劍橋大學 出版社。

本文發表於《語言學論叢》第三十四輯，北京：商務印書館，2006 年。

後　記

　　二十世紀九十年代漢語言學界出現了「字本位」理論思潮，這個思潮的形成有兩個原因，一是漢語及漢語方言本身研究提出了問題，二是趙元任先生的論著討論了漢語的字和語素（語位，morpheme）及詞（word）的關係。不過，趙先生認爲，雖然「字」是漢語言學的一個中心議題，但社會學意義上通俗的「字」和語言學分析上的語素是不同的。先師徐通鏘教授及漢語言學界的一些學者明確提出「字」是漢語基本結構單位這一命題，並以此爲基礎探索漢語詞法和句法，在學界引發了爭議。儘管問題只是初步提了出來，一時難以解決，但漢語的字和印歐語的語素或詞存在明顯的差別，這一點是毋庸置疑的。漢語的「字」自有其特點，「字」比語素則相對清晰得多，而語素的定義和提取都還存在著問題。從歷史語言學的角度看，「字」溝通古今和方言，可以爲漢語的歷史比較研究提供幫助。解析同源字族可以部分回答音義結合的問題。字的內部構造理據也是語素所不能涵蓋的。字本位理論也爲一些漢語言學經典的難解問題提供了新的研究路線，比如對漢語的詞法出現了新的探討方法。另外，「字」記錄的不僅僅是語言信息，還承載了很多其他方面的如文化上的信息。對字和詞的區別和關聯問題進行探索，相信能夠對漢語言學分析的基礎問題和漢語特點的探究有所推進，也有希望爲建立符合漢語特點的語言理論做出貢獻。現在看來，對「字」在漢語言學分析中的作

用和地位研討的深度和廣度是遠遠不夠的，未來還需要做出更重要的努力。

本書分爲兩個部分，前一部分是作者本人的北京大學博士學位論文，討論了「字」和漢語的語義構詞，完成於 1996 年 7 月。多年來，不斷有學界同好索取參考。而自己總覺得尙屬探索性的研究，長時期沒有正式發表的打算。後一部分是我最近十年發表過的六篇論文，可看作是與博士論文一脈相承的後續研究，也反映了一些新的思考，本次重新發表只做了文字上的修改。如今上述兩個部分有幸編爲一冊由花木蘭文化出版社出版，本人也感欣慰，並謹此向杜潔祥總編輯和高小娟社長及相關編輯人員致以謝意。

葉文曦

2014 年 9 月於北京大學人文學苑